Knaur.

Knaur.

Über die Autorin:

Katharina Sulzbach studierte Rechtswissenschaften in Frankfurt und Paris und arbeitete anschließend als Justiziarin. Sie lebt mit ihrem Mann und drei Kindern im Taunus.

Wenn Sie mehr über Katharina Sulzbach erfahren möchten, besuchen Sie ihre Website: www.katharina-sulzbach.de

Katharina Sulzbach

WESTENDLADIES

Roman

Knaur Taschenbuch Verlag

Besuchen Sie uns im Internet:
www.knaur.de

FSC
www.fsc.org
MIX
Papier aus verantwortungsvollen Quellen
FSC® C014496

Vollständige Taschenbuchausgabe Oktober 2012
Knaur Taschenbuch
Ein Unternehmen der Droemerschen Verlagsanstalt
Th. Knaur Nachf. GmbH & Co. KG, München

Umschlaggestaltung: ZERO Werbeagentur, München,
nach einem Entwurf von Julia Borgwardt Design, Berlin
Umschlagabbildung: FinePic®, München
Satz: Adobe InDesign im Verlag
Druck und Bindung: GGP Media GmbH, Pößneck
Printed in Germany
ISBN 978-3-426-51202-9

2 4 5 3 1

Für Arlette Sandmann

HEIKE UND SUSANNE

Heike setzte das Macchiato-Glas ab und strich sich mit der freien Hand ihr langes, blond gesträhntes Haar aus dem Gesicht. »Hast du wirklich keine Karten mehr bekommen?«, sagte sie, bemüht, leise zu sprechen. Sie konnte ihr goldenes Smartphone nur mit den Fingerspitzen halten, denn es war winzig, und ihre frisch french manikürten Fingernägel waren zu lang. Nervös fasste sie in den weichen Stoff ihres rosa Kaschmir-Twinsets.

Susanne, die es sich ihr gegenüber auf einem der schokobraunen Dedon-Sessel vor der Nespresso-Lounge bequem gemacht hatte und die E-Mails auf ihrem Blackberry checkte, zog die Augenbrauen hoch und sah sie an: »Was ist denn, stimmt etwas nicht?« Sie formte die Worte tonlos mit den Lippen, um Heike nicht beim Telefonieren zu stören.

Heike schüttelte langsam abwehrend den Kopf. Dann sah sie ungläubig auf das Display ihres Mobiltelefons, das das Foto von Tom und ihrer fünfjährigen Tochter Chloé zeigte.

»Was gibt es denn? Schlechte Neuigkeiten?«, fragte Susanne. Sie schob ihre Lesebrille in die Haare, zündete sich eine Mentholzigarette an und inhalierte genüsslich. Dann legte sie sie im Aschenbecher ab und zog sich wieder ihre Fingerhandschuhe aus hellbraunem Leder an, die sie vorher nur abgestreift hatte, um ihren Blackberry besser bedienen zu können.

»Du glaubst es nicht! Tom will alles versucht haben, um noch Karten für den Sportpresseball zu bekommen. Aber angeblich sind alle ausverkauft.«, fauchte Heike.

»Ach, du Ärmste! Schon seit Wochen erzählst du doch, dass ihr unbedingt hinwollt«, warf Susanne ein und überlegte, wie sie dieses gemeine kleine Gefühl von aufkeimender Schadenfreude kaschieren könnte. Da saß ihre Freundin Heike und war todunglücklich, weil sie voraussichtlich einen Ball auslassen musste. Heike, die einfach so verdammt viel Glück hatte und immer so unglaublich gut und gepflegt aussah!

Sie dagegen brachte es nie fertig, sich auch nur annähernd so perfekt zurechtzumachen. Ihre Augenbrauen schienen immer breiter zu wuchern, nachdem sie sie in Form gezupft hatte. Ihre Nase war, wie sie fand, eine Idee zu groß und glänzte meistens. Die vollen Lippen mit dem natürlichen Roséton waren eigentlich das Schönste in ihrem Gesicht, aber zu oft kaute sie unbewusst auf ihnen herum, bis sie aufsprangen.

Heike und Susanne kannten sich schon seit dem ersten Semester, und Heikes Ausgaben waren von Anfang an immer zu hoch gewesen. Zu häufig war sie mit ihrem Konto ins Minus gerutscht und hatte unerfreuliche Gespräche mit dem Sachbearbeiter ihrer Bank führen müssen, der beharrlich die Erhöhung des Dispokredits verweigerte. Irgendwann waren selbst ihre Eltern nicht mehr bereit gewesen, ständig ihr Konto auszugleichen. Ihr Vater verschaffte Heike deshalb einen Nebenjob im Büro einer Spedition, was er schnell bereute: Schon bald erschien ihr das Gehalt einer Aushilfssekretärin verlockender als das endlos lange Studium der Kunstgeschichte. Sie brach nach dem vierten Semester ab. Susanne dagegen zog ihr Studium durch, legte einen herausragenden Abschluss hin, promovierte und bekam auf Anhieb die begehrte Anstellung bei dem renommierten Auktionshaus Lengley's.

Trotzdem blieben die beiden unzertrennlich, und es gab kaum eine Affäre, neue Liebe oder Enttäuschung, bei der die eine über die andere nicht bis ins kleinste Detail Bescheid wusste ... Bis Heike ihren jetzigen Mann traf, Tom. Ein gutaussehender, smarter Hamburger, der in Frankreich und England studiert und einen Bombenjob bei einer Investmentbank hatte. Als er neu war in Frankfurt, hatte er Anschluss gesucht und in Heike die ideale Partnerin gefunden. Die beiden wurden *das* Traumpaar, wie Susanne neidvoll erkennen musste, denn sie selbst hastete von einer Beziehung zur nächsten, ohne jemals einen halbwegs akzeptablen Typen zu treffen. Was half ihr da der interessante und überdies schlecht bezahlte Job bei Lengley's?

Die Lebensweisen der beiden Freundinnen jedenfalls waren immer unterschiedlicher geworden. Schließlich hatte Heike ihr erstes Kind bekommen und ihren Job in der Spedition aufgegeben. Aber ihre Freundschaft hatte gehalten, wenn sie nun auch etwas weniger eng war.

Heike war immer noch wütend auf Tom. Es fiel ihr schwer, Susanne ruhig zu antworten: »Tom hat es mir fest versprochen, verstehst du? Und ich Schaf laufe mit Maman von einem Geschäft zum anderen, finde endlich das absolute Traumkleid ... Übrigens ein irres Ding von Gucci, mit einem Wahnsinns-Rückenausschnitt! Hellgelbe Seide, wirklich der todsichere Schuss – vorausgesetzt, man sieht aus, als hätte man gerade ein Wochenende in Saint-Tropez verbracht!« Zum Beweis dafür, dass sie dieses Kriterium erfüllte, zog sie die Ärmel von Mantel und Twinset ein paar Zentimeter nach oben und zeigte Susanne, die sich ein wenig nach vorne beugte, ihren zart gebräunten Unterarm.

»Selbstbräuner oder Toaster?«, fragte Susanne, ohne allerdings von ihrem Blackberry hochzusehen.

»Erzähl ich dir gleich.« Mit gesenkter Stimme fuhr Heike fort: »Zugegebenermaßen hatte das Kleid auch einen Wahnsinns-Preis. Maman hat mir sogar noch ein paar Euro dazugegeben, damit Tom sich nicht wieder so über die nächste

VISA-Abrechnung aufregt … Dabei hat er für das letzte Jahr einen so exorbitanten Bonus kassiert, den konnte selbst ich noch nicht ausgeben.«

Susanne blickte endlich auf und fixierte ihre Freundin. Es wurde zwar überall über diese ominösen Antrittsboni, Erfolgsboni und Halteboni der Investmentbanker gemunkelt, aber letztlich konnte sie nur erahnen, in welchen Höhen sie sich tatsächlich bewegten.

Heike wäre zu gerne mit der Zahl herausgeplatzt, aber Toms Worte klangen ihr noch deutlich in den Ohren: »Du musst mir versprechen, dass niemand erfährt, wie hoch mein Einkommen exakt ist. Weder deine Eltern noch deine Freundinnen, noch sonst jemand. Die Zahlen verlassen diese Wohnung nicht! Klar?« Sie zögerte einen langen Moment, entschied sich aber dann schweren Herzens, auf den Triumph zu verzichten, und wechselte schnell das Thema: »Ich war extra fünfmal im Solarium, obwohl man da absolut nicht parken kann. Lag vor Giuseppe auf den Knien, damit er mir den Samstagstermin für die Hochsteckfrisur reserviert, außer der Reihe … Du weißt ja, er ist ein halbes Jahr im Voraus ausgebucht! Ein Tête-à-tête mit Giuseppe würde dir übrigens auch nicht schaden«, setzte Heike hinzu und musterte den Stufenschnitt ihrer Freundin. Susanne versuchte unterdessen, ihr Spiegelbild in der Fensterscheibe zu sehen, um den Wahrheitsgrad von Heikes Bemerkung zu überprüfen.

»Er hat *ganz einfach* vergessen, sich um die Karten zu kümmern. Bei Tom dreht sich alles nur um seinen Beruf! Wahrscheinlich hat er selbst gar keine Lust hinzugehen. Ich sage dir: Aus Tom ist ein echter Stubenhocker geworden!« Sie benutzte ganz bewusst eines ihrer ärgsten Schimpfwörter. »Komm schon, es gibt Schlimmeres«, antwortete Susanne, drehte immer noch den Kopf hin und her und zupfte, während sie sich in der Scheibe spiegelte, an ihren Haaren herum. »Aber weißt du«, setzte sie zögernd hinzu und gab sich einen Ruck, »wenn dir so viel an dieser Proletenparty liegt, warum gehst du dann nicht einfach ohne Tom hin?«

Heike winkte ab: »Ohne Karte und ohne Begleitung ... ziemlich uncool, oder?« Sie zog den rechten Nasenflügel hoch und warf ihrer Freundin einen langen Blick zu.

»Ob du es glaubst oder nicht«, fuhr Susanne jetzt enthusiastischer fort, »ich habe da eine sichere Quelle für Karten: Erinnerst du dich an Silvy? Sie ist mittlerweile Vorsitzende des Förderkreises der Alten Oper, und da findet der Ball ja schließlich statt!« Susanne grinste und sprach weiter, bevor Heike etwas erwidern konnte: »Als Begleitung wird sich noch jemand finden ... Und notfalls würde ich mich sogar opfern. Wir müssen ja nicht unbedingt einen Cha-Cha-Cha zusammen tanzen, aber Champagner süffeln und über Ballkleider lästern kann ich auch ganz gut.«

»Eigentlich hast du recht. Dann könnte ich Tom mal zeigen, dass es auch ohne ihn geht.« Heike setzte mit einem Seufzer hinzu: »Obwohl ihm das inzwischen höchstwahrscheinlich egal ist ... Vielleicht reißt ihn das aber aus seinem derzeitigen Langweilerdasein. Für deine Idee gebe ich dir glatt noch einen Latte aus!«

Susanne schüttelte den Kopf. »Nein danke.« Ganz schön undankbar, dachte sie: Tommilein rackert für dich Luxusgeschöpf samt Ableger. Sie kämpfte gegen das miese Gefühl an, in diesem Moment ihre beste Freundin zu verachten. Und schon fiel ihr Heikes Bemerkung über ihre Haare wieder ein: »Sag mal, findest du wirklich, dass meine Frisur zu einfallslos ist?«

Heike nickte besorgt: »Wie gesagt, Giuseppe ist einfach der Einzige in Frankfurt, wenn nicht sogar in ganz Deutschland, der vernünftige Strähnen hinbekommt. Bei den meisten anderen läufst du Gefahr, auszusehen wie ein Zebra oder wie ein Bunny aus der Hugh-Hefner-Villa – völlig überblondiert. Glaub mir: Giuseppe macht aus jedem Haar etwas, und von der Grundstruktur her sind deine ja eigentlich gar nicht schlimm …«

»Oh, vielen Dank! Ich weiß zwar nicht, ob Strähnen das Richtige für mich sind, aber vielleicht kannst du ja mal ein gutes Wort für einen Termin bei ihm einlegen. Manus manum lavat.« Heike rollte genervt mit den Augen und sah Susanne mit hochgezogenen Augenbrauen an. »Hast du denn alles vergessen, was wir während des Studiums gelernt haben? Du erinnerst dich? Kleines Latinum? Vielleicht hätte ich dich doch nicht abschreiben lassen sollen«, spottete Susanne.

Heike tat beleidigt: »Na und? Wer braucht schon Latein? Du gibst mit deinen lächerlichen Sprichwörtern doch auch nur an. Also, sag schon, was heißt es?«

»Eine Hand wäscht die andere: Ich hatte die Idee, ohne Tom zu dem Ball zu gehen, und du verschaffst mir zeitnah einen Termin bei Giuseppe, ja?«

»Versprechen kann ich nichts … Aber ich werde ein gutes Wort für dich einlegen. Möchtest du jetzt noch einen Latte macchiato?«

»Lass mal, ich muss wirklich zurück ins Büro.«

Susanne sah auf ihre Uhr, eine Jaeger-LeCoultre Reverso, die ihre letzte Liaison, ein Natursteinhändler mit eigenem Steinbruch in Südafrika, ihr geschenkt hatte. »Habe gerade eine Mail bekommen: Heute Nachmittag ist ein neuer Praktikant da. Natürlich wieder ein ›von und zu‹, wie immer, wenn sie über Woletzki eingeschleust werden. Und ausgerechnet ich kriege ihn aufs Auge gedrückt!«

»Du, ich habe es ja auch eilig«, sagte Heike. »Ich muss

Chloé abholen. Maman wartet bestimmt schon mit dem Mittagessen auf uns.«

Beiläufig griff sie nach einer silbernen Spiegeldose, die sie an einer langen Kette trug. Sie klappte sie auf, betrachtete sich im Spiegel, tippte mit der Spitze des Ringfingers vorsichtig in den roséfarbenen Lipgloss und fuhr sich damit sorgfältig über die Lippen. Heike bezahlte die Getränke für beide und gab dem Kellner, wie immer, ein viel zu hohes Trinkgeld. Sie gingen bis zur Fressgass nebeneinander her und küssten sich zum Abschied auf die Wangen. Dann lief Heike los, so schnell ihre hochhackigen Stiefeletten es erlaubten. Susanne musste grinsen, als sie die seltsame Gangart sah, mit der Heike versuchte, mit den Absätzen nicht im Kopfsteinpflaster stecken zu bleiben. Sie selbst zog sich für die Mittagspause flache Ballerinas an, um diesen Eiertanz zu vermeiden.

SUSANNE

Susanne öffnete die Tür zu ihrem achteinhalb Quadratmeter großen Büro und zuckte erschrocken zurück.

»Frau Sander, da sind Sie ja endlich! Sie werden schon sehnsüchtig erwartet!« Der Geschäftsführer des Frankfurter Hauses stand zusammen mit einem jungen Mann hinter ihrem Schreibtisch. In der Hand hielt er den kleinen silbernen Rahmen mit dem Foto ihrer Katze. Er stellte ihn lächelnd zurück an seinen Platz und schob den jungen Mann auf Susanne zu: »Darf ich bekannt machen: Graf Moritz von Witterstein, unser neuer Praktikant. Das ist Frau Susanne Sander …« Es folgte eine Pause, in der sein Augenlid, wie immer, wenn er überlegte, unkontrolliert zuckte. Dann wiederholte er ihren

Namen: »Susanne Sander, SS! Nach 45 eigentlich eine unverantwortliche Namenswahl, fällt mir gerade auf. Aber nichts für ungut, Frau Sander, dafür können Sie ja nichts.« Susanne merkte entsetzt, dass sie rot geworden war. Du arroganter Armleuchter, dachte sie. »Und Vorsicht, Witterstein, sie gehört zu der Sorte Frau, die abends zur Entspannung Platon liest, im griechischen Original, versteht sich.«

Tapfer lächelnd streckte sie Herrn von Witterstein die Hand entgegen, den die Bemerkungen von Woletzki anscheinend wenig beeindruckten. Sie sah ihm ins Gesicht und dachte, endlich mal keine nach hinten gegelten Haare! Dunkle lange Ponyfransen fielen ihm in die gewölbte Stirn. Er hatte ein schmales Gesicht, auffällig dichte Augenbrauen und ein strahlendes Lächeln in den wasserblauen Augen. Neben Woletzki wirkte er unglaublich groß.

Zum Glück trug der junge Mann auch keinen Blazer mit Goldknöpfen – allerdings eine giftgrüne Hose. Neben Knallrot schon seit Jahren eines der Erkennungszeichen für den aristokratischen Nachwuchs und für solche, die gerne dafür gehalten wurden. Möglichst unauffällig betrachtete sie seine Hände und entdeckte, natürlich, einen Ring mit dem Familienwappen. Susanne seufzte: Mussten Klischees eigentlich immer erfüllt werden? Schon deutete Herr von Witterstein einen Handkuss an. Ein Handküsser, dachte Susanne, das gibt Punktabzug.

»Sehr erfreut, Graf von Witterstein«, begrüßte sie ihn.

»Ach, nennen Sie mich doch einfach Moritz!«

»Oh, ja natürlich, wenn Sie das möchten, dann nennen Sie mich doch auch Susa …« Sie konnte sich einen Seitenblick auf Woletzki nicht verkneifen, dessen Reaktion nicht lange auf sich warten ließ. Er räusperte sich: »Nun, dann will ich Ihrer weiteren Verbrüderung mal nicht im Wege stehen.« Er hatte sichtlich Mühe, seine Verachtung für das, was sich gerade abspielte, zu verbergen. Erst kürzlich hatte er dem versammelten Frankfurter Büro einen Vortrag über die amerikanische Unsitte gehalten, sich nach der ersten Begegnung mit dem Vornamen anzureden. Dies sei mit der englischen Tradition des Hauses Lengley's unvereinbar. Nur wollte er das hier – angesichts des Sprösslings, dessen Familie mit der seinen befreundet war – wohl nicht so deutlich sagen.

»Frau Sander wird sich dann ja Ihrer annehmen und Sie mit allem vertraut machen, was Sie im Kunstauktionsgeschäft wissen müssen. Ich darf mich empfehlen.« Er bewegte sich auf Susanne zu, die mit Schreck auf die 30 Zentimeter schmale Lücke zwischen Wand und Schreibtisch blickte und rückwärts in Richtung Tür zu entkommen versuchte. Aber es war schon zu spät: Sie spürte bereits seinen Atem in ihrem Gesicht, der glücklicherweise nur nach den scharfen englischen Pastillen roch, die er pausenlos lutschte. »Auch Mentholzigaretten schaden der Gesundheit, Frau Sander, und sind überdies vollkommen out.« Woletzki zwinkerte ihr zu und schloss die Tür hinter sich. Susanne hielt sich eine flache Hand vor den Mund und hauchte sie an, um ihren Atem zu überprüfen.

Notgedrungen wandte sie sich wieder ihrem Praktikanten zu, der immer noch hinter dem Schreibtisch stand.

»1:0 für Ihren Chef, würde ich sagen.« Moritz grinste süffisant und musterte Susanne.

Schlagartig fand sie ihn nicht mehr sympathisch und anziehend. Ohne auf seinen Spruch einzugehen, marschierte sie hinter ihren Schreibtisch. Mit einem »Dürfte ich mal bitte …« öffnete sie ruckartig dessen untere Schublade. Moritz konnte mit einem Sprung zur Seite verhindern, dass die Schublade gegen sein Schienbein knallte. Ungerührt zog Susanne ihre

Ballerinas aus und tauschte sie gegen ein paar dunkelbraune Pumps. Dann holte sie Werkverzeichnisse und Bildbände aus dem Schrank und stapelte sie auf ihrem Schreibtisch. »Wir bereiten eine Impressionistenversteigerung vor. Eine große Sache. Und Sie recherchieren bitte mal zu dem Thema, Moritz. Machen Sie Kopien, bei Abbildungen verwenden Sie den Farbkopierer. Schwerpunkt liegt auf den späten Werken. Der Kopierraum ist übrigens am Ende dieses Flurs, die kleine Kammer.«

CLAUDIA

Den Telefonhörer mit hochgezogener Schulter ans Ohr gepresst, lief Claudia in ihrer Küche hektisch hin und her und versuchte, innerhalb von 15 Minuten das echt amerikanische Frühstück für ihre drei Kinder vorzubereiten. Sie rührte abwechselnd in zwei Pfannen, in denen appetitlich geschnittene Champignonscheiben und cholesterinarmes Rührei brieten. Auf der Edelstahlarbeitsplatte standen vier Teller mit halbierten Kirschtomaten und Gurken bereit.

»Nein, Herr Teufel, ich versichere Ihnen, ich habe das Gutachten gestern Abend fertiggestellt und per E-Mail in das Sekretariat geschickt, da müssen Sie sich wirklich keine Sorgen machen. Wie bitte? Natürlich weiß ich, dass wir ihn sonst verlieren. Ich werde in 20 Minuten selbst im Büro sein und dem Mandanten für Fragen zur Verfügung stehen. Ja. Bis gleich dann, Herr Teufel.«

Von wegen *bis gleich,* dachte Claudia. Wenn du mit anonymer Nummer anrufst, weiß ich doch, dass du zu Hause bist und nicht vor 11 Uhr ins Büro schlurfst … Sie schob drei Power-Ranger-Figuren zur Seite, die auf dem schwarzen

Granit-Küchenboden lagen, und konnte nicht mehr verhindern, dass ihr fünfjähriger Sohn Arthur seinen Becher mit frisch gepresstem Orangensaft umwarf. Die eine Hälfte landete auf ihrem Missoni-Rock und verfärbte das graublaue Zickzackmuster in einen hässlichen Schlammton. Der Rest tropfte von der Küchentheke.

»Ihh, du Grobmotoriker«, kreischte sein älterer Bruder Lorenz und verzog gespielt angewidert das Gesicht. Claudia ging ans Haustelefon und blaffte hinein: »Marta, would you come up just now and help me with the kids. I have to leave in five minutes!« Sie knallte den Hörer auf, lief ins Treppenhaus ihrer dreistöckigen Westend-Villa und brüllte nach oben: »Juuuliaaa, komm endlich runter, du musst zur Schuuule!« Und leiser, vor sich hin: »Shit, was ist das eigentlich wieder für ein Morgen?«

»Ein Morgen wie jeder andere in dieser Familie, soweit man uns so bezeichnen kann ... Dein Kasernenhofton lässt eher andere Assoziationen aufkommen.« Nik kam in einem anthrazitfarbenen Maßanzug die Treppe herunter und band sich dabei die rosa Krawatte. Claudia öffnete den Mund, um sich entrüstet zu verteidigen, aber ihr Mann schnitt ihr das Wort ab: »Ich bin eigentlich schon weg! Habe um 8 Uhr einen Termin!«

Claudia nahm plötzlich den Duft eines Eau de Toilette wahr, das sie bisher noch nie an ihm gerochen hatte, und folgte Nik, demonstrativ schnüffelnd, in die Küche. »Neues Rasierwasser?«, fragte sie.

Nik griff sich eine Banane aus der Obstschale und meinte: »Ich rieche hier nur eins, und leider nichts Neues: Es ist was angebrannt! Übrigens, heute Abend kann es spät werden. Bye.«

Claudia stellte mit einem Blick auf den Herd fest, dass die Champignons schwarz waren. »Scheiße«, entfuhr es ihr.

»Mama hat Scheiße gesagt, dann haben wir es jetzt fünfmal gut!«, kreischte Lorenz, der inzwischen auf einem Barhocker im Wintergarten lümmelte und einen Müsliriegel kaute. »Darling, kannst du gerade mal deinen Wagen wegfahren, ich wollte heute den roten nehmen, und du stehst davor«, rief Nik in den Spalt der halb geöffneten Haustür.

Claudia nahm die Pfanne vom Herd und warf sie mitsamt den verkohlten Champignons schwungvoll in den Ausguss. »Lo, geh bitte hoch und sieh nach, was mit deiner Schwester los ist. Womöglich ist sie wieder eingeschlafen! Und du, Arthur, tust dir Rührei auf den Teller und fängst sofort an zu essen.«

Im Flur stieß sie fast mit dem spanischen Au-pair-Mädchen Marta zusammen, die gerade mit dem Aufzug aus dem Souterrain, in dem sich ihr Apartment befand, nach oben gefahren war. »Oh Marta, you are quite late! Could you prepare the Pausenbrote for the kids and look, that they eat their breakfast very fast!«

Claudia schnappte sich ihren Schlüssel und rannte nach draußen, wo Nik bereits in seinem »Roten« saß und ungeduldig hupte. Der »Rote« war ein Ferrari Testarossa, den er sich erst vor kurzem zugelegt hatte, um seinen Fuhrpark auf vier Wagen aufzustocken, Claudias Voyager nicht mitgerechnet. Wie bei allen italienischen Automobilen war auch die Hupe seiner Neuerwerbung nicht gerade dezent.

»Du hast dein neues Baby aber noch nicht so ganz im Griff«, sagte sie, als Nik an ihr vorbeifuhr. Hören konnte er sie natürlich nicht, und sie verzog nur kurz die Mundwinkel zu einem Grinsen. Und die Ferrari-Sonnenbrille sieht wirklich ausgesprochen dämlich aus, dachte sie, weil ihr nicht entgangen war, dass Nik den Motor des Sportwagens etwas zu laut aufheulen ließ, was nur zwei Deutungen zuließ: Anfänger oder Angeber. Claudia musste sich eingestehen, dass auf ihren Mann beides zutraf. Sie überlegte einen Augenblick, was ihr an Nik eigentlich noch gefiel – schließlich war sie einmal völlig verrückt nach ihm gewesen.

Zurück in der Villa, stellte Claudia mit Erleichterung fest, dass Marta ihre Kinder dazu gebracht hatte, fertig zu frühstücken und sich in den Flur zu begeben. Selbst die zehnjährige Julia saß kauend, aber fertig angezogen, auf ihrer Schultasche und wartete.

»Interessante Kombination«, meinte Claudia mit einem Blick auf das schwarz-weiß gescheckte Minikleid mit Kuhprint, die rote Strumpfhose und die hellblauen Moonboots, die Julia anhatte. Ihre blonden langen Haare waren offensichtlich unberührt geblieben, seit Julia aus dem Bett gestiegen war.

Julia hob den Arm und tippte auf ihre lila glitzernde Armbanduhr. »Mann, Mama«, zischte sie. »Können wir jetzt endlich fahren? So spät bin ich ja noch nie in die Schule gekommen, dabei schreiben wir in der ersten Stunde eine Lernkontrolle in Hebräisch!«

Claudia konnte ihrer Tochter schlecht sagen, dass ihr deren Hebräisch-Note reichlich egal war. Sie hatten ihre Kinder nur deshalb auf die jüdische Schule geschickt, weil Lorenz nach ihrer Rückkehr aus New York dort mit fünf Jahren mitten im Schuljahr eingeschult werden konnte. Mittlerweile bereute sie diese hauptsächlich auf Niks väterlichem Ehrgeiz beruhende Entscheidung, da Lorenz mit gravierenden Schwierigkeiten in der Schule zu kämpfen hatte.

»Außerdem – schau dich bitte mal an!«, fuhr ihre Tochter triumphierend fort.

Stimmt, dachte Claudia. Mit diesen Saftflecken auf dem Rock konnte sie unmöglich in der Kanzlei auftauchen. Sie wog ihre Möglichkeiten ab: Entweder würden Julia und Lorenz die ganze erste Schulstunde verpassen, oder sie müsste sie erst an der Schule absetzen und dann noch mal zurückfahren, um sich umzuziehen. Bei dieser Variante würde sie allerdings vollends den Unmut des Seniorpartners ihrer Kanzlei auf sich ziehen. Dr. Teufel glaubte schon lange nicht mehr daran, dass die Einstellung einer Mutter mit drei Kindern die richtige Wahl gewesen war – auch wenn Claudia in deutschem Wettbewerbsrecht promoviert hatte, sich darüber hinaus im amerikanischen Recht auskannte und fast jeden Mandanten davon überzeugen konnte, dass sie die einzige Anwältin weit und breit war, die ihn gebührend vertreten konnte.

»Kinder, ich bin in zwei Minuten wieder da, setzt euch schon mal ins Auto …« Sie warf Julia den Autoschlüssel zu und verfehlte knapp deren rechtes Auge. »Und schnallt euch an!«

Schon rannte sie die Treppen hoch, öffnete dabei den Reißverschluss ihres Rockes und ließ ihn auf der gläsernen Plattform fallen, die ihr Ankleidezimmer in zwei Ebenen unterteilte. Sie riss den erstbesten Rock vom Bügel, knöpfte ihn im Hinunterlaufen zu und machte sich dann klar, dass nun auch ihr Outfit – pinkfarbener Rock zu blauer Bluse und grauen Plateaupumps – eine gefährliche Mischung darstellte, die zu schwerwiegenden Irritationen der Netzhaut führen konnte. Aber für Überlegungen zur Farbenlehre war es jetzt zu spät.

Die Kinder saßen tatsächlich im Auto. Lorenz versuchte, Arthurs Rucksack aus der geöffneten Wagentür zu werfen, was dieser mit »du Scheiß-Pimmel-Torte« quittierte. Zur Bekräftigung schlug er mit einer Spidermanfigur auf seinen Bruder ein. Claudia nahm ihren Kindern Rucksack und Actionfigur ab, warf beides in den Fußraum des Beifahrersitzes und drohte allen, die nicht sofort die Klappe hielten und still saßen, mit einem Wochenendfernsehverbot – was fast immer, und auch diesmal, wirkte. Routiniert lenkte sie ihre Familienkutsche durch das Einbahnstraßensystem des Frankfurter Westends und angelte sich das läutende Mobiltelefon. »Neumann-Elten? Heike ... Ja, habe fest geplant, heute Abend zu kommen, wenn mir der Teufel nicht wieder einen Strich durch die Rechnung ... Warte mal gerade ...« Claudia hielt ihr Handy nach unten, da sie an einem Polizeiwagen vorbeifuhr, der zur Dauerbewachung vor der jüdischen Schule stand. »Hast du den Tisch im Nizza bestellt? Und könntest du mich abholen? Um halb acht? Klasse, bis dahin!«

Sie hielt in einer Einfahrt, Julia und Lorenz sprangen aus dem Wagen. Dann fuhr sie weiter zum katholischen Kindergarten und lieferte Arthur ab. Ihr Parkplatz im Hinterhof der Anwaltskanzlei war besetzt. Claudia verfluchte den unbekannten Fahrer des dort abgestellten BMW Cabrios. Sie parkte ihren Wagen so, dass der BMW blockiert war, und betrat das Gebäude mit der verspiegelten Fassade.

HEIKE

Der Wäschetrockner summte, und Heike gab den Versuch auf, diesen penetranten Ton zu ignorieren. Sie lief in den Hauswirtschaftsraum und stellte das Gerät ab. Nichts hasste sie so sehr wie solche Unterbrechungen ihrer kostbaren Vormittage. Immerhin die einzigen Stunden, in denen sie ungestört war. Sie rannte zurück an ihren Computer, in wenigen Minuten endete die Ebay-Auktion für eine Hermès Birkin Bag. Die fehlte noch in ihrer Taschensammlung. Sie klickte wieder auf das Angebot und merkte, wie sich ihre Pulsfrequenz erhöhte. 1200 Pfund waren eigentlich ein Klacks für so einen zeitlosen Klassiker. Aber es war zu ärgerlich: Sie wurde überboten. Noch vierzig Sekunden. Hastig tippte sie eine neue Zahl ein: 1500 Pfund. Und hielt den Atem an. 4, 3, 2, 1 … 0 Sekunden. »Sie waren leider nicht der Höchstbietende bei dieser Auktion«, wurde ihr mitgeteilt und: »Das Angebot wurde beendet.«

Nach so viel Anspannung spürte Heike nur noch Enttäuschung und Leere. Kurz darauf kam die Erleichterung. Der Ausgang der Auktion hatte auch eine gute Seite: So entging sie wenigstens den Erklärungsnöten, in die sie geraten wäre, um Tom die Paypal-Abbuchung auf ihrem Kontoauszug zu erklären. Heike blickte auf die Uhr ihres Computers und erinnerte sich an einen Termin: Sie hatte eine Hausbesichtigung im Diplomatenviertel vereinbart. Schon seit Monaten war sie auf der Suche nach einer Immobilie mit Garten. Heike griff sich das Exposé der Maklerfirma. Das Foto auf der ersten Seite zeigte die ockerfarbene Fassade eines Einfamilienhauses aus den 70er Jahren. Heike blätterte weiter …

Wenige Minuten später zog sie den Trenchcoat an und warf einen schnellen Blick in den Garderobenspiegel. Nein! So konnte sie unmöglich gehen. Das Poloshirt war aus der letzten Saison, und ihre langen Haare waren heute Morgen nicht gerade stylish. Sie nahm eine Bürste und versuchte, sie rasch in Form zu bringen. Ein pfirsichfarbener Lipgloss, den sie aus einer kleinen Kosmetiktasche holte, brachte wenigstens etwas Farbe in ihr Gesicht. Vergeblich kramte sie nach einem Augenbrauenstift, fand aber weder Stift noch Mascara, und nun war keine Zeit mehr. Sie setzte eine große Sonnenbrille auf und knöpfte ihren Trenchcoat zu, damit man das Poloshirt nicht sehen konnte.

Der Immobilienmakler wartete an der Ecke Frauenlobstraße, Lilienthalallee. Heike sah schon von weitem den Maserati eines Typs, wie ihn nur Makler und Zuhälter fahren, und einen Mann mit unnatürlich rotbraunem Teint und dunkelblauem Blazermantel, der ungeduldig auf und ab lief. Er begrüßte sie mit einem geschäftsmäßigen Lächeln, das seine zu perfekt weißen Veneers freilegte. Danach gingen sie 30 Meter weiter. Das Haus sah nicht viel besser aus als auf dem Foto. Es stand direkt an der Straße, und die Fassade auf dieser Seite hatte nur wenige und sehr kleine Fenster. Die Inneneinrichtung strahlte den Charme der 70er aus. Schwarz lackierte, abgehängte Decken und eine asiatisch inspirierte Möblierung bestätigten Heikes eher negativen Eindruck. Ein verknöcherter Sechzigjähriger stellte sich als Eigentümer vor. Zur Verstärkung der sonderbaren Atmosphäre hatte er folkloristische Musik aus Asien aufgelegt und geleitete sie mit einer aufgesetzten guten Laune durch sein Haus. Von einer seltsam überflüssigen Galerie sah man in das auf Kellerniveau gelegene Wohnzimmer hinab.

Sie gingen in den Garten, und Heike wunderte sich über eine Blockhütte am Ende der Rasenfläche. Es war in der Tat kein Schuppen für Gartengeräte, in der Hütte befanden sich eine mit karierten Polstern bestückte Eckbank und ein Bartresen, beides aus rustikalem Kiefernholz, sowie ein Kühlschrank, eine Stereoanlage und ein Fernseher. Die weiß-rot karierten Gardinen passten zu den Bankpolstern.

»Hier haben wir immer mit unseren Freunden Doppelkopf gespielt, manchmal ganze Nächte durch«, erläuterte der Verkäufer, der sich über diese Erinnerung besonders zu freuen schien. Heike fragte sich, wie man sich stundenlang in eine einfache Gartenhütte setzten konnte, wenn man daneben ein großzügiges Haus hatte. Es kam der entscheidende Augenblick: Heike stellte sich in die Mitte des Gartens und machte den Himmelstest. Ihr Blick richtete sich nach oben, und sie schätzte, wie viel freien Himmel sie für das geforderte Geld bekommen würde. Für sie das – natürlich neben dem Ankleidezimmer – ausschlaggebende Kriterium, das bei Immobilien in Frankfurt fast immer zu einem erschütternden Ergebnis führte. Heike war zunächst angenehm überrascht, dass der Ausschnitt gar nicht so klein war. Aber als sie sich umdrehte, erschrak sie: Der Ginnheimer Fernsehturm schien mitten im Garten zu stehen. Er zerschnitt den Himmel über dem Grundstück in zwei Teile. Heike hatte genug gesehen. Eilig verabschiedete sie sich und dachte daran, wie viel Zeit dieser überflüssige Termin sie wieder einmal gekostet hatte. Natürlich begann der Makler vor der Tür sofort damit, ein anderes Objekt anzupreisen, und Heike wurde ihn nur los, indem sie Interesse vorgab und ihm gestattete, ihr auch dieses Exposé zuzusenden.

Sie wollte gerade in ihr Auto einsteigen, als eine dunkelblaue Limousine auffallend langsam an ihr vorbeifuhr. Heike kniff die Augen zusammen, bückte sich und versuchte durch die dunkel getönten Scheiben den Fahrer zu erkennen. Dieser winkte ihr zu, hielt an und ließ die Fensterscheibe herunter. Till Berger, der Inbegriff des smarten Frankfurter Bankers! Er saß im Auto, den Ellbogen jetzt lässig aus dem Fenster gelehnt, und goldene Knöpfe mit großen dunklen Saphiren blitzen in seinen rosa Manschetten. Heike verfluchte sich dafür, heute Morgen so wenig Zeit auf ihr Erscheinungsbild verwendet zu haben.

»Heike! Hast du wieder mal was besichtigt?«

»Die Hütte da drüben. Könnte man wahrscheinlich was draus machen, aber nur mit Riesenaufwand. Sag mal – euch hab ich ja ewig nicht gesehen. Wie geht's denn so?«

»Ja, wir haben beide viel zu tun. Tanja ist auch wieder sehr beschäftigt«, meinte er, und das klang mysteriös. Hinter dem BMW bildete sich langsam eine Schlange. Einer der Wartenden drückte auf die Hupe. Till machte ein beschwichtigendes Zeichen mit der Hand und rief: »Muss weiter, ruf doch Tanja mal an, sie freut sich bestimmt! Gruß zu Hause!«

Sie sah ihm nach und überlegte, was er wohl damit gemeint hatte, dass Tanja *wieder* sehr beschäftigt war. Eigentlich konnte sie als Mutter von vier Kindern, noch dazu nur Jungen, sicherlich nicht über Langeweile klagen. Ob sie wieder als Lehrerin arbeitete? Es gab Heike jedes Mal einen kleinen Stich, wenn eine ihrer Freundinnen nach der Erziehungszeit den Wiedereinstieg wagte. Sie versuchte, sich damit zu beruhigen, dass die Tätigkeit als Hauswirtschaftslehrerin mit Sicherheit keine große intellektuelle Herausforderung darstellte. Aber trotzdem: Das Image war allemal besser als das einer Nur-Hausfrau.

Vor ihrem Haus angekommen, stellte sie fest, dass ihr Nachbar seinen Wagen genau vor ihrer Einfahrt geparkt hatte. Und Parkplätze waren im Westend so rar, dass das besonders ärgerlich war. Heike hielt in der zweiten Reihe, stampfte zu dem Büro der Unternehmensberatung Becker & Partner und klingelte Sturm. Kurz tauchte die graue Halbglatze ihres Nachbarn hinter einem Fenster auf, dann tönte eine weibliche Stimme aus der Gegensprechanlage: »Ja bitte?«

»Wären Sie so nett, Ihren Wagen aus meiner Einfahrt zu entfernen?«

»Oh, das tut mir leid, Herr Becker ist zurzeit nicht im Haus«, antwortete die Stimme katzenfreundlich.

»Das kann ich mir kaum vorstellen, zumal ich ihn gerade am Fenster gesehen habe! Falls er sich demnächst also zufällig bei Ihnen melden sollte, richten Sie ihm doch aus, dass ich die zuständige Polizeidienststelle informiert habe und vor meinem Haus auf den Abschleppwagen warte.«

Heike merkte, wie es in ihrem Hals pochte und ihre Hände leicht zitterten. Dann ging sie langsam zurück zu ihrem Auto. Dahinter stand jetzt ein Getränkelaster, der an ihrem Wagen nicht vorbeikam. Als der Fahrer sie erblickte, stieg er aus und brüllte: »Fahr endlich deine Schüssel aus dem Weg, du Schlampe!« Heike starrte auf das Piercing in seiner Nase, den schmalen Bart zwischen Unterlippe und Kinn und das geflochtene Zöpfchen in seinem Nacken. Er trug eine blaue Latzhose ohne T-Shirt. Seine Stirn glänzte vor Schweiß.

»Das gibt leider eine Anzeige wegen Beleidigung«, erwiderte Heike trocken. Sie holte einen kleinen Block aus der Ablage ihres Armaturenbretts und notierte demonstrativ das Kennzeichen des Lasters.

Der Fahrer tobte: »Das hab ich gern, dämliche Hausfrauen, die nichts anderes zu tun haben, als das Geld ihrer Männer auszugeben. Und dann noch eine dicke Lippe riskieren.« Er kam langsam auf Heike zu, die ihn nicht aus den Augen ließ und in ihrer Handtasche kramte. Sie suchte ihr Handy, bekam aber nur einen Kamm, eine Packung Hustenbonbons und einen Lippenstift zu fassen. Es rächte sich wieder einmal, dass die Tasche zu groß war und zu selten aussortiert wurde.

»Das ist schon wieder eine Beleidigung. Vielleicht sollten Sie …« Endlich hatte sie ihr Mobiltelefon gefunden, tippte die Nummer 110 ein, und als der Polizeinotruf sich meldete, flüsterte sie mit betont ängstlicher Stimme: »Ich stehe vor meinem Haus in der Beethovenstraße 26 und werde von dem Fahrer eines Getränkelasters bedroht und beleidigt. Bitte, schicken Sie umgehend eine Streife vorbei! Das Kennzeichen des Lasters lautet: F-LM 565 …«

»Das könnte dir so passen!« Der Fahrer machte einen Satz

auf sie zu und schrie: »Huah!«, so dass Heike erschrocken zusammenzuckte. Anschließend drehte er sich um und sprang zurück in die Fahrerkabine seines Lasters. Er setzte den Wagen mit einem Affenzahn zurück, wendete quietschend in einer Einfahrt und raste entgegen der Einbahnstraße davon. Heike stand verdutzt da und hörte jetzt den Polizeibeamten in der Leitung: »Hallo? Hallo?«

»Der Täter ist weggefahren – in Richtung Senckenberganlage«, sagte Heike. »Und ja, ich möchte Anzeige wegen Beleidigung erstatten, aber erst müssen Sie ihn kriegen!«

Heike stieg in ihr Auto und suchte nach einem freien Parkplatz. Den nächsten fand sie 300 Meter entfernt in einer Querstraße. Zu Hause angekommen, sah sie, dass die Einfahrt wieder frei war. Heike konnte sich nichts mehr vormachen: Sie war reif für den Vordertaunus.

HEIKE, SUSANNE, CLAUDIA

Das Nizza war voll, Heike und Susanne saßen schon an einem Tisch vor der Fensterfront. Sie hatten einen atemberaubenden Blick auf den Main. Triumphierend holte Heike drei Karten aus ihrer Tasche und wedelte damit vor Susannes Gesicht herum. »Guck mal, was ich hier habe, für den Sportpresseball. War übrigens gar kein Problem! Und damit du nicht einsam leiden musst, wenn du mich begleitest, habe ich Claudia auch noch gefragt, ob sie mitkommt … Sie kann sogar. Das wird bestimmt witzig!«

»Na, ich hab es doch gleich gesagt! Lass mal sehen!« Susanne griff in dem Moment nach den Karten, als Claudia an ihren Tisch trat und die beiden verschwörerisch grinsend ansah. Mit dem ausgestreckten Zeigefinger deutete sie auf Susannes neue Frisur, hielt dann den Daumen in die Luft und nickte anerkennend. »Hey, du siehst ja ganz anders aus, was hast du mit deinen Haaren gemacht?«

»Erkennt man das nicht? Ich war heute bei Giuseppe: neue Farbe und ein Pony!« Susanne drehte ihren Kopf hin und her, setzte ein gespielt arrogantes Gesicht auf und klimperte theatralisch mit den Lidern.

»Also, ich finde, sie sieht süß aus«, meinte Heike.

»Süüüß?«, wiederholte Susanne empört.

»Na ja, süß nicht.« Claudia runzelte die Stirn. »Aber ich glaube, Giuseppe hat wirklich das Letzte aus deinen Haaren rausgeholt.«

»Oh, herzlichen Dank! Wisst ihr eigentlich, wie viel Zeit ich für diese Frisur geopfert habe?«, fragte Susanne, und Heike zuckte unbekümmert die Schultern. »Und was ich dafür hingeblättert habe?«

»Nein, aber ich kann es mir ungefähr denken, ist schließlich Heikes Friseur«, antwortete Claudia.

»600 Euro …« Susanne ließ ihre Worte erst einmal wirken.

Claudia entfuhr ein »Hoppla!«, und sie strich sich mit den Händen über ihre glänzenden, fast schwarzen Haare.

Heike hingegen sagte: »Ich hoffe, du hast trotzdem nicht mit dem Trinkgeld gegeizt. Sonst kann ich mich da nie wieder blicken lassen, schließlich hast du den Termin nur durch meine Empfehlung ohne dreimonatige Wartezeit bekommen!« Susanne beeilte sich anzufügen: »Genau, und dann kam noch das Trinkgeld für Giuseppe selbst dazu, der ja nur färbt, für den Haircutter, den Föhner und, nicht zu vergessen, den Mantelaufhänger und Proseccobringer. Nochmals vielen, vielen Dank, Heike. Das nächste Mal, wenn ich einen Batzen Geld ausgeben will, werde ich dich wieder fragen. Dafür bist du einfach die ideale Ansprechpartnerin.«

Heike zuckte nochmals mit den Schultern und wandte sich Claudia zu, die immer noch erwartungsvoll vor ihrem Tisch stand. Mit ihrem engen Minikleid von Pucci und geschnürten Lackstiefeln übertraf sie die anderen beiden an Extravaganz. Ihre Haare waren zu einem Zopf à la Lara Croft geflochten, der neckisch über der Schulter lag. Sie verstand es, sich in Szene zu setzen, obwohl sie nicht besonders groß, nicht besonders schlank und mit ihrem vorspringenden Kinn auch nicht besonders hübsch war.

»Mann, Claudia, das Kleid ist ja irre, wo hast du das denn wieder her?« Heike fasste mit zwei Fingern den Stoff an. »Wie ihr wisst, war ich letzten Monat mit Nik kurz in New York, alte Freunde besuchen, und im Century 21 kam ich einfach nicht an diesem Kleidchen vorbei ... Ist zwar aus der letzten, vielleicht sogar vorletzten Saison, aber für Frankfurt reicht es allemal ...«

»Macht dich um zehn Jahre jünger«, warf Susanne ein.

»Oh, vielen Dank. Ich weiß schon, was du sagen willst: Eigentlich bin ich zu alt für ein Minikleid«, sagte Claudia.

Susanne grinste: »Nein, so war das natürlich nicht gemeint, aber wenn du es selbst findest, dann frage ich mich ...«

»Okay, Leute, trinken wir erst mal was!«, mischte sich Heike ein und hob, ohne die Antwort der anderen abzuwarten, die Hand, um Cocktails zu bestellen. Nachdem die Kellnerin gegangen war, verteilte sie die Karten an ihre Freundinnen: »180 Mäuse für jeden, müsst ihr mir aber nicht jetzt geben. Wisst ihr eigentlich schon, was ihr anzieht?«

Susanne schüttelte den Kopf und atmete hörbar ein: »Du treibst mich noch in den Bankrott. Hast du nicht ein Abendkleid, das du mir borgen würdest? Ich kann mir unmöglich was Neues kaufen, sowohl aus zeitlichen als auch aus pekuniären Gründen.«

Heike legte fürsorglich den Arm um sie: »Wir werden schon was für dich finden, aber dann brenn nicht wieder ein Loch rein wie beim letzten Mal!«

Als die Drinks gebracht wurden, hob Claudia ihren Martini: »Na dann, Mädels, worauf wollen wir anstoßen?«

»Auf die Männer, die Kinder und einen Abend ohne sie!«, antwortete Heike sofort.

»Halt«, protestierte Susanne, »das gilt nicht für mich, schließlich bin ich immer ohne Kinder und fast immer ohne Mann. Ich müsste eher auf einen Abend *mit* ihnen trinken …«

»Susannchen, dann trinken wir eben auf dich und deine Männer noch mal gesondert … Prost Mädels!«

Heike nippte zufrieden an ihrem Mojito und seufzte. »Kann mir mal jemand erklären, warum wir das nicht öfter machen?«

»Vielleicht, weil du keinen Babysitter außer deiner Mutter hast«, sagte Claudia in einem Anflug von Bösartigkeit.

Bevor Heike antworten konnte, stand schon wieder ein Kellner am Tisch, um ihre Bestellungen aufzunehmen. Sie suchten, wie schon in ihrer Studienzeit, verschiedene Vorspeisen und Hauptgerichte aus, um sie dann untereinander auszutauschen und von allen zu probieren. Damals hatte das auch mit ihrem eingeschränkten Budget zu tun, inzwischen war es zur Tradition geworden.

Als die Gerichte serviert wurden, begannen die Freundinnen mit großem Appetit zu essen, außer Heike, die sich eine winzige Portion gedünstetes Gemüse nahm.

»Schlag doch mal ein bisschen über die Stränge!«, meinte Susanne aufmunternd.

»Du hast leicht reden, bei dir setzt doch rein gar nichts an«, erwiderte Heike. »Ich hingegen habe am nächsten Tag garantiert zwei Pfund mehr auf der Waage, bei diesem fettigen Zeug. Das kann ich mir einfach nicht erlauben.«

»Die Problematik ist uns allen bekannt, aber ohne dich wäre es mir gelungen, sie für ein paar Stunden zu verdrängen«, meinte Claudia und probierte eine in Teig gebackene Riesengarnele. »Du bist schließlich so dünn, dass du wirklich keinen Grund hast, ständig so wenig zu essen«, fügte sie noch hinzu.

»Und warum? Doch nur, weil ich eben immer darauf achte, was und wie viel ich esse. Nicht umsonst habe ich nach der Schwangerschaft innerhalb von acht Wochen wieder mein ursprüngliches Gewicht zurückgewonnen ...«

»Klar, um den Preis, dass du Chloé sofort abgestillt hast ...« Claudia konnte sich die Bemerkung einfach nicht verkneifen und legte nach: »Ist dir eigentlich klar, was du deinem Kind damit angetan hast?« Heike wurde purpurrot im Gesicht. Ungerührt hob Claudia zu einem Vortrag über die Vorteile des Stillens an: »Im Gegensatz zu Kuhmilchersatzprodukten enthält die Muttermilch eine vielfach höhere Konzentration von Gamma-Linolensäure, die maßgeblich an der Entwicklung des Immunsystems von Neugeborenen beteiligt ist. Da fällt mir ein, leidest du nicht sogar an Neurodermitis?«

»Jetzt reicht's aber! Was soll das werden? Willst du mich fertigmachen?«

Susanne sah einigermaßen bestürzt, dass Tränen über Heikes Wangen liefen. Sie legte ihr beide Arme um die Schultern: »Heike, so hat sie das wirklich nicht gemeint!« Hilfesuchend sah sie zu Claudia, die nun endlich schwieg, und entdeckte jemand anderen. »Das kann ja wohl nicht wahr sein«, murmelte Susanne und hielt ihre Serviette seitlich vor das Gesicht. »Hast du einen Geist gesehen?«, fragte Claudia. »Du bist ja ganz blass.«

Ein ungleiches Paar bahnte sich einen Weg zu ihrem Tisch. Ein junger attraktiver Mann, dunkle Ponyfransen in der Stirn, mit einer knallroten Hose und dunkelblauem Blazer. Neben ihm stakste eine sehr große, sehr dünne Frau in Plateauschuhen aus Plexiglas und einem Overall aus gewaschenem Jeansstoff. Sie hatte ellbogenlanges rotbraunes Haar, und ihr Gesicht schien nur aus Wangenknochen und Lippen zu bestehen.

»Wenn ihr mich fragt: An der ist rein gar nichts echt – höchstens ihr Schmuck«, raunte Claudia den anderen zu. »Aber eines muss man neidvoll anerkennen: Ich habe selten so schmale Hüften gesehen, außer vielleicht bei meiner zehnjährigen Tochter.«

Das Paar trat an ihren Tisch, und Susanne ließ langsam die Serviette sinken.

»Susanne, so schnell sieht man sich wieder. Darf ich Sie mit meiner Tante bekannt machen. Susanne Sander – Liliane von Schönburg.«

»Hallo Moritz, Frau von Schönburg.« Susanne stand auf, schüttelte ihr eine Hand, die sich anfühlte, als sei sie aus Eis.

»Ach, Moritz, ich sehe gerade, dass unser Tisch schon fertig ist. Eine schöne Zeit Ihnen allen.« Liliane von Schönburg deutete einen Gruß in die Runde an und hakte sich bei Moritz ein. Diese konnte Susanne und ihren Freundinnen nur noch zunicken.

Die drei Frauen sahen sich verdutzt an. »Was war das denn für ein Auftritt?«, fragte Heike als Erste. Bevor Susanne antworten konnte, lästerte Claudia schon los: »Das war das beste Beispiel dafür, wie riskant ein blauer Overall sein kann. Absolut frisch vom Runway, mit dem deutlich sichtbaren CC-Logo als Synonym für die höchste Stufe des Glamours. Aber: Das nützt nichts! Auch mit dem Couture-Blaumann sieht man eben aus wie ein Experte für Zylinderkopfdichtungen!« Sie sah sich beifallheischend um, aber nur Heike stimmte heftig nickend zu. »Und woher kennst du den netten Knaben?«, erkundigte sie sich neugierig bei Susanne.

»Das ist unser neuer Praktikant bei Lengley's: Moritz Graf von Witterstein. Er hat gestern erst angefangen, und natürlich bin wieder einmal ich die Dumme, die sich um ihn kümmern muss.«

»Ach, du Arme. Du bist ja wirklich bemitleidenswert«, meinte Claudia ironisch.

»Leider hat Woletzki mich vor ihm total lächerlich gemacht, indem er zuerst über meine Initialen und dann über meine Mentholzigaretten hergezogen ist. Danach konnte ich keinen unbeschwerten zweiten Blick mehr auf diesen Moritz werfen.«

»Und was ist dann passiert? Erzähl!«

Die beiden Freundinnen waren höchst interessiert, denn die Zeit, als sie selbst noch Männer kennenlernten, Affären hatten, sich möglicherweise verliebten und Beziehungen anfingen, war schon seit einigen Jahren vorbei. Umso mehr fieberten sie bei Susanne mit.

»Dann habe ich ihn für meinen Ärger mit Woletzki büßen lassen. Habe ihn stapelweise Berichte und Bilder über Impressionisten kopieren lassen für die nächste Auktion, eigentlich vollkommen überflüssig. Das hat er wahrscheinlich auch gemerkt.« Susanne blies ihren neuen, ungewohnten Pony aus der Stirn und zuckte mit den Schultern. »Vermutlich habe ich es mir gleich mit ihm verdorben.«

»Nicht unbedingt.« Claudia schluckte ein großes Stück Hähnchen mit Erdnusssauce herunter und sprach weiter. »Es kann auch sein, dass er dich gerade deshalb interessant findet.«

»Klar, wenn er masochistisch veranlagt ist und voll auf dominante Frauen abfährt. Vielleicht sollte ich das nächste Mal

Schaftstiefel und einen schwarzen Ledermantel anziehen«, sagte Susanne.

»Überleg doch mal: Du hast ihm am Anfang wahrscheinlich eine gewisse Sympathie signalisiert. Wenn er nicht ganz blöd ist, und eigentlich habe ich eine zu hohe Meinung von dir, als dass ich vermuten würde, du könntest dich in jemanden mit einem IQ von unter 120 verknallen ...«, erklärte Claudia.

»Wer sagt denn, dass ich mich in ihn verknallt habe«, protestierte Susanne, und alle drei mussten grinsen.

»Na ja, Süße, wenn das nicht so wäre, würden wir diesem Moritz wahrscheinlich nicht so viel Zeit widmen, oder?« Susanne zupfte leicht verlegen an ihren Ponysträhnen. »Wisst ihr, diese plötzliche thematische Offenheit überfordert mich ein bisschen, könnten wir bitte über was anderes sprechen?« Sie versuchte, sich aus der Affäre zu ziehen.

»Immerhin hat dieser Moritz eine nette Tante«, meinte Heike, und alle drei prusteten los.

Claudia steckte sich eine Thunfischscheibe in den Mund und kam wieder zum Thema zurück: »Du solltest dir bei dem sowieso keine Chancen ausrechnen. Die Sprösslinge dieser Familien sind auch heute noch so erzogen, dass sie in der Regel keine ernsthaften Beziehungen mit Außenstehenden eingehen.«

»Wie meinst du das denn?« Heike sah sie verständnislos an.

»Ganz einfach: Da Susanne nicht aus einer ebenbürtigen Familie kommt, wird dieser Moritz von Wittersdingsda nichts mit ihr anfangen – außer er hat es auf eine kleine Affäre abgesehen. Glaub mir: In diesen Familien wird das aristokratische Selbstverständnis immer noch mit der Muttermilch eingetrichtert – und zwar zu 98 Prozent erfolgreich.«

»Wenn sich heutzutage zwei Menschen ernsthaft verlieben«, antwortete Susanne nach einer Pause, »wird dieser

Standesdünkel sie bestimmt nicht mehr daran hindern. Wir leben schließlich im Deutschland des 21. Jahrhunderts.« Claudia schlürfte genüsslich den letzten Schluck ihres fünften Martinis und stellte das Glas ab. »Ich hatte ganz vergessen, wie süffig diese Dinger sind. Trinken wir noch einen Macchiato?«, fragte sie. Alle nickten. Sie rief die Kellnerin und bestellte: »Drei Latte macchiato, bitte. Koffeinfrei!«

Plötzlich sah Heike auf die Uhr und rief entsetzt: »Es ist ja nach 11. Ich muss unbedingt nach Hause, Maman vom Babysitten erlösen. Teilen wir die Rechnung durch drei, wie immer?« Ohne die Zustimmung der anderen abzuwarten, hob sie die Hand und winkte die Kellnerin herbei. Dann holte sie ihr Portemonnaie aus der Handtasche, zählte ungeduldig ein paar Scheine ab und legte sie auf den Tisch. »Mädels, seid mir nicht böse, sagt mir hinterher, ob ich noch was zu bezahlen habe, ich muss jetzt wirklich los ... Bis demnächst.« Sie stand so ruckartig auf, dass ihr Stuhl umfiel. Heike murmelte »Entschuldigung«, hob den Stuhl auf, zog sich ihre hellrosa Daunenweste über und stürzte aus dem Restaurant.

Ihre zwei Freundinnen sahen sich erstaunt an. »So ist das eben, wenn man die eigene M-a-m-a-n als Babysitter hat, die einen als unartiges Mädchen beschimpft, wenn man unpünktlich nach Hause kommt.« Susanne nahm die Rechnung in die Hand und fuhr fort: »Aber sie lässt sich eben nicht davon abbringen, dass Chloé nur dort in guten Händen ist.«

»Was für ein Spleen«, sagte Claudia, »sich einzureden, dass nur die Oma als Babysitter taugt!« Claudia holte mit wichtiger Miene ihren Palm aus der Handtasche. »Ich habe ganz vergessen, euch zu meinem Thanksgiving-Dinner einzuladen. Du hältst dir den Termin doch frei!? Heike muss ich gleich morgen noch mal anrufen«, kicherte sie, »damit sie M-a-m-a-n rechtzeitig buchen kann.«

CLAUDIA

Zu Hause warf Claudia einen Blick in die Kinderzimmer im dritten Stockwerk. Arthur lag zusammen mit Lorenz in dessen Raketenhochbett. Und um die beiden herum waren mindestens 50 Stofftiere gruppiert. Claudia deckte die Kinder vorsichtig zu, schaute nach Julia, die leise schnarchte, schlich sich an dem Sofa im Spielzimmer vorbei, auf dem Marta vollständig angezogen schlief, und ging nach unten. Auf dem Weg zu ihrem Schlafzimmer sah sie das Blinken am Bildschirm ihres Computers. Sie überlegte einen Augenblick, die neue E-Mail nicht gleich zu öffnen – aber womöglich war es eine dringende Nachricht von Dr. Teufel. Sie zog nur ihre Lackstiefel aus, ließ sie auf den Marie-Capucine-Boden fallen und setzte sich an ihren Arbeitstisch. Die E-Mail war erstaunlicherweise von Nik:

> HI CLAUDIA, KANNST DU DIR VORSTELLEN, MIT MIR IN EIN WASSERSCHLOSS ZU ZIEHEN UND GANZ NEU ANZUFANGEN? SIEH DIR DIE BILDER AN UND ENTSCHEIDE DICH BALD! NIK.

Claudia sah nach, wann die Nachricht versendet worden war – um 19.57 Uhr. Nachdem sie gerade das Haus verlassen hatte. Sie ging zum Schlafzimmer und öffnete vorsichtig die Tür, aber das Doppelbett war unberührt. Es war jetzt kurz vor Mitternacht. Wenn Nik an einem Deal arbeitete, kam es öfter vor, dass er erst am frühen Morgen nach Hause kam.

Claudia klickte auf »Anhang öffnen«, und schon erschien das erste Foto auf dem Bildschirm: ein sehr altes Gebäude, zwei runde Türme, einer davon halb verfallen. Davor lag ein breiter Wassergraben, über den eine Holzbrücke führte. Ja, dachte Claudia, mit einigem Wohlwollen kann man es vielleicht als Wasserschloss bezeichnen. Sie klickte das nächste Bild an. Es zeigte einen Innenhof, der mit Flusssteinen unregelmäßig gepflastert war und einen altertümlichen Charme ausstrahlte. Auf dem nächsten Bild war ein völlig verwilderter Garten zu sehen, der hinter dem Gebäude liegen musste. Davor befand sich eine Art See. Claudia bekam unwillkürlich eine Gänsehaut, als sie an die Mückenplage dachte, die dieses stehende Gewässer im Sommer vermutlich ausbrüten würde. Sie hatte genug gesehen und fuhr den Computer herunter. Nachdenklich zog sie sich aus, schlüpfte in den seidenen Pyjama und ging in ihr halbfertiges Bad, um die Zähne zu putzen und sich abzuschminken. Die zwei Waschbecken und die runde Dusche waren mitten in das Schlafzimmer gebaut. Eine mit grünblauem Mosaik geflieste Mauer, die wie ein Schneckenhaus nach innen verlief, trennte den Nass- vom Schlafbereich. Auf einem Podest in der anderen Ecke des Raums war ein runder Jacuzzi eingelassen. Es fehlten allerdings noch die Armaturen. Vor einem halben Jahr waren sie in dieses unfertige Haus gezogen. Zuvor hatten sie, nach ihrer Rückkehr aus New York, ein Jahr lang zu fünft in einer Zweizimmerwohnung gehaust, von der aus sie die Entkernung und Sanierung der Altbauvilla geleitet hatte. Und jetzt wollte Nik ein neues Mammutprojekt beginnen. Warum nur, fragte sich Claudia, und wieso hat er mir nicht erzählt, dass er schon wieder Immobilien besichtigte? Waren sie einander so fremd geworden?

Claudia drückte auf einen Schalter, um die Rollläden herunterzulassen, und sah aus dem Fenster. Täuschte sie sich, oder stand dort auf der anderen Straßenseite eine Gestalt, die zu ihr hochsah? Schnell versteckte sie sich unter dem Fenster und knipste das Licht aus. Dann sah sie noch einmal nach draußen. Und wirklich, da stand jemand: eine Frau mit langen rotblonden Haaren, die einen Poncho trug – so viel konnte man im Schein der Straßenlaterne erkennen. Die Rollläden hatten sich fast ganz geschlossen. Claudia drückte auf den Knopf, um sie zu stoppen. Sie konnte durch die Ritzen blicken, ohne selbst gesehen zu werden. Die Frau starrte unverwandt zu ihr hoch. Und es war schon 1 Uhr. Claudia suchte die Umgebung nach einem Hund ab. Aber selbst dann wäre es sonderbar gewesen, dass die Frau so schamlos glotzte. Claudia fühlte sich unwohl, schließlich hatte sie sich bei Licht ausgezogen und gar nicht daran gedacht, dass die Rollläden noch nicht geschlossen waren. War das eine Spannerin? Gab es so etwas bei Frauen?

Sie drückte nochmals auf den Knopf, und die Ritzen zwischen den Lamellen schlossen sich ganz. Mit einem mulmigen Gefühl im Bauch legte sich Claudia in das Ikea-Bett. Auch so ein Provisorium. Das richtige amerikanische King Size Bed wollten sie noch bestellen. Claudia nahm eine Dose von ihrem Nachttisch, der aus einem Stapel Bücher bestand, und legte sich eine Melatonin-Pille unter die Zunge. Davon hatte sie sich einen größeren Vorrat aus Amerika mitgebracht. Heute musste sie sich eine gönnen, um in den Schlaf zu finden.

HEIKE

Heike hatte Chloé im Anna-Schmidt-Kindergarten abgeliefert. Es war 8.30 Uhr, und sie hatte es gerade so geschafft: Die Montessori-Arbeit wurde ernst genommen, und Kinder, die zu spät kamen, störten den Ablauf des Vormittags empfindlich. Ein anderes Mädchen aus Chloés Gruppe war ebenfalls in der letzten Minute von ihrer Mutter gebracht worden. Diese war Heike schon öfter wegen der exquisiten Art, sich und ihre Tochter zu kleiden, aufgefallen. Heute trug diese Mutter einen bodenlangen honigfarbenen Lammfellmantel im 70er-Retrolook mit pinkfarbener Stickerei. Auf dem weißen Rollkragenpullover hing an einem dicken Lederband gleich ein halbes Dutzend edler Tamara-Comolli-Tropfen. Dazu trug sie unfassbar schmal geschnittene Reiterhosen mit hohen Stiefeln. Das Mädchen hatte einen kurzen, matt glitzernden Wollrock im Burberry-Karo an. Dessen Muster fand sich auf ihren Schuhen und in den Paspelierungen ihrer weißen Bluse wieder. Selbst die Haarspange war mit einer entsprechend karierten Schleife versehen.

»Valerie sieht heute ja wieder besonders süß aus. Haben Sie das bei Pfüller gekauft?«, fragte Heike anerkennend.

Die Mutter schüttelte den Kopf. »Nein, wir waren vorletztes Wochenende in London. Aber wahrscheinlich hätten wir es hier sogar günstiger bekommen – bei dem Pfund-Kurs!« Heike nickte. »Allerdings hat man in Frankfurt dann doch nicht die Auswahl, die London bietet«, fuhr Valeries Mutter fort.

»Ja, das stimmt. Bis vor einem Jahr war die Auswahl an Kinderkleidung hier doch noch viel bescheidener und, wie soll ich sagen, bieder.« Heike war in ihrem Element: »Zum Glück habe ich eine Bekannte, die bei Pfüller arbeitet und mich immer gleich anruft, wenn die neueste Kollektion da ist. Außerdem kennt sie meinen und Chloés Geschmack und legt uns immer schon einige Teile zurück.«

»Ja, das ist natürlich praktisch … Ich habe mich übrigens noch gar nicht vorgestellt.« Valeries Mutter streckte die Hand aus: »Ich heiße Danielle Reuter.«

Heike schüttelte die Hand und nannte ihren Namen.

»Wir sind ja so froh, dass Valerie endlich einen Platz hier

bekommen hat. Was halten Sie vom Montessori-Konzept?«, fragte Frau Reuter.

Heike nickte: »Ja, natürlich, das auch. Aber abgesehen davon ist dies einfach der einzig akzeptable Kindergarten in Frankfurt. Hier kann man wenigstens sicher sein, dass die Kinder von Anfang an den richtigen Umgang haben. Der Anteil an Kindern aus schwierigen Familien ist gleich null, und die Erzieherinnen tragen auch kein Kopftuch.«

Frau Reuter nickte, und sie sahen gemeinsam durch das Fenster in den Gruppenraum hinein. Die Kinder saßen ruhig an ihren Einzeltischen und arbeiteten mit ihren Montessori-Materialien. Chloé war gerade dabei, die Europakarte als Puzzle zusammenzusetzen.

»Diese Ruhe hier«, sagte Heike, »das ist wirklich ganz anders als in der städtischen Kita. In welcher war Valerie denn, doch nicht etwa in der am Grüneburgpark?«

»Doch, genau in der.« Danielle Reuter sah Heike fragend an.

»Da bin ich immer vorbeigekommen, wenn ich mit Chloé in den Palmengarten gegangen bin. Ein schrecklich alternativer Laden muss das sein, die Erzieherinnen dort sehen alle aus, als würden sie unter einer Brücke schlafen. Da kann man die Kinder wohl nur in wasserfesten Matschhosen hinschicken.«

Frau Reuter runzelte die Stirn. »Ja, stimmt.«

»Zum Glück kann man die Mädchen hier richtig nett anziehen! Früher bin ich übrigens auch öfter nach Wiesbaden in den Donaldson Store gefahren, aber der hat ja leider zugemacht …«

»Ja, schade …« Danielle Reuter kniff die Augen leicht zusammen. Sie musterte Heike jetzt irritiert. Aber die war nicht mehr zu bremsen: »Und dann gibt es auch noch Lilou enfant et bébé in Sachsenhausen, die haben eine gute Auswahl, nicht unbedingt alle Marken, da habe ich Chloé letztes Jahr noch eine dieser rosa Daunenjacken gekauft, Sie wissen schon, die mit dem Bären am Gürtel. Und am selben Tag habe ich in der InStyle gesehen, dass sogar Lourdes so eine trägt ...«

»Lourdes?«, wiederholte Danielle Reuter.

»Na, Sie wissen schon! Die Tochter von Madonna!«

Danielle Reuter nickte: »Ach so, natürlich ... Lourdes!« Sie hatte es plötzlich eilig. »Entschuldigen Sie, Frau Stelzer, dass ich Sie unterbreche – mein Wagen steht ja im Halteverbot! Womöglich drehen die aufmerksamen Herren und Damen vom Ordnungsamt schon wieder ihre Runden. Also, wir sehen uns ja sicher bald wieder.« Sie warf sich ihre überdimensionale Wildledertasche von Tod's über die Schulter und verschwand durch die Tür.

Heike wunderte sich ein wenig, dass Danielle Reuter gar nicht auf ihre Einkaufstipps eingegangen war, und dachte dann: eigentlich klar, wenn man jedes zweite Wochenende nach London fliegt ... Bis Pfüller in der Goethestraße aufmachte, hatte sie noch Zeit für einen Macchiato in der Nespresso-Lounge. Zum Glück stand erst morgen wieder ein Termin bei ihrem Frauenarzt an, und die Fingernägel würden auch noch ein paar Tage halten, so dass sie nicht schon wieder stundenlang bei der Maniküre sitzen musste. Sie ging ohne Eile die Treppe hinunter und dann weiter in Richtung Opernplatz.

SUSANNE

Es klopfte. Susanne nahm ihre Lesebrille ab und sah zur Tür. »Ja, bitte!« Sie räusperte sich, legte ihre Brille auf einen Stapel Papiere und zwängte sich an ihrem Schreibtisch vorbei zur Tür. Davor stand Moritz von Witterstein, beladen mit Büchern.

»Guten Morgen, Susanne. Ich bringe Ihnen die gewünschten Kopien und die Bücher zurück.«

»Oh, gut, ich habe schon darauf gewartet«, log Susanne. »Am besten stellen Sie die Bücher in den Schrank zurück. Haben Sie die Kopien nach einem bestimmten Prinzip geordnet?«

»Alphabetisch nach Künstlernamen und dann chronologisch nach Werken. Alles hier abgeheftet.« Er schwenkte einen dicken blauen Leitzordner.

Moritz spielte mit. Er legte den Ordner ab. Dann ging er vorsichtig am Schreibtisch vorbei, öffnete den englischen Bücherschrank und stellte die Bücher hinein. Susanne war inzwischen auf der anderen Seite um den Schreibtisch herumgegangen, konnte aber nicht Platz nehmen, solange die Schranktüren offen standen. Kaum war Moritz fertig, setzte sie sich an ihren Schreibtisch und versuchte, einen konzentrierten Eindruck zu machen. Moritz stand erwartungsvoll vor ihr. Er räusperte sich. Susanne beachtete ihn nicht und tippte auf die Tastatur. Unterdessen überlegte sie, wie sie ihn am besten wieder loswerden konnte. Was dachte sich Woletzki dabei, ausgerechnet ihr diesen Praktikanten unterzujubeln?

»Susanne – ich möchte Sie ja nicht bei Ihrer Arbeit stören, aber gibt es vielleicht auch für mich noch etwas zu tun?«

»Was bitte?« Susanne tat so, als hätte sie gar nicht bemerkt, dass Moritz noch im Zimmer war, und nahm ihre Brille ab.

»Ich könnte uns zum Beispiel bei Starbucks einen Kaffee holen«, sagte er.

Bitte nicht diesen Dackelblick, dachte Susanne. »Nein, nein! Das ist wirklich nicht nötig. Wir haben eine wunderbare Jura-Espresso-Maschine im zweiten Stock. Ich kann es immer noch nicht glauben, dass ich das durchsetzen konnte. Herr von Woletzki als Möchtegern-Engländer trinkt nämlich nur Tee, und noch dazu diesen ekelhaften Earl Grey. Von dem wird mir speiübel!« Sie griff sich an die Kehle, um diesen Zustand zu verdeutlichen. Gleichzeitig musste sie daran denken, dass sie bei Moritz mit ihren Bemerkungen über Woletzki eigentlich vorsichtig sein sollte. Schließlich waren ihre Familien befreundet.

»Ich kann Ihnen ja zeigen, wo sich die Maschine befindet – dann sind Sie in dieser Hinsicht autark!«

Sie stand auf und ging vor Moritz her hinunter in den zweiten Stock. Nachdem sie ihn in die Feinheiten der Bedienung einer Espressomaschine eingewiesen hatte, fragte er: »Soll ich Ihnen dann auch einen Kaffee mitbringen?«

»Nein, vielen Dank ...« Susanne druckste herum und überlegte, wie sie verhindern könnte, dass Moritz in wenigen Minuten wieder in ihrem Büro stehen würde. In diesem Moment kam Woletzki an der offenen Tür der Teeküche vorbei, sah die beiden und machte einen Schritt zurück.

»Wie ich sehe, verstehen Sie beide sich ja prächtig und sind mit besonders anspruchsvollen Tätigkeiten beschäftigt.« Dabei setzte er sein süffisantes Grinsen auf. »Witterstein«, fuhr er fort, »das ist wie beim Studium: Im ersten Semester erfährt man, wo die Mensa ist. Im zweiten dann, wo sich die Toiletten befinden ...«

Er drehte sich um und ging weiter, blieb aber plötzlich wieder stehen und rieb sich über sein glattrasiertes Kinn. »Fast hätte ich es vergessen, Frau Sander. Wir haben noch drei Werke für die nächste Versteigerung in Aussicht. Angeblich soll sogar eine Degas-Zeichnung dabei sein. Die Arbeiten befinden sich in Assmannshausen im Rheingau, und es wäre sehr wichtig, dass jemand von uns sie sich schnellstmöglich ansieht. Vielleicht haben Sie beide ja Lust auf eine kleine Landpartie? Es gibt dort auch recht gute Restaurants. Möglicherweise sind wir mal so großzügig und übernehmen die Spesen für eine Vorspeise.«

Woletzki machte einige Schritte auf die beiden zu und kam Susanne so nah, dass sie schon wieder seinen Pfefferminzatem riechen konnte. Dann beugte er sich zu Moritz vor, der unwillkürlich einen Schritt nach hinten machte und dabei mit dem Hinterteil an den Kühlschrank stieß, und legte ihm eine Hand auf die Schulter. Laut genug, dass Susanne es hören konnte, raunte er: »Übrigens kann ich Sie um diesen Ausflug nur beneiden. Frau Sander hat sich gerade einen neuen Sportwagen zugelegt. Leider ein italienisches Fabrikat. Ein Morgan in British Racing Green wäre natürlich für eine stellvertretende Geschäftsführerin von Lengley's angemessener gewesen.«

Susanne bemerkte das Pulsieren in ihrem Hals und hoffte, dieses Mal nicht rot zu werden. Eine heiße Welle transportierte Wut und Adrenalin durch ihren Körper. Ich sollte einen Grund finden, mich diesmal mit Anstand zurückzuziehen, dachte sie, dann würde diese Unterhaltung folgenlos bleiben. Sie holte Luft: »Ein etwas größeres Büro als meine Besenkammer wäre für eine stellvertretende Geschäftsführerin von Lengley's vielleicht auch angemessener, Herr von Woletzki! Aber leider besteht ja Ihre Assistentin darauf, weiterhin auf 20 Quadratmetern zu residieren. Fragen Sie doch am besten Frau Rogalla, ob nicht s-i-e den Auftrag übernimmt, die drei neuen Werke zu begutachten. Ich wäre jedenfalls sehr gespannt auf das fachlich sicherlich solide untermauerte Ergebnis.«

Susanne bemerkte, dass Moritz die Augenbrauen hochzog und gespannt auf Woletzkis Reaktion wartete, der keinen Moment zögerte: »Sehen Sie, Frau Sander, hier verwechseln Sie anscheinend zwei ganz verschiedene menschliche Verhaltensformen: Einen nagelneuen gelben Alfa Spider zu fahren ist Prahlerei. Sich einen gebrauchten Morgan in angemessener

Farbe zuzulegen wäre dagegen Understatement. Lassen wir die Automarke einmal beiseite ...«

Er wandte sich wieder Moritz zu, auf dessen Schulter immer noch seine Hand lag. »Es ist Picknickwetter, und ich wünsche Ihnen eine schöne kleine Ausfahrt. Frau Sander, holen Sie sich die Adresse in Assmannshausen bitte bei Frau Rogalla ab.« Ohne eine Antwort abzuwarten, ließ Woletzki die beiden stehen und schlenderte, beide Hände in den Hosentaschen, davon.

Moritz schüttelte den Kopf und atmete deutlich hörbar durch die Nase: »Bei Ihnen funkt es ja ganz schön!«

»Von wegen funken«, erwiderte Susanne. »Wissen Sie, das mit dem Büro ist mir eigentlich wirklich egal, und das weiß Woletzki auch. Es war mein erstes Büro, als ich hier vor zehn Jahren angefangen habe. Und ich habe nie Wert darauf gelegt, mit jeder Beförderung in einen neuen Stall umzuziehen. Außerdem mag ich den kleinen Balkon mit den beiden Buchsbäumen. Was mich allerdings ärgert ...«

Sie brach abrupt ab, denn auf dem Gang waren Schritte zu hören. »Machen Sie uns doch schnell noch einen Espresso. Ich gehe inzwischen zu Frau Rogalla und besorge die Infos für unsere Landpartie.«

CLAUDIA

Nachdem Claudia ihre Aktentasche in einen Plastikkasten gelegt hatte, ging sie durch den Torbogen der Sicherheitskontrolle. Die untersetzte Frau in Uniform durchsuchte sie zusätzlich mit dem Handdetektor, der bei Claudias Schmuck mehrfach anschlug. Claudia sah auf die Uhr. Die Verhandlung begann in zwei Minuten, und sie musste in den dritten Stock des Gerichtsgebäudes. Claudia versuchte, zwei Stufen auf einmal zu nehmen, was aufgrund des engen Rocks nicht einfach war und nicht gerade elegant aussah. Außer Atem lief sie den langen Flur entlang. Was hatte eine Kommilitonin damals zum Thema Richterberuf gesagt? »Für mich kommt es nicht in Frage, ein Leben lang auf Linoleum zu laufen!« Wie recht sie doch gehabt hatte, dachte Claudia, diese muffige Atmosphäre – und erst der Geruch!

Vor dem Sitzungssaal angekommen, warf Claudia einen kurzen Blick auf den Aushang. Ihre Sache war nicht die erste Verhandlung des heutigen Tages. Sie klopfte an die Tür, öffnete sie und steckte den Kopf hinein. Die vorangehende Sitzung war noch voll im Gang. Claudia schloss die Tür schnell wieder und sah sich im Flur um. Sie wusste, dass ihr Mandant, Enno Blankenberg, nicht erscheinen würde, wie immer, wenn er von einem seiner Kunden verklagt worden war. Zumal kürzlich ein Artikel in einem Wirtschaftsmagazin über ihn und seinesgleichen mit dem unfreundlichen Titel »Die Abkassierer« erschienen war. Dort wurde er, sogar mit Foto, das ihn im eng sitzenden Zweireiher und mit blitzender Rolex vor seinem Privatflugzeug zeigte, als »zweifelhafte Figur der Anlegerszene« bezeichnet.

Blankenberg war Warenterminhändler. Seine Telefondrücker lockten den Kunden mit atemberaubenden Gewinnversprechungen das Geld aus der Tasche. Und Claudia wunderte sich immer wieder darüber, wie viele Leute leichtfertig ihr Erspartes verspielten.

Leider saß auf der Bank vor dem Gerichtssaal, neben seinem Anwalt, so ein trauriger Verlierer. Claudia hätte es begrüßt, wenn auch auf der Klägerseite lediglich der Prozessvertreter erschienen wäre. Das Risiko einer Emotionalisierung der Verhandlung wäre dadurch vermieden worden. Sie betrachtete den Mann aus dem Augenwinkel. War seine Erscheinung dazu angetan, Mitgefühl zu erwecken? Mittfünfziger, Halbglatze mit ein paar darüber gekämmten braunen Haaren, eierschalenfarbener Zweiteiler, garantiert 100 Prozent Polyacryl, ausgewaschenes graues Freizeithemd, abgelaufene Schuhe mit Kreppsohle. Ob sein Anwalt ihm gesteckt hatte, dass er mit diesem Rollenbild des Unterprivilegierten punkten könnte?

Claudia war froh, dass Blankenberg nicht anwesend war. Zumal es ihr nicht gelungen wäre, ihn von den punktuellen Vorzügen eines bescheidenen Auftretens zu überzeugen. Aber letztlich brauchte sie die Gegenpartei nicht zu fürchten. Sie selbst hatte Blankenberg dazu geraten, die enormen Risiken und exorbitanten Vermittlungsgebühren in seinem Verkaufsprospekt klar und deutlich aufzulisten. Wenn jemand trotz dieser ausdrücklichen Warnungen sein Geld unbedingt in Warentermingeschäfte investieren wollte, war er entweder geldgierig oder dumm oder beides. Ich jedenfalls habe kein Mitleid mit dir, dachte Claudia mit einem Blick auf den Kläger.

Die Tür öffnete sich, und aus dem Sitzungssaal kamen die Parteien mit ihren Vertretern. Claudia trat ein, begrüßte den Richter, legte ihre Aktentasche auf den Tisch und zog sich ihre Robe an. Sie konstatierte, dass der Richter äußerlich etwas aus dem Rahmen fiel. Er hatte dichte braune Haare und Locken im Nacken. Außerdem trug er einen kräftigen Schnurrbart mit gezwirbelten Enden. Eigentlich sah er nicht übel aus, aber für Claudias Geschmack wirkte er entschieden zu eitel, und mit der Sorte Männern hatte sie genug Erfahrung gesammelt.

Er begann die Verhandlung, indem er die Namen der Anwesenden für das Protokoll diktierte und in den Sach- und Streitstand einführte. Die juristische Problematik der Prospekthaftung handelte er in einer Art und Weise ab, die etwas intellektuell Aufreizendes, ja fast obszön Angeberisches an sich hatte, und kam dann zu dem entscheidenden Satz: »Wie sieht es denn mit Ihrer Vergleichsbereitschaft aus?« Dabei blickte er von einer Partei zur anderen. Claudia sah aufgrund ihrer rechtlichen Position wenig Anlass, einen Vergleich zu schließen, wollte allerdings in dieser Hinsicht nicht zu viel Arroganz an den Tag legen. Sie wusste, dass jeder Richter dankbar für einen zustande gekommenen Vergleich ist, aus einem ganz einfachen Grund: Es erspart ihm die Arbeit, eine Urteilsbegründung zu schreiben. Demonstrativ blätterte sie in ihren Akten und hoffte, dass der Richter die Gegenpartei zuerst fragen würde. Den Gefallen tat er ihr nicht: »Hat Ihr Mandant Vergleichsbereitschaft geäußert, Frau Dr. Neumann-Elten, gibt es da eine Zahl?«

Claudia zögerte einen Moment. »Nun ... an und für sich sehe ich keine Veranlassung – ich könnte allenfalls 10 000 Euro anbieten. Selbstverständlich unter Widerrufsvorbehalt, da mein Mandant nicht anwesend ist.«

Der Gegenanwalt schnappte entrüstet nach Luft: »Frau Kollegin, das kann nicht Ihr Ernst sein! Das sind ja noch nicht mal zehn Prozent der Klagesumme!«

Vorsicht, jetzt nur nicht zu cool wirken, dachte Claudia. »Ich sagte ja bereits, dass aufgrund der eindeutigen Sach- und Rechtslage für meinen Mandanten keine Veranlassung besteht, dem Kläger entgegenzukommen. Sonst hätte er dies auf meinen Rat hin bereits außergerichtlich getan. Die angebotenen 10 000 Euro wären demnach eine eigentlich überflüssige Liebenswürdigkeit.«

Claudia bemerkte besorgt, dass die eine Beisitzerin die

Stirn runzelte und der Vorsitzende nachdenklich seinen Schnurbart zwirbelte. Der Kläger hatte bisher keinen Mucks gemacht, rutschte nun aber unruhig auf seinem Stuhl hin und her. Er zupfte seinen Anwalt am Ärmel. Anscheinend war er gebrieft, nicht laut in die Verhandlung einzugreifen. Sein Rechtsanwalt beugte sich zu ihm und ließ sich etwas ins Ohr flüstern. Claudia spürte das auf stumm geschaltete Mobiltelefon in ihrer Rocktasche vibrieren. Hier hat gewiss keiner Verständnis dafür, dass im Augenblick etwas wichtiger sein könnte als dieser Prozess, dachte Claudia. Aber was, wenn mit einem der Kinder etwas passiert ist? In ihrem Bauch rumorte es.

»Wenn die Beklagtenseite nicht vergleichsbereit ist, können wir die Verhandlung schließen.« Der Richter diktierte das Protokoll und endete: »Die Entscheidung ergeht am Schluss der Sitzung.«

Claudia verabschiedete sich wegen des schnellen Endes der Verhandlung erleichtert – andererseits machte sich ein unangenehmer kleiner Zweifel breit. Hätte sie vielleicht doch noch ein höheres Vergleichsangebot machen sollen? Dies war es, was sie an ihrer Tätigkeit so hasste: die Abhängigkeit von den Urteilen der Richter. Schon zu oft hatte sie unerklärliche Überraschungen erlebt.

Im Hinausgehen holte sie ihr Handy hervor und rief die Nummer des letzten Anrufs ab. Kaum zu glauben: Es war Nik gewesen – und sie hatte sich Sorgen um die Kinder gemacht! Wahrscheinlich erwartete er ihre begeisterte Zustimmung zu seinen Umzugsplänen. Dich rufe ich bestimmt nicht zurück, dachte Claudia, da kannst du lange warten …

NIK

Schweiß lief ihm in das rechte Auge, er kniff es mehrfach zusammen. Der Schmerz war fast unerträglich. Nur noch zweimal – dann hatte er sein Pensum für heute geschafft. Er drückte das Gewicht mit aller Kraft nach oben und streckte zitternd die Arme durch. Dann ließ er es zurück in die Halterung knallen. Nik rieb sich mit der freien Hand das Auge und richtete sich langsam auf. Täuschte er sich, oder hatte ihm die Blonde auf dem Ergometer gerade zugelächelt? Während er seine Dehnungsübungen machte, betrachtete er sie näher. Sie war sehr schlank, ihre Figur konnte man knabenhaft nennen. Die Haare zum Pferdeschwanz gebunden, aschblond. Auch ihr Gesicht war schmal, mit auffällig hohen Wangenknochen. Nik überlegte, an wen es ihn erinnerte – aber er kam im Moment nicht darauf. Sie trug ein weißes Tanktop und schwarze Boxershorts. Plötzlich hob sie den Kopf und blickte in Niks Augen, der schnell wegsah. Viel zu auffällig, ärgerte er sich. Vorsichtig schielte er wieder zu ihr hin. Tatsächlich, sie lächelte ihn an. Und jetzt fiel ihm ein, an wen sie ihn erinnerte: Gwyneth Paltrow! Nur war sie kleiner, schmaler und zartgliedriger als die Schauspielerin. Er lächelte zurück. Sie sagte etwas, aber die Musik im Studio war zu laut, als dass er sie hätte verstehen können. Nik wollte gerade aufstehen und zu ihr hinübergehen, da kam eine Frau auf sie zu und stellte sich direkt vor sie hin. Sie war es gewesen, der *Gwyneth* zugelächelt hatte, und nicht er. Mit ihr hatte sie offensichtlich auch gesprochen. Nik drehte den Kopf hin und her, als machte er Dehnungsübungen für die Halswirbelsäule. Er wollte prüfen, ob ihn jemand beobachtet hatte. Aber der muskelbepackte Typ neben ihm war nur mit sich und seinen Gewichten beschäftigt.

Nik sah an sich herunter und strich sich über den gewölbten Brustkorb. Mit der Hand fuhr er unter sein graues Shirt. Die letzte Enthaarung hielt vor, nachwachsende Stoppeln waren noch nicht zu fühlen. Er war zufrieden mit sich: Seine Brust- und Armmuskulatur war in den letzen vier Wochen überraschend schnell angewachsen. Das neue Eiweißpräparat wirkte wie ein Wundermittel, es war sein Geld tatsächlich wert. Obwohl Nik solchen Versprechungen in der Regel nicht vertraute: 40 Prozent Muskelzuwachs in nur drei Wochen!

Er dachte an die einschneidende Szene zurück. Ein verregneter Sonntag im September, an dem er mit den Kindern in eines dieser überheizten Familienhallenbäder gegangen war, um ein längst bereutes Versprechen einzulösen. Während er über die glitschigen Kacheln gelaufen war, hatte er geradezu spüren können, wie sich zwischen seinen Zehen Fußpilz ansiedelte. Und die Masse sich im Wasser suhlender Proleten hatte ihn abgestoßen. Aber dann waren ihm drei junge Mädchen aufgefallen. Ganz ansehnliche Girlies, um die 16, 17 Jahre alt. Nik begann, mit Arthur und Lorenz im Wasser herumzutollen, hob die kreischenden Jungen abwechselnd hoch, stellte sie auf seine Knie und warf sie platschend zurück ins Wasser. Dann wollte Julia zur Riesenrutsche und zog ihn mit, an den drei Teenagern vorbei.

Was er dann aufgeschnappt hatte, trieb ihm heute noch das Blut in die Schläfen:

»Guck mal, der Papi da, der mit Glatze und Fettbauch!«

»Dafür hat er aber anderswo umso mehr Haare …«

Sie hatten sich die Hände vor die Münder gehalten, als sie kichern mussten. Kein Zweifel: Sie hatten über ihn gesprochen! Dabei hatte er sich bislang gut gefühlt im Vergleich mit all den übergewichtigen Vätern und Müttern, die sich in den

Becken tummelten. Er sah doch nicht so aus wie die! Oder doch? Verstohlen hatte er an sich heruntergeschielt und mit Erstaunen wahrgenommen, dass der Bund seiner Armani-Badehose nicht zu sehen war. Noch am gleichen Tag hatte er mit einer strengen Diät begonnen und sich im Fitnessstudio angemeldet.

Nik stand auf und ging langsam in Richtung Umkleidekabine, wobei er einen kleinen Umweg an den Ergometern vorbei machte, um sich *Gwyneth* aus der Nähe anzusehen. Zu seiner Enttäuschung war sie inzwischen verschwunden. Er ging zu seinem Schrank in der Umkleidekabine, zog sich aus und stellte sich unter die Wasserfalldusche. Es war ein gutes Gefühl, morgens schon etwas für den Körper getan zu haben. Als Nik seinen Brioni-Anzug angezogen hatte und in seinen Rolls-Royce Corniche stieg, war er energiegeladen und bereit, sich in neue bahnbrechende Unternehmungen zu stürzen. Es war richtig gewesen, in der gestrigen Nacht nicht zu Hause zu schlafen. In privaten Angelegenheiten setzte er bei Claudia inzwischen auf Überraschungsangriffe, wie zum Beispiel eine E-Mail. Claudia war eine Großstadtpflanze, und eine ihrer Aussagen hatte er sich gemerkt: »Wenn ich nicht innerhalb von f-ü-n-f Minuten eine Einkaufsstraße erreiche, auf der mindestens f-ü-n-f der großen Modemarken vertreten sind und kein Haus weniger als f-ü-n-f Stockwerke hat, fange ich an, mich äußerst unwohl zu fühlen.«

Nik traf um 9.30 Uhr in den Geschäftsräumen von Laker & Partners im Messeturm ein. Er hatte überbordend gute Laune und war umgeben von einer leicht übertriebenen Duftwolke Gucci Envy. Auf seinem Weg kamen ihm zwei Menschen entgegen: Matt Hankock, ein neuer amerikanischer Kollege, den er nicht leiden konnte, weil er ihn gleich bei ihrer ersten Begegnung mit einer ehrgeizigen Bemerkung vor den anderen

Partnern abzukanzeln versucht hatte. Und als zweites – konnte er seinen Augen trauen? Oder war das eine Erscheinung? Vielleicht waren die Gewichte heute früh doch etwas zu schwer gewesen …

»Guten Morgen, Herr Elten. Ich habe Sie heute das erste Mal im Studio gesehen. Trainieren Sie dort schon länger?«

Sie ist tatsächlich stehen geblieben, dachte Nik, und spricht – er sah sich um, aber sonst war niemand zu sehen – mit mir! *Gwyneth* steht vor mir und scheint mich sogar zu kennen.

»Äh, nein, eigentlich noch nicht so lange, aber andererseits schon einen … längeren Zeitraum.«

Nik merkte, dass er stammelte, aber *Gwyneth* plauderte unbeeindruckt weiter: »Ich bin dort schon seit zwei Jahren Mitglied. Ungefähr so lang, wie ich hier in der Firma arbeite. Ich habe mich gleich, als ich nach Frankfurt kam, nach einem vernünftigen Fitnessstudio umgesehen. Und das Wave war eigentlich das Einzige, das in Frage kam. Vor allem wegen des fantastischen Schwimmbads … Schwimmen Sie?«

»Bitte, was? Schwimmen … ja, oft und wenn ich Zeit habe, auch öfter.« Nik merkte, dass er immer noch reinen Bullshit von sich gab. Er versuchte, einen klaren Gedanken zu fassen: Diese Begegnung musste schnell abgebrochen werden, mit der Möglichkeit, sie unter für sein Gehirn sauerstoffreicheren Bedingungen fortzusetzen. Nik konzentrierte sich auf eine Frage: »Wo arbeiten Sie?« *Gwyneth* sah ihn erstaunt an. Aber sie antwortete, und er verstand die Antwort auch: »Ich bin die Assistentin von Andrew Crown.«

»Oh gut, also bis bald … Schönen Tag noch!« Nik ging weiter, wurde immer schneller, erkannte die Tür seines Büros, öffnete sie, schloss sie hinter sich, ließ seine Aktentasche fallen und warf sich auf einen seiner Besuchersessel.

SUSANNE UND MORITZ

»Ist Ihnen wirklich nicht zu kalt? Wir können das Verdeck auch schließen!« Susanne sah durch die schwarze Armani-Sonnenbrille zu ihrem Beifahrer hinüber und blickte dann schnell wieder auf die Fahrbahn. Moritz war auf seinem Sitz ziemlich weit nach unten gerutscht. Seinen beigefarbenen Schal hatte er mehrfach um den Hals gewickelt und die Wollmütze weit über die Ohren gezogen. Sie musste grinsen, als ihr Blick auf die grüne Wachsjacke mit hochgeschlagenem Cordkragen fiel. Eigentlich trug schon längere Zeit niemand mehr Barbour-Jacken, außer manche hart gesottene Besitzer von Pseudogeländewagen und Labrador Retrievern aus dem Vordertaunus, die immer darauf bedacht waren, den Eindruck zu erwecken, sie gingen regelmäßig auf Entenjagd und bewohnten einen weitläufigen Landsitz statt einer kleinen Doppelhaushälfte. Schließlich blieben noch ein paar wirkliche Jäger und echte Landadelige, die möglicherweise schon mit Miniaturausgaben von Wachsjacken in den Farben Moorbraun und Moosgrün auf die Welt gekommen waren. Vermutlich befand sich Moritz' Jacke seit Generationen in Familienbesitz … So sieht sie jedenfalls aus, dachte Susanne.

Moritz schüttelte nachdrücklich den Kopf und schrie gegen das Windgeräusch an: »Nein, lassen wir es doch offen! Einen der letzten schönen Herbsttage sollte man ausnutzen!«

Er sah zufrieden zu Susanne. Sie hatte kein Problem damit, bei knapp 15 Grad Celsius offen zu fahren. Ausgestattet mit ihrem gefütterten Trenchcoat, einem fest um den Kopf gebundenen Tuch und dicken Lederhandschuhen, spürte sie kaum etwas von der Kälte. Aber es war nicht nur die Kleidung, die Susanne wärmte …

Sie beschleunigte. Moritz lehnte sich ein wenig zu ihr herüber, um auf den Tacho sehen zu können, und meinte: »Muss der Wagen eigentlich nicht noch eingefahren werden? Dann sollten Sie vielleicht nicht über 4000 Umdrehungen gehen.«

»Wahrscheinlich haben Sie recht«, sagte Susanne und nahm das Gaspedal etwas zurück. Trotz der langsamen Fahrt war eine Unterhaltung aufgrund der Windgeräusche nur schwer möglich. Susanne kam das ganz gelegen. Moritz würde womöglich wieder an das Gespräch vom Vormittag anknüpfen und auf ihre ständigen Kabbeleien mit Woletzki zurückkommen. Sie fand Moritz trotz allem ziemlich anziehend und attraktiv, gegen dieses Gefühl konnte sie nicht ankommen. Aber ihr Verstand riet ihr zur Zurückhaltung und Vorsicht. Sie versuchte, ihre Gedanken auf das Ziel ihrer Fahrt zu konzentrieren. Ob es sich tatsächlich um einen Degas handelte? Mit ihrer behandschuhten Hand begann sie, an ihrer Tasche herumzunesteln, die zwischen den beiden Sitzen lag. Moritz bemerkte, wie sie sich bemühte, und nahm die Tasche am Henkel.

»Kann ich vielleicht helfen?«, rief er.

»Ach, nein danke, das hat wahrscheinlich keinen Sinn!«

Die Vorstellung, ihn in ihrer Handtasche herumkramen zu lassen, gefiel Susanne ganz und gar nicht. Sie hatte lange nicht mehr aussortiert. Wahrscheinlich lagen noch ein paar Tampons in verkrümelter Zellophanverpackung neben ausgewickelten Hustenbonbons und peinlichen Quittungen für Unterwäsche in der Tasche herum. »Da drin kenne nicht mal ich mich aus.« Sie bog in einen Feldweg ab und hielt mit laufendem Motor. Nachdem sie ihre Handschuhe ausgezogen hatte, fand sie schnell, was sie gesucht hatte: den Zettel mit der Adresse.

Moritz sah sich begeistert um. »Haben Sie eigentlich bemerkt, dass wir uns hier auf einem der schönsten Weinberge des Rheingaus befinden?«

Susanne nickte nur und versuchte, die Adresse zu entziffern. »Sehen Sie, dort hinten liegt das Kloster Eberbach, bekannt für einen der besten Rieslinge dieser Gegend. Sind Sie Weintrinkerin?« Moritz legte tatsächlich den Arm auf ihre Rückenlehne.

»Bitte? Trinkerin? Oh ja, bedauerlicherweise«, antwortete Susanne verwirrt. Anstatt die Landschaft oder ihn anzusehen, fummelte sie an dem Navigationsgerät herum.

»Nein, so habe ich das natürlich nicht gemeint.« Moritz betrachtete sie erstaunt.

»Weißwein und Champagner sind leider fast die einzigen Getränke, die mir schmecken. Außer Cocktails und Kaffee natürlich. Ich habe es schon mit Apfelsaftschorle oder grünem Tee versucht, aber das ist alles nicht mein Fall.« Jetzt musste Moritz grinsen. »Dann müsste Ihnen doch der Rheingauer Riesling ein Begriff sein, oder nicht?«

Susanne fing an, sich über den herablassenden Ton zu ärgern, mit dem Moritz glaubte, sie belehren zu müssen. Sie drehte sich zu ihm und sah ihn nur einen Augenblick an, ohne etwas zu sagen. Sein Gesicht war ganz nah vor ihrem. Er zog die Augenbrauen hoch, wie sie es schon ein paar Mal bei ihm beobachtet hatte. Ganz langsam beugte er sich nach vorne. Da war wieder dieser Geruch: Hm, Davidoff!

Ruckartig drehte sich Susanne wieder zum Lenkrad, und er murmelte: »Oh, Entschuldigung. Ich vergaß, dass ich ja der Praktikant bin. Und Sie die Lehrerin! Noch dazu eine, die Platon im Original liest. Stimmt das eigentlich?«

»Blödsinn«, sagte Susanne. »Wir haben mal einen Teil von Platons ›Staat‹ in der Schule gelesen, und ich habe bei irgendeiner Gelegenheit einen Satz daraus zitiert, den ich zufällig behalten hatte.«

»Woletzki scheint es beeindruckt zu haben!«

Susanne zuckte mit den Schultern: »Kann schon sein.« Sie wandte sich wieder ihrem Navigationssystem zu, Moritz beobachtete sie von der Seite. Zu ihrer Erleichterung erklang eine monotone Frauenstimme: »Bitte den Richtungspfeilen folgen.«

Susanne zog ihre Handschuhe wieder an und fuhr zurück auf die Straße. »Sie haben ja interessante Verwandtschaft«, begann sie, ohne Moritz anzusehen. »War das wirklich Ihre Tante, neulich im Nizza? Eine sehr aparte Erscheinung!« Susanne schrie gegen die Windgeräusche an.

»Ach, Sie meinen Tante Lilli«, schrie Moritz zurück. »Sie ist das Enfant terrible unserer Familie, die jüngste Schwester meines Vaters. War schon dreimal verheiratet. Zu ihrem 55. Geburtstag hat sie sich von der ganzen Familie ein Lifting gewünscht.« Er lachte. »Natürlich musste sie auch ihr letztes Geld zusammenkratzen, um es selbst zu bezahlen. Ist nicht so ganz geglückt, die OP, oder was denken Sie?« Susanne zögerte, denn sie war sich nicht sicher, ob Moritz eine ehrliche Antwort hören wollte. »Ich weiß ja nicht, wie sie vorher ausgesehen hat.«

»Faltiger«, rief Moritz, »aber natürlicher. Ist extra dafür nach Ungarn gereist, weil es dort billiger war. Tut mir jetzt immer ein wenig leid!«

Susanne erinnerte sich an die arrogante Art, mit der Liliane von Schönburg sie und ihre Freundinnen gemustert hatte, und konnte Moritz' Mitleid nicht teilen.

Nach einer dreiviertel Stunde kamen sie in Assmannshausen an. Der Navigationscomputer führte sie durch schmale Gässchen mit Kopfsteinpflaster. Dann tat sich eine von Platanen gesäumte Allee auf. An deren Ende befand sich ein etwa drei Meter hohes Eisentor, das mit einer Kette verschlossen war.

»Sie haben Ihr Ziel erreicht«, verkündete die Frauenstimme des Navigationssystems.

Susanne sah sich um, konnte aber nirgends eine Hausnummer, ein Türschild oder eine Klingel entdecken. Sie stiegen aus dem Wagen und liefen an dem steinernen Torpfosten vorbei. Von dort aus ging in einem spitzen Winkel ein Zaun ab, der genauso hoch war wie das Tor. Er bestand aus lanzenförmigen Eisenstäben im Abstand von zehn Zentimetern. Hinter dem Zaun standen Brombeerhecken, Thujen und Kirschlorbeersträucher, durch die kaum etwas zu erkennen war außer der gelben Wand eines großen Hauses. Sie liefen zurück zum Tor und versuchten es in der anderen Richtung. Der Zaun war hier genauso hoch, endete aber bereits nach fünf Metern und traf rechtwinkelig auf eine Mauer, die etwas niedriger war. Susanne überlegte einen Augenblick und befahl: »Räuberleiter!« Moritz sah sie erstaunt an, hielt ihr aber sofort seine Hände in Kniehöhe vor die Mauer.

Sie zog den Schuh aus, stellte einen Fuß in seine Hände und versuchte, sich an einem Mauervorsprung hochzuziehen. Moritz wackelte ein wenig unter ihrem Gewicht. »Und, sehen Sie etwas?«

»Ja!« Susanne sprang wieder ab und ließ sich von Moritz auffangen. Sie wollte sich auf keinen Fall eingestehen, dass sie es als angenehm empfand, von seinen Armen gehalten zu werden, und befreite sich hastig. »Den Rhein. Hinter der Mauer ist direkt das Ufer. Die Wohnseite des Hauses liegt wahrscheinlich zum Fluss hin. Von dort kommen wir aber auch nicht ran. Ich vermute, dass uns dieses beschissene GPS aus irgendeinem Grund auf die falsche Seite geführt hat.«

»Dann sollten wir zu Plan B übergehen. Manchmal soll ja auch so etwas Altmodisches wie eine Landkarte ganz hilfreich sein.«

»Sehr klug! Und Sie haben bestimmt einen Stadtplan von Assmannshausen dabei.«

»Nein, aber ich schwöre auf meinen Rhein-Main-Atlas.«

»Den habe ich zufällig da hinten liegen!« Susanne deutete auf den Notsitz.

»Dann können wir ja mal nachsehen.« Moritz griff nach dem zerfledderten Atlas und fing an, darin zu blättern.

Nach einer halbstündigen Tour durch das unerklärliche Einbahnstraßensystem des Ortes waren sie endlich am Ziel. Wie vermutet, war das Haus eine Villa von beachtlichem Ausmaß, allerdings mit renovierungsbedürftiger Fassade. Auf ihr Klingeln hörten sie Hundegebell, Schritte im Haus und eine Männerstimme: »Ich komme schon.«

Die Tür wurde geöffnet. Ein älterer Mann hielt einen Pointer am Halsband fest, der aufgeregt mit dem Schwanz wedelte.

»Keine Angst, Bartolomeo ist friedlich. Sie sind bestimmt von Lengley's! Herr von Woletzki hat mir Ihren Besuch für heute angekündigt und in höchsten Tönen von Ihrer Kompetenz geschwärmt. Frau Sander?«

Er streckte Susanne die Hand entgegen, die sie gleich schüttelte. »Ja, das bin ich! Und Sie sind Herr Rampini?«

»Oh, ich habe mich noch nicht vorgestellt: Si, si, Rampini ist mein Name, Claudio Rampini.«

»Guten Tag, Herr Rampini, das hier ist mein Kollege, Moritz von Witterstein.«

Claudio Rampini war klein und schlank, sein Kopf ziemlich kahl, aber braun gebrannt. Er trug eine Art Morgenmantel mit Bindegürtel aus grauem Seidenstoff mit kleinen royalblauen Tupfen. Darunter hatte er ein blaues Hemd mit einem seidenen Halstuch an. Seine Füße steckten in zierlichen Lederpantoffeln, die schon bessere Zeiten gesehen hatten.

»Treten Sie bitte ein, die Herrschaften. Darf ich Ihnen einen Espresso anbieten oder sonst etwas zu trinken? Die jungen Leute bevorzugen ja heute immer Mineralwasser.«

»Espresso wäre wunderbar, Herr Rampini, aber wir möchten Ihnen keine Umstände machen.«

»Wollen Sie mich beleidigen? Einem Italiener macht es niemals Umstände, einen Espresso für eine schöne und intelligente Frau zuzubereiten. Aber selbstverständlich auch für Sie, Herr von …«, fuhr Rampini fort.

»Von Witterstein, aber Sie können mich …«

Bitte nicht schon wieder die ›Sie können mich Moritz nennen‹-Nummer, dachte Susanne und rempelte ihn leicht an. »Entschuldigen Sie, Moritz«, sie betonte seinen Vornamen. »Ich glaube, ich habe meine Mappe im Auto liegen gelassen. Könnten Sie bitte mal nachschauen?« Susanne hielt ihm mit einem vielsagenden Blick den Autoschlüssel hin. Moritz hatte zum Glück verstanden, nahm den Schlüssel und verschwand ohne ein Wort zur Tür hinaus.

Susanne war nun mit Rampini alleine, der sie mit seinen braunen Augen durch die randlose Brille fixierte. »Der Name von Witterstein ist mir schon begegnet. Allerdings in keinem sehr angenehmen Zusammenhang, aber das tut jetzt nichts zur Sache. Wollen wir schon in die Küche gehen?« Susanne folgte ihm durch einen geräumigen Flur mit alten Holzdielen. An den Wänden hingen die Bilder dicht an dicht, so dass kaum ein Fleckchen der vergilbten Tapete zu sehen war. Es waren Zeichnungen, Aquarelle und Fotografien, aber auch Bilder, die offensichtlich von Kindern gemalt worden waren. Alle in ganz unterschiedlichen Rahmen. Susanne wollte einige genauer ansehen, aber Rampini lotste sie weiter in eine große Küche. Susanne fiel sofort der durchdringende Geruch auf. Es war nicht der übliche Küchengeruch, sondern es duftete tatsächlich – nach Anis, Pfefferschoten, Zimt und Orange und nach etwas, das sie nicht gleich definieren konnte.

Der Boden in der Küche war mit schwarz-weißen Fliesen ausgelegt, die aus der Zeit der Erbauung des Hauses stammen mussten. In der Mitte stand ein quadratischer Eichentisch, auf dessen Platte eine riesige gelbe, mit glänzenden Auberginen gefüllte Steingutschale arrangiert war. Um den Tisch herum standen einige Thonet-Stühle. An den Wänden hingen offene Holz- und Metall-Regale, überquellend von völlig unterschiedlichem Geschirr, Gläsern und Töpfen. Vor den unteren Regalen waren Vorhänge aus Geschirrtüchern angebracht, die mit Fisch- und Muschelmotiven bedruckt waren. An einem Messinggestell hingen Ketten getrockneter Chili- und Peperonischoten und ein ganzer Parmaschinken von der Decke.

Sowohl der Raum mit seiner eigenartig gemütlichen Einrichtung als auch Claudio Rampinis Anwesenheit lösten pures Wohlbehagen bei Susanne aus. An einer Wand stand ein Gasherd, auf den Rampini eine altmodische Espressokanne stellte, die er gefüllt und zusammengeschraubt hatte. Er entzündete die Flamme, holte dickwandige weiße Espressotassen aus dem Regal und stellte sie auf ein Tablett, zusammen mit einer silbernen Zuckerdose und einer Schale Amaretti.

»Wohnen Sie hier ganz alleine?«, fragte Susanne.

»Si, si, außer Bartolomeo hat es niemand mit mir ausgehalten.« Er lachte.

Susanne schätze, dass Rampini etwa 60 Jahre alt war, er hatte Altersflecken auf der Glatze und den Händen.

»Ist Ihnen das nicht zu einsam?«

»Es bleibt mir nichts anderes übrig, als mich damit abzufinden. Ich bin gerne in Gesellschaft, aber die Kinder sind schon lange aus dem Haus, und meine Frau ist vor zehn Jahren gestorben. Ich vermisse sie jeden Tag ... Beide Kinder sind in unsere frühere Heimat gegangen, nach Bolzano, Bozen, eine sehr schöne Stadt, kennen Sie sie?«

»Ja, ich war schon oft in Südtirol zum Skifahren, da haben wir Abstecher nach Bozen gemacht. Wie Sie sagen, eine wunderbare Stadt, herrlich zum Bummeln.«

Es klopfte, Moritz stand in der offenen Küchentür. »Störe ich?«

»Ganz und gar nicht, Herr von Witterstein. Sie kommen genau richtig.«

Keiner erwähnte die fehlenden Unterlagen, die Moritz eigentlich holen sollte, doch Rampini sah ihm auffallend lange in die Augen, und Moritz hielt seinem Blick stand. Als wäre nichts gewesen, nahm Rampini das Tablett, auf dem der Espresso bereitstand, und sagte: »Wollen Sie mir bitte folgen, wir trinken den Espresso im Wintergarten.«

Sie kamen in ein Zimmer mit raumhohen weißen Sprossenfenstern, die den Blick auf den Garten freigaben. Vor ihnen lag ein gepflegtes Kiesrondell mit steinernem Becken, auf dem Seerosen schwammen. Dahinter war der Rhein zu sehen.

»Ein wunderbarer Ausblick, Herr Rampini!«

»Si, si, da haben Sie recht, Dottoressa Sander. Wenn man so lange an einem Ort lebt, weiß man manchmal nicht mehr zu schätzen, wie schön man es hat. Aber es gab und gibt auch manche Neider und Versuche, mir dieses Anwesen wegzunehmen.« Susanne warf zwei Stücke braunen Zucker in ihre Espressotasse. Sie ignorierte die letzte Bemerkung Rampinis und kam auf den Grund ihres Besuchs zu sprechen: »Herr Rampini, Sie möchten uns drei Werke zur nächsten Kunstauktion anbieten. Um welche handelt es sich dabei?«

»Ich werde Ihnen die Blätter gleich holen. Es sind zwei Aquarelle und eine Zeichnung, von denen ich denke, dass sie materiell wertvoll sind. Ich hänge eigentlich sehr an ihnen, aber Sie sehen ja selbst.« Er machte eine ausholende Geste mit den Armen. »Hier muss man auch ab und zu etwas investieren.«

Rampini erhob sich aus seinem Korbsessel und holte eine große Mappe und ein gerahmtes Bild. Die Mappe legte er Susanne auf die Knie, den Rahmen stellte er vor einer Kommode auf den Boden. Susanne löste das Baumwollband, mit dem die Mappe verschlossen war. Obenauf lag die Zeichnung einer Tänzerin. Die ockerfarbene Pastellkreide war an einer Stelle leicht verwischt. Deutlich war die Signatur zu lesen: Degas. Susanne klappte die Mappe wieder zu. Sie öffnete ihre Aktentasche, holte ihre Brille aus dem Etui und setzte sie auf. Dann entnahm sie der Tasche weiße Baumwollhandschuhe, die sie sorgfältig anzog, und eine Lupe.

Susanne öffnete die Mappe ein zweites Mal, nahm das oberste Blatt vorsichtig heraus und hielt es an zwei Ecken gegen das Licht. Nach einer Weile legte sie es zurück auf die Mappe. Sie setzte die Brille wieder ab und betrachtete einige Details durch die Lupe. Bei den Händen der Tänzerin und der Signatur verweilte ihr Blick. Dann setzte sie ihre Brille wieder auf, schritt mit der Zeichnung langsam zum Fenster, hielt sie davor und ging dann auf eine Kommode neben der Zimmertür zu.

»Kann ich das Blatt hier ablegen?«

»Natürlich, Dottoressa.«

Rampini stand ebenfalls auf, räumte einen Kerzenleuchter zur Seite und sah Susanne mit nahezu flehendem Blick an. Er wirkte nervös. Seine angenehm ausgeglichene Ausstrahlung war verschwunden.

Susanne legte die Zeichnung ab und beugte sich noch einmal so dicht darüber, dass ihr Gesicht fast das Papier berührte. Sie sog vernehmlich Luft durch die Nase ein. Rampini und Moritz bot sich ein eigentümliches Bild, aber sie sagten beide nichts. Ohne einen Kommentar abzugeben, nahm sich Susanne das nächste Blatt in der Mappe vor.

HEIKE

Die Sprechstundenhilfe stand in der Tür des Wartezimmers: »Frau Stelzer, kommen Sie bitte?« Heike legte die neueste Ausgabe der Architectural Digest zurück auf den mit dunkelbraunem Leder bezogenen Coffee Table, nahm ihre Handtasche und ging den Gang entlang zum Untersuchungszimmer. Dr. Wöller saß in dem abgedunkelten Zimmer am Computer und sah nur kurz auf, als Heike eintrat. »Sehr schön, Frau Stelzer, wie geht es Ihnen?«

»Ganz gut, Herr Dr. Wöller.«

»Sie wissen ja, was wir heute vorhaben?«

»Ja, ich weiß.« Sie seufzte verhalten.

»Dann machen Sie bitte nur den Bauch frei.« Er deutete auf den Paravent in der Ecke, der mit orangefarbenem Designers-Guild-Stoff bespannt war.

Dr. Wöller ersparte den Patientinnen das sonst bei Frauenärzten übliche Warten in den kleinen Kabinen mit zwei Türen. Man ging zur einen Tür hinein, stand dort mit nacktem Unterleib, manchmal kürzer, manchmal auch länger, bis sich endlich die Tür auf der anderen Seite öffnete. Dr. Wöller hatte sich am Anfang einmal darüber ausgelassen, wie entwürdigend diese Vorgehensweise sei, und Heike konnte nicht anders, als ihm stumm nickend beizupflichten. Endlich einmal ein Arzt, der sich auch über die Gefühle seiner Patientinnen Gedanken machte. Darüber hinaus war seine Praxis geschmackvoll eingerichtet und Dr. Wöller ein ausgesprochen gutaussehender Mann.

Es war über sieben Jahre her, seit Heike das erste Mal in seine Sprechstunde gekommen war. Er hatte sie während der schwierigen Schwangerschaft mit Chloé betreut und für all ihre tatsächlichen und eingebildeten Leiden Geduld und Verständnis aufgebracht. Vermutlich hatten ihm auch erst wenige seiner Privatpatientinnen so viel Geld eingebracht, denn in den letzten Schwangerschaftsmonaten war sie wöchentlich, dann schließlich täglich bei ihm gewesen. Sie hielt ihm deshalb auch die Treue und nahm den mindestens halbstündigen Weg nach Neu-Isenburg auf sich. Und das, obwohl es in Frankfurt, zumal im Frankfurter Westend, fast an jeder zweiten Ecke einen Gynäkologen gab. Zu guter Letzt wohnte Dr. Wöller sogar in derselben Straße wie Heike, war sozusagen ihr Nachbar. Aber er behandelte sie natürlich ausschließlich in seiner Praxis, da machte er keine Ausnahme. Einmal hatte er ihr erzählt, dass er bewusst aus Neu-Isenburg weggezogen war, um seinen Patientinnen nicht auch noch privat ständig zu begegnen. Dafür hatte Heike natürlich Verständnis. Seitdem grüßte sie ihn sehr zurückhaltend, wenn sie ihn auf der Straße traf, und sah schnell wieder weg, damit er sich ja nicht durch sie belästigt fühlte.

Die Sprechstundenhilfe kam mit einem kleinen Koffer aus Kunststoff herein, und Dr. Wöller klappte ihn auf. Darin lagen, eingebettet in Schaumstoff, dreißig einzeln verpackte Einwegspritzen. »Sooo, Frau Stelzer! Dann will ich Ihnen mal zeigen, wie das geht. Eigentlich ist es ganz einfach.«

Er nahm eine der Spritzen heraus, öffnete die Kunststoffverpackung und kam auf Heike zu.

»Sie nehmen einfach eine Hautfalte zwischen Daumen und Zeigefinger. Die Falte sollte nicht zu dünn sein. Und dann ruhig mit ein bisschen Schwung hinein. Frau Stelzer, Sie müssen schon hinsehen! Sonst können Sie es ja nachher nicht alleine machen!«

Widerwillig öffnete Heike die Augen und hielt die Luft an. Dr. Wöller stach die Nadel in ihren Bauch, und sie zuckte zusammen. Eigentlich hatte es nicht besonders weh getan. Aber das in Zukunft jeden Tag selbst zu tun war nicht gerade eine angenehme Aussicht.

»Dann drücken Sie die Flüssigkeit ganz langsam und gleichmäßig in das Gewebe. Dabei dürfen Sie natürlich die Hautfalte nicht loslassen! Sie werden sehen: Bald ist das für Sie so normal wie die tägliche Körperpflege.«

Ja klar, dachte Heike, so was kann auch nur ein Mann sagen!

CLAUDIA

Sie hob den Klodeckel aus rotem Acrylglas hoch und verzog angewidert das Gesicht. Warum lernen die Kinder eigentlich nie, Wasserspülung und Klobürste zu benutzen? Und das Klopapier war auch schon wieder verbraucht! Claudia hatte erst vor kurzem eine Moralpredigt darüber gehalten und eine neue Regel einzuführen versucht: Wer das letzte Blatt Toilettenpapier verbraucht, muss für eine neue Rolle sorgen. Von da an hing an jeder eigentlich verbrauchten Klorolle immer noch ein einziges Blatt Papier. Am meisten ärgerte sie, dass auch Nik sich nicht verpflichtet fühlte, mit gutem Beispiel voranzugehen. Warum warnte einen niemand vor diesen hässlichen Seiten des Familienlebens? Und woher nahm Nik das Recht, sich von jeglichen Haushaltspflichten zu entbinden? Klar, er hatte einen harten und anspruchsvollen Job. Aber auch sie hatte einen Beruf, und sie hatte Opfer gebracht, um so weit zu kommen. Warum also sah es hier jeder nur als ihre Aufgabe an, sich um den Haushalt zu kümmern? Niks Antwort kannte sie: »Baby, ich bezahle eine Putzfrau und ein Au-pair-Mädchen. Wieso soll ich diesen Mist selbst machen? Du hast nur einen Teilzeitjob. Da solltest du doch in der Lage sein, alles so zu organisieren, dass der Haushalt funktioniert. Schließlich bist du eine intelligente Frau.«

Sollte sie vielleicht darauf warten, bis die Putzfrau in drei Tagen kam? Ihr spanisches Au-pair-Mädchen Marta hatte jedenfalls kurzfristig ihren Job gekündigt und war zu ihrem deutschen Freund gezogen.

Claudia ging in Lorenz' Zimmer und wollte die Tür öffnen. Sie war blockiert. Claudia klopfte und drückte fester gegen die Tür. »Moment, Mami, ich mache schon auf.« Das war Lorenz' Stimme, dann folgte ein unterdrücktes Prusten. Claudia stemmte sich mit ganzer Kraft gegen die Tür, die plötzlich nachgab, und taumelte ins Zimmer. Lorenz und Arthur kugelten auf dem Boden herum vor Lachen: »Dass du auf den alten Trick noch reinfällst, Mama.« Lorenz' Schreibtisch stand in der Mitte des Zimmers. Offensichtlich hatten sie ihn mit vereinten Kräften vor die Tür geschoben. Claudia war nicht gerade in der Stimmung mitzulachen. »Erstens möchte ich gerne wissen, wer hier oben auf der Toilette war und nicht gespült hat.«

»Ich nicht.«

»Ich war unten auf dem Klo.«

Das kam wie aus der Pistole geschossen.

»Natürlich, auf der Toilette waren wieder mal der Ichnicht, der Niemand und der Herr Keiner.« Die beiden Jungen schauten auf ihre Schuhspitzen. »Außerdem sollst du Schularbeiten machen, Lorenz. Du kennst doch die Regel, dass Hausaufgaben immer vor dem Spielen erledigt werden müssen! Hast du schon damit angefangen?«

»Nö, wir haben heute gar keine auf.«

»Wenn das so ist, zeig mir mal dein Hausaufgabenheft!«

Claudia ging zu Lorenz' Ranzen. »Igitt, so eine Sauerei!« Sie zog ihre Hand aus einem Fach, dicker brauner Bananenbrei tropfte von ihren Fingern. »Lorenz, wie lange trägst du dieses vergammelte Ding schon mit dir rum?«

»Och, höchstens drei Tage, Mami.«

»Ich begrüße es wirklich, wenn du ausnahmsweise mal freiwillig etwas Gesundes mitnimmst! Aber wenn es hinterher zerquetscht im Ranzen liegt, ist das auch nicht im Sinne des Erfinders.«

»Wer ist denn der Erfinder, Mami?«, fragte Arthur.

»Das ist nur so eine Redensart, Darling«, antwortete Claudia gereizt.

»Aber normalerweise esse ich sie doch immer. Ich habe einfach vergessen, dass ich sie dabeihatte«, stammelte Lorenz. Claudia holte Toilettenpapier und begann, vor sich hin schimpfend, den Ranzen auszuwischen. Dabei beförderte sie immer mehr Abfall aus den Fächern. Schließlich hielt sie das völlig verknitterte und verklebte Hausaufgabenheft hoch, wischte es ab und blätterte mit spitzen Fingern darin herum. Ihr wurde bewusst, dass sie schon einige Tage nicht mehr hineingesehen hatte, und bekam sofort die Quittung dafür: Drei Mitteilungen von Lorenz' Lehrerin standen im Heft. Claudia wurde es plötzlich ganz heiß.

DIENSTAG: HAUSAUFGABEN IN MATHEMATIK VERGESSEN.

Das war vorgestern. Am Mittwoch wurde auf das zweimalige Vergessen hingewiesen. In der Spalte unter dem heutigen Datum stand:

> LORENZ HAT DREIMAL HINTEREINANDER DIE HAUSAUFGABEN IN MATHEMATIK VERGESSEN. WENN ER SIE NICHT NACHHOLT, MUSS ER MORGEN NACHSITZEN! BITTE KOMMEN SIE AM FREITAG IN DER ZWEITEN STUNDE IN MEINE SPRECHSTUNDE ODER RUFEN SIE MICH AN. MIT FREUNDLICHEN GRÜSSEN, HILDEBRAND.

Claudia stöhnte auf. In den letzten drei Tagen hatte sie eine Klageerwiderung fertig stellen müssen, und auch weil Marta so plötzlich nicht mehr da war, hatte sie versäumt, nachmittags die Hausaufgaben von Lorenz und Julia durchzusehen. Bei Julia konnte sie sich das guten Gewissens erlauben. Sie erledigte ihre Aufgaben in der Regel selbständig und auch einigermaßen ordentlich, ganz im Gegenteil zu Lorenz.

Ihr fiel der letzte Elternabend ein, diese patenten Übermütter, die alle Hausaufgaben ihrer Kinder der letzten Woche auswendig aufsagen konnten. Stundenlang hatten sie sich über den Inhalt eines bestimmten Arbeitsblatts in Sachkunde ausgelassen, das angeblich nicht altersgerecht aufbereitet worden war. Claudia hatte dieses Arbeitsblatt nie zu Gesicht bekommen, versuchte aber, sich nichts anmerken zu lassen. Sie warf einen argwöhnischen Seitenblick zu der Mutter, die mit verbogener Wirbelsäule neben ihr auf einem der Kinderstühle hockte. Eine Verbündete. Sie kannten sich flüchtig von einer Bar-Mizwa-Feier, und Claudia wusste, dass sie alleinerziehend und berufstätig war.

Ganz leise hatte sie ihr zugeraunt: »Haben Sie dieses Arbeitsblatt durchgelesen?«

Die geflüsterte Antwort war sympathisch ehrlich: »Ich weiß gar nicht, wovon die eigentlich reden!«

»Ist das Ganze hier nicht zum Brechen?«

Ihre Nachbarin hatte nur zustimmend genickt und sie verschwörerisch angegrinst.

Aber das Problem, vor dem Claudia jetzt stand, hatten diese Übermütter – nach Claudias völlig vorurteilsloser Einschätzung taten sie nichts anderes, als einzukaufen und ihre Kinder zu coachen – bestimmt nicht. Hätte sie doch wenigstens einmal abends die Hausaufgaben kontrolliert! »Lorenz, kannst du mir mal erklären, wieso du drei Tage hintereinander keine Hausaufgaben in Mathe machst und dann auch noch behauptest, du hättest keine auf?« Sie hielt ihm das aufgeschlagene Hausaufgabenheft vor das Gesicht und schlug mit der anderen Hand auf die Mitteilungen.

»Aber es stimmt Mami, heute haben wir auch keine auf!«

»Das mag sogar stimmen. Aber dann hast du immer noch die Hausaufgaben der letzten drei Tage nachzuholen! Was denkst du dir eigentlich dabei, die einfach nicht zu machen? Sieh mal Lorenz …« Claudia kniete sich vor ihm hin und nahm ihn, ihre Wut überwindend, in den Arm. »Die anderen Kinder müssen auch ihre Hausaufgaben machen. Jeder hat bestimmte Aufgaben im Leben. Ich zum Beispiel muss, wie du gerade gesehen hast, euren Dreck wegwischen und daneben für die Kanzlei arbeiten. Und du hast die Pflicht, jeden Tag in die Schule zu gehen und nachmittags deine Hausaufgaben zu machen.«

»Mann, ich hatte einfach keine Lust, und ich hab's auch echt zweimal vergessen.«

Claudia zuckte zusammen, als Arthur mit einem Kampfschrei ins Zimmer sprang. Er hatte sich sein Spiderman-Kostüm angezogen, begann mit einem Gummischwert auf Lorenz einzuprügeln und brüllte: »Ich muss dich vernichten. Du bist ein Grüll, ich werde dich mit dem Lichtschwert pulverisieren.«

Claudia verlor die Contenance: »Verschwinde aus Lorenz' Zimmer. Er muss Hausaufgaben machen, und zwar den ganzen Nachmittag!« Arthur fing an zu weinen und warf sich auf den Boden. Claudia riss Arthur an einem Arm vom Boden hoch und schob ihn zur Zimmertür raus. Sie schloss ab, während Arthur gegen die Tür hämmerte. Dann schob sie Lorenz' Schreibtisch zurück zum Fenster, holte sein Mathe-Heft aus dem Ranzen und sagte mit leiser, bebender Stimme: »Du kommst aus diesem Zimmer erst wieder raus, wenn du alle Mathe-Hausaufgaben ordentlich nachgeholt hast. Ist das klar?« Zum Schluss war ihre Stimme wieder lauter geworden. Lorenz nickte nur und holte sein Mäppchen aus dem Ranzen.

Vor der Tür kam Claudia kaum zum Durchatmen, denn Arthur warf sich gegen sie und schlug mit den Fäusten auf ihre Beine ein. Sie drückte ihn mit Mühe ein Stück von sich weg, setzte sich auf das Sofa im Spielzimmer und versuchte, Arthur an sich zu ziehen. »Tut mir leid, Arthur. Du kannst nichts dafür. Ich war nur so sauer auf Lorenz und auf mich selbst, wegen der Hausaufgaben.« Arthur schniefte: »Du bist so gemein!«

Claudia fuhr sich mit der Hand über ihre dunkelbraunen Haare und rieb dann Arthurs Rücken. Sie spürte, wie er sich abwehrend versteifte. »Wie wär's, wenn wir runter in die Küche gehen und nachsehen, ob noch Eis da ist?«

»Keine Lust!«

»Vielleicht gibt es noch Snickers-Eis …«

»Okay, gehen wir, Mami!«

Er nahm ihre Hand und zog sie vom Sofa. Wie leicht sich ein Junge im Alter von fünf Jahren bestechen ließ, dachte

Claudia erleichtert und hörte das Telefon klingeln. Claudia nahm ab, und es meldete sich eine Stimme, die Russisch oder Ukrainisch sprach. Und nur langsam verstand sie, was die Stimme ihr mitteilen wollte: Anscheinend stand ihr neues Au-pair-Mädchen bereits am Frankfurter Hauptbahnhof und war schon vor einer Stunde mit dem Bus aus Kiew eingetroffen. Es gab also einen Hoffnungsschimmer am Horizont: Schon bald würde es wieder entspannter zu Hause ablaufen, schon bald würde sie wieder konzentrierter arbeiten können.

Claudia drückte Arthur noch ein Eis in die Hand und stieg mit ihm in das Auto. Als sie sich der Haltestelle für Fernreisebusse näherten, taxierte Claudia im Vorbeifahren die in Frage kommenden Personen. Umlagert von ungepflegt wirkenden Männern, die zahnstocherkauend herumlungerten, standen mehrere Mädchen mit großen, billigen Reisetaschen und vielen Plastiktüten. Sie sahen aus, als hätten sie mindestens eine Nacht im Bus verbracht. Claudia verglich die jungen Frauen mit dem Foto, das ihr die Vermittlungsagentin zugesandt hatte: Anna hatte ein rundes Kindergesicht mit braunen Augen und kurzen, dunklen Haaren. Vor einem Mädchen, das eine entfernte Ähnlichkeit mit dem Bild aufwies, hielt sie, ließ das Fenster herunter und fragte: »Heißt du vielleicht Anna?« Das Mädchen schüttelte abweisend den Kopf und antwortete etwas, das Claudia nicht verstand. Sie fuhr weiter und parkte den Wagen im Halteverbot. Mit Arthur an der Hand suchte sie die einzelnen Bushaltestellen ab. Der Boden war schmutzig, in den bräunlichen Pfützen lagen Glasscherben. Sie merkte, wie einige der Wartenden sie musterten. Innerlich beglückwünschte sie sich zu ihrer Kleidungswahl. Sie trug ausnahmsweise Jeans und ihren alten Trenchcoat, so dass sie nicht besonders auffiel.

»Wo ist denn jetzt unser neues Au-pair-Mädchen?« Arthur wurde ungeduldig.

»Das weiß ich im Moment auch nicht. Wir müssen sie suchen.«

»Ich habe aber Durst! Außerdem stinkt es hier!«

»Es wird nicht mehr lange dauern, Arthur, wir sind gleich wieder zu Hause.« Erstaunlicherweise gab sich der Junge zunächst mit dieser Antwort zufrieden. Sie gingen um das Bahnhofsgebäude herum zur Südseite, und Claudia sah schon von weitem, dass es dort noch weitere Haltestellen für Fernbusse gab. In einer Gruppe von jungen Frauen meinte sie, das Gesicht vom Foto zu erkennen.

Sie sprach sie an: »Anna?« Und hielt das Foto hoch. Die Augen des Mädchens waren schmal und feindselig. Aber sie antwortete: »Da!« Anna hatte schwarze Haare, eine blasse Haut und Sommersprossen im ganzen Gesicht, was ihr sehr gut stand. Die oberen Schneidezähne standen ein wenig schief.

»Hallo, ich bin Claudia Neumann-Elten.« Mit einem Lächeln streckte sie ihr die Hand entgegen und versuchte, das weiche Gefühl beim Drücken von Annas Hand zu ignorieren. »Ist das alles dein Gepäck?« Claudia deutete auf zwei riesige Reisetaschen und einige Plastiktüten, die auf dem Boden um Anna herum gruppiert waren. »Da«, antwortete Anna wieder. Beherzt griff Claudia die Henkel einer der Reisetaschen und kugelte sich fast den Arm aus, so schwer war die Tasche. Sie stellte sie wieder ab.

»Es ist besser, wenn ich das Auto hole. Du wartest hier!« Anna sah sie fragend und weiterhin wenig freundlich an. »Should we better speak English?«

»Da«, sagte Anna und nickte.

»You stay here while I'll go and get my car. Your luggage is too heavy for carrying!«

Der fragende Ausdruck in Annas Gesicht blieb unverändert. Claudia fiel ein, dass in ihrem Lebenslauf stand, sie sei seit vier Jahren Englischlehrerin an einer Grundschule. Sie versuchte es mit Zeichensprache: zeigte erst auf Anna, dann auf den Boden, deutete auf sich, dann in die Richtung, in der das Auto stand, und machte mit den Händen eine Bewegung, als würde sie mit einem Steuerrad lenken. Das Mädchen nickte und schien endlich zu verstehen. Mit Arthur an der Hand ging Claudia los. Unter dem Scheibenwischer klemmte ein Strafzettel.

Claudia fuhr um die Ecke und lud Annas Gepäck in den Kofferraum. Unterwegs versuchte sie, mit dem neben ihr sitzenden Mädchen zu kommunizieren. Aber als Antwort kam immer nur »Da«, ein Kopfschütteln oder Nicken. Nach einer Weile gab Claudia erst einmal auf und schwieg. Arthur saß zufrieden in seinem Kindersitz. Er hatte seinen Durst mit einer Flasche Vittel gestillt.

»Kann die Anna kein Deutsch?«, fragte er.

»Nein, Schatz, ich glaube, das muss sie erst noch lernen.«

»Und wie sollen wir dann mit ihr reden?«

SUSANNE UND MORITZ

»Sie können ja ganz schön kühl sein, das hätte ich Ihnen gar nicht zugetraut!«

Sie saßen auf einer gemütlichen Eckbank mit gemustertem gelben Stoff. Auf der Rückfahrt hatten Susanne und Moritz in Eltville-Hattenheim haltgemacht in einem romantischen, aber leeren Gourmet-Restaurant. Man konnte sich keinen hübscheren Ort für ein Tête-à-tête mit einem blendend aussehenden Praktikanten vorstellen als den alten Schankraum mit seinen urigen, dicken Holzbalken und den herrlich eingedeckten Tischen. Die Küche hatte noch geschlossen, aber der Kellner kam in weißer Jacke, bot ihnen eine Käseplatte und Wein an und entzündete die Kerze auf ihrem Tisch. Susanne liebte Käse und Wein über alles, und mittlerweile waren beide hungrig, also hatten sie sofort zugestimmt.

Sie nippte genüsslich an ihrem Weißwein und sah Moritz direkt in die Augen. »Sie finden, ich war kühl? Ich habe nur meine Arbeit getan, und dabei versuche ich, weitestgehend frei von Emotionen zu sein.«

»Und ich dachte immer, Kunst kann man gar nicht ohne Gefühl beurteilen.«

»Da haben Sie sicherlich recht. Aber es ist ein Unterschied, ob der Eigentümer eines vermeintlichen Kunstwerks« – sie zeichnete mit den Zeige- und Mittelfingern Anführungszeichen in die Luft – »neben mir steht und auf mein Urteil wartet oder ob ich meine Gefühle rein auf das zu beurteilende Werk konzentrieren kann.«

»Und zu welchem Urteil sind Sie gekommen?«, fragte Moritz mit einem neugierigen Flackern in den Augen.

In diesem Moment rollte der Kellner einen Wagen mit Glasglocke an ihren Tisch: »Anders, als Sie es möglicherweise kennen, bekommen Sie bei uns nicht drei oder vier Stücke Käse. Wir möchten Sie anregen, beginnend bei 1 Uhr mit den milderen Sorten, den Uhrzeiten folgend, pikanter werdend, auch die Ziegenkäsesorten berücksichtigend, zwölf Sorten Käse zu probieren. Madame, darf ich Ihnen zu Beginn diesen Rohmilchkäse aus der Normandie empfehlen?«

Susanne bejahte und begann ein Gespräch darüber, woher man den besten Käse beziehen konnte. Und sie waren sich erstaunlich einig, dass Straßburg eine vorzügliche Anlaufstelle war.

»Ich fahre zweimal im Monat dorthin, um den Käse für das Kronenschlösschen einzukaufen«, sagte der Kellner. »Und dann sind natürlich die richtige Lagerung ausschlaggebend und das Abpassen des perfekten Reifegrades, der allerdings auch Geschmackssache ist.«

Es dauerte einige Zeit, bis beide ihre Käsesorten ausgesucht hatten. Moritz kam gleich wieder auf ihren Besuch bei Rampini zurück: »Ich würde einiges darum geben, das Ergebnis Ihrer Beurteilung zu erfahren.«

»Sie meinen sicher den Degas, oder sollte ich sagen, das, was Herr Rampini dafür ausgibt?«

»Wieso, ist es denn keiner?« Moritz stellte sein Glas, ohne etwas zu trinken, wieder ab und sah sie erwartungsvoll an. Susanne gefiel es, ihn auf die Folter zu spannen.

»Was glauben Sie denn?«, gab sie die Frage zurück. »Kennen Sie die Charakteristika von Edgar Degas' Zeichnungen?«

Eine leichte Rötung zog von Moritz' Hals aus über seine Wangen. »Ich muss gestehen, dass ich es versäumt habe, mich damit vorher noch zu beschäftigen. Aber eigentlich hatte ich auch gehofft, das von Ihnen zu lernen«, sagte er verlegen.

»Nun, ich denke, das können Sie auch«, erwiderte Susanne selbstbewusst. Wenn sie von etwas überzeugt war, dann tatsächlich von ihren fachlichen Fähigkeiten.

Susanne steckte sich ein Stück Ziegenkäse in den Mund. »Ist der köstlich! Haben Sie den schon probiert?« Dabei zeigte sie auf das restliche Stück auf ihrem Teller. Moritz beugte sich plötzlich nach vorne und griff nach ihrer Hand. Sie zuckte zusammen, hielt aber den ersten Reflex zurück und zog ihre Hand nicht weg. Sein Gesicht war jetzt wieder ganz nah vor ihrem, wie schon einmal auf der Fahrt. »Susanne, weißt du eigentlich, wie unwiderstehlich du bist?« Kein sehr origineller Spruch, dachte Susanne, aber er ist einfach süß! Sie roch wieder diesen Duft. Sein Eau de Toilette hatte sich mit einer kleinen Nuance Männerschweiß vermischt. Das verfehlte seine Wirkung auf Susanne nicht, die es gleichzeitig anzog und ein wenig abstieß. Vorsichtig sah sie sich um: Sie waren völlig alleine. Moritz' Gesicht kam noch näher. Sie versuchte schnell, den letzten Rest Käse herunterzuschlucken, aber es war schon zu spät: Seine Lippen berührten ihre. Er küsste sie ganz zart auf den Mund, und Susanne merkte, dass sie mehr wollte. Sie spürte dieses unverwechselbare Kribbeln im Bauch. Der Käse spielte jetzt keine Rolle mehr, und sie kam ihm entgegen. Ohne ihre Hand loszulassen, rückte Moritz um die Tischecke herum auf den Platz neben sie. Er griff ihr Gesicht mit beiden Händen und küsste sie noch einmal. Diesmal öffnete sie ihren Mund, und ihre Zungen betasteten sich. Das Kribbeln in ihrem Bauch ging jetzt in ein gieriges Ziehen über: Sie wäre bereit gewesen, es ohne große Umschweife hier, auf der Restaurantbank, mit Moritz zu treiben.

Ein lautes Geräusch ließ beide auseinanderfahren: Die Schwingtür zur Küche wurde aufgestoßen, und der Kellner kam mit schnellen Schritten auf ihren Tisch zu. Susanne leckte sich verlegen die Lippen und strich sich ordnend über die Haare. Der Kellner musste ihre Umarmung gesehen haben, ließ sich aber nichts anmerken und fragte, ob ihnen der Käse schmecke. Beide nickten und lobten überschwenglich die besonders gute Auswahl, woraufhin der Kellner ein zufriedenes Gesicht machte. Er goss Wein nach und verschwand in Richtung Küche. Sie waren wieder allein, aber die Stimmung von eben war verflogen. Susanne räusperte sich und rückte ein wenig von Moritz weg. Sie aß, scheinbar konzentriert, ihren Käse und versuchte, nicht zu Moritz hinüberzusehen.

»Susanne, darf ich wenigstens beim Du bleiben?«

Sie nickte: »Aber im Büro sollten wir umswitchen, ich

möchte nicht, dass Woletzki etwas ...« Sie verbesserte sich: »*das* mitbekommt!«

»Ja, schon klar. Habe ich trotzdem noch eine Chance, als Erster das Ergebnis deiner Untersuchung zu erfahren?«

»Was heißt trotzdem?« Susanne vermied es immer noch, ihn anzusehen.

»Na ja, trotz dieses kleinen Zwischenfalls, der dir ja offensichtlich sehr unangenehm ist. Mir übrigens gar nicht.« Moritz rückte wieder näher zu ihr herüber. Susanne legte ihre Hände in den Schoß und fing an, die Stoffserviette zu falten, die ausgebreitet auf ihren Knien lag.

»Moritz, bitte lass uns das vergessen. So etwas kann einfach nicht gutgehen, ich meine, in der Situation, in der wir uns befinden, handeln wir uns nur Ärger ein.« Moritz sah sie unverwandt an und sagte nichts. Sie saß inzwischen auf der Kante der Bank, stand jetzt abrupt auf und griff nach ihrer Handtasche: »Ich gehe mal zur Toilette, bin gleich wieder da – und ich denke, dann sollten wir auch fahren, ich muss nämlich noch mal ins Büro, um die Bilder dort zu deponieren. Kannst du so lange auf sie aufpassen?« Sie deutete mit einer Kopfbewegung auf die Mappe und das in Packpapier gewickelte Bild. Moritz nickte. »Ich hüte sie wie meinen Augapfel.« Er lächelte sie an, aber Susanne hatte sich schon umgedreht.

Es war schon fast dunkel, als sie aus dem Restaurant ins Freie traten. Susanne hielt den Schlüssel hoch: »Mir wäre es lieber, wenn du jetzt fahren könntest. Natürlich nur, wenn du Lust hast.«

»Kein Problem, so viel Wein habe ich ja nicht getrunken!«

Während der Fahrt schwiegen sie eine ganze Weile. Aber als sie auf der Autobahn waren, fing Susanne von selbst an zu sprechen: »Degas' Ballettszenen sind natürlich ein von ihm bevorzugtes Motiv, das weiß jeder. Charakteristisch ist auch die besonders exzentrische Bildkomposition. Zum Beispiel die Abbildung scheinbar willkürlicher Ausschnitte. Insofern ist die Zeichnung sehr typisch, da sie nur die Füße und Hände der Tänzerin zeigt.« Susanne sah zu Moritz hinüber, der konzentriert auf die Fahrbahn blickte. »Was ein wenig überrascht, ist die gering ausgeprägte Exaktheit. Es muss sich um ein spätes Werk handeln, denn in den 80er Jahren – des 19. Jahrhunderts natürlich – wurde Degas' Linienführung freier und großzügiger. Manche behaupten, das resultiere aus einer Beeinflussung durch Toulouse-Lautrec. Das ist aber nicht der Hauptgrund. Tatsächlich hatte Degas, als er älter wurde, eine starke Sehschwäche, die für dieses Phänomen wahrscheinlich ausschlaggebend war.«

»Das heißt, du gehst davon aus, dass es sich um eine Originalzeichnung handelt? Warum hast du sie eigentlich zweimal gegen das Licht gehalten?«

»Auf die erste Frage lautet die Antwort: Ja, ich gehe davon aus!« Susanne sah Moritz einen Moment erwartungsvoll an und fuhr fort, als keine Reaktion kam. »Zur zweiten Frage: Es gibt natürlich diverse wissenschaftliche Methoden, um solche Annahmen zu verifizieren. Sie dienen meistens dazu, das Alter eines Werks festzustellen. Man kann nicht nur den Maluntergrund untersuchen, sondern auch die Farbpigmente. Ich habe mich auf das Papier konzentriert. Anhaltspunkte für eine Datierung bieten häufig die Wasserzeichen im Papier, die von den Papiermühlen oder -fabriken während definierter Zeitabschnitte verwendet wurden. Erforderlich wäre dann ein Vergleich mit Wasserzeichensammlungen. Ich habe allerdings nur den winzigen Teil eines Wasserzeichens erkennen können. Es kann sich auch um den Ausschnitt eines Blattes handeln, weshalb das Wasserzeichen abgeschnitten wurde. Die Zeichnung ist ja nicht besonders groß. Ebenfalls im UV-Licht, ohne die Zuhilfenahme optischer Hilfsmittel, sind die optischen Aufheller im Papier durch eine meist bläuliche Fluoreszenz gut zu erkennen. Aber es würde jetzt zu weit führen, dir das näher zu erklären. Das sind sowieso sehr rudimentäre Analysenansätze, die in diesem konkreten Fall zu keinem verwertbaren Ergebnis geführt haben.«

»Wenn ich das richtig verstehe, beruht deine Annahme, es handele sich um ein Original, also nur auf deiner persönlichen Einschätzung, ohne dass du sie wissenschaftlich untermauern kannst. Ist das nicht ein bisschen riskant?« Moritz sah nur kurz zu Susanne hinüber.

»Bislang war ich immer ziemlich treffsicher. Dennoch, um dich zu beruhigen: Ich werde schon noch eine zweite Meinung einholen. Aber eine tiefergehende naturwissenschaftliche Analyse lohnt sich in der Regel nur, wenn sich aufgrund deutlicher Anhaltspunkte Zweifel an der Echtheit eines Werkes ergeben. Oder natürlich wenn sein mutmaßlicher Wert eine bestimmte Grenze überschreitet. Man könnte hier die Faserzusammensetzung des Papiers untersuchen lassen, um festzustellen, ob das Blatt aus dem 19. Jahrhundert oder, wie ich vermute, eher aus dem Anfang des 20. Jahrhunderts stammt. Charakteristisch für die Zeit wären beispielsweise Holz- und Steinschlifffasern. Dann müsste man aber gegebenenfalls Materialproben entnehmen, die man mikroskopisch prüfen ließe. Dem wiederum müsste Herr Rampini erst einmal zustimmen. Oder man müsste eine röntgenologische Untersuchung einleiten. Das kostet natürlich alles.«

Moritz fluchte, weil ein Lkw plötzlich auf die linke Spur wechselte und er stark abbremsen musste. Ihre Oberkörper wurden ruckartig nach vorne geschleudert und durch die

Gurte gestoppt. Susanne rieb sich den Nacken: »Aua, das war aber ganz schön knapp!«

Ohne darauf einzugehen, war Moritz wieder bei ihrem Thema: »Hat er sich nicht etwas auffällig verhalten, unser Freund Rampini? Er wurde ja sichtlich nervös, als du dir das Bild angesehen hast.«

»Ja, das stimmt! Vorher machte er auf mich den Eindruck eines ausgesprochen gelassenen, ausgeglichenen Menschen. Aber er scheint wohl finanziell unter Druck zu stehen. Hast du eigentlich eine Ahnung, woher er dich kennen könnte?«

»Mich kennen? Unmöglich, ich habe den Mann heute zum ersten Mal gesehen.«

Moritz sah jetzt zu Susanne hinüber, und sie konnte in seine Augen blicken.

»Sieh lieber auf die Fahrbahn, ich möchte ganz gerne heil in Frankfurt ankommen!«

Vielleicht war er ja ein besonders guter Lügner, dachte Susanne, äußere Anzeichen gab es dafür keine.

Der Alfa Spider hielt am Beethovenplatz vor der imposanten, ausladenden Treppe zum Eingang von Lengley's. Moritz schaltete den Motor ab. »Soll ich noch mit reinkommen?« Susanne beugte sich nach vorne, um durch die niedrige Windschutzscheibe die Fassade des Gebäudes sehen zu können. Hinter einem der größeren Fenster brannte noch Licht. Sie wusste natürlich, wer da noch arbeitete. »Ach, ich glaube, das ist nicht nötig, vielen Dank. Eigentlich wollte ich auch noch mal kurz in mein Büro und nachsehen, was sich heute so angesammelt hat. Hast du es weit von hier?«

»Nein, ich kann laufen, das ist kein Problem. Soll ich dir nicht wenigstens beim Tragen helfen?«

Susanne schüttelte den Kopf, drückte auf den Knopf, um

den Kofferraumdeckel zu öffnen, und stieg aus dem Wagen. Auch Moritz stieg aus. Hastig griff sie nach Mappe und gerahmtem Bild. Sie musste auf jeden Fall verhindern, dass er doch noch mit hereinkam. Er ließ die Arme sinken und stand ein wenig unbeholfen da. Susanne wollte eigentlich eilig die Treppen hinaufrennen, aber bei seinem Anblick blieb sie noch einmal stehen und zögerte. Es kostete sie einige Mühe, sich gegen ein aufkommendes zärtliches Gefühl für Moritz zur Wehr zu setzen.

»Also, wir sehen uns dann morgen. Gute Nacht!« Moritz machte einen Schritt auf sie zu, worauf Susanne mit dem Oberkörper nach hinten zuckte. Ihr Fuß tastete nach der nächsten Stufe. »Den hättest du fast vergessen.« Er hielt ihren Schlüsselbund hoch und kam noch einmal näher, um ihn ihr in die Manteltasche zu stecken. Die kurze Berührung und seine Nähe waren gefährlich angenehm. Und da war schon wieder dieser Duft! Schnell drehte sie sich um und lief die Treppen hoch. Als sie nach oben blickte, sah sie Woletzki in seiner ganzen Größe am Fenster stehen – ungeniert. Sie lehnte sich mit der Schulter gegen die Tür, die zum Glück unverschlossen war und nachgab. Bereits in der Eingangshalle hing der Geruch von Woletzkis Zigarre. Tagsüber rauchte er nie, da sich einige Mitarbeiter wahrscheinlich doch darüber beschwert hätten.

Er erwartete Susanne in der Galerie des ersten Stockwerks – eine Hand lässig auf das Treppengeländer gestützt, die lange Zigarre zwischen Daumen und Zeigefinger der anderen Hand. Im Gegensatz zu Moritz machte er keine Anstalten, ihr beim Tragen der Kunstwerke behilflich zu sein. Du bist eben doch kein echter englischer Gentleman, dachte Susanne.

»Frau Sander, wie schön, Sie heute noch zu sehen. Haben Sie sich gut amüsiert mit unserem jungen Praktikanten?«

Susanne spürte schon wieder, wie sie rot wurde. Leider traf Woletzki fast immer genau ins Schwarze!

»Ich hoffe, Sie haben trotzdem auch ein wenig an Ihre Arbeit gedacht! Was bringen Sie uns denn da Schönes?«

Als sie auf der obersten Stufe im ersten Stock angekommen war, steckte Woletzki seine Zigarre zwischen die Lippen und nahm Susanne die Bilder ab. Er kümmerte sich nicht um die abfallende Asche und lief durch die offene Glasflügeltür direkt in sein Büro. Dort plazierte er die Werke vorsichtig auf seinem Besprechungstisch. Die Zigarre legte er in einem Aschenbecher ab, der auf seinem Schreibtisch stand, und packte das gerahmte Bild aus. Susanne blieb in der Tür stehen. Obwohl sie schon oft in Woletzkis Büro gewesen war, fiel ihr erst heute auf, dass auf einer Kommode an der Wand Kinderfotos in Silberrahmen aufgestellt waren. Das mussten seine drei Söhne sein, aber waren die nicht längst im Teenageralter?

Ohne sich zu Susanne umzudrehen, meinte Woletzki: »Frau Sander, Sie sagen ja gar nichts. Was hat Sie denn so überwältigt?«

»Nichts, gar nichts. Was Sie da gerade auspacken, ist nichts Besonderes. Mich würde eher Ihre Meinung zu der kleinen Zeichnung in der Mappe interessieren.«

Woletzki hielt inne und drehte sich zu Susanne um: »Ganz wie Sie meinen, Frau Sander, ich tue doch alles, was Sie sagen.«

Er lehnte das Bild gegen seinen Schreibtisch. »Hat der alte Knabe wirklich einen Degas in seiner Sammlung gehabt? Das hätte ich nicht unbedingt erwartet!«

Susanne wurde neugierig: »Kennen Sie Herrn Rampini näher, haben Sie schon öfter mit ihm zu tun gehabt?«

»Näher kennen wäre zu viel gesagt. Aber er hat uns von

Zeit zu Zeit ein paar Sachen zu Auktionen gegeben. Sehr sporadisch. Ist eigentlich noch nie was Erwähnenswertes dabei gewesen. Deshalb wundert es mich auch, dass ...«

Susanne unterbrach ihn: »Herr von Woletzki, ich würde gerne erst Ihr Urteil hören, bevor ich Ihnen meine Einschätzung weitergebe. Ich denke, das ist der bessere Weg.«

Woletzki ging zum Schreibtisch, um seine Brille zu holen, während Susanne ihren Mantel auszog und über eine Stuhllehne warf.

»Glauben Sie etwa, ich würde mich zu sehr von Ihnen beeinflussen lassen? Dann wollen wir doch mal sehen, wie heißt es so schön: Honni soit qui mal y pense.« Er löste die Schleife der Mappe, und Susanne fielen seine erstaunlich langen, schmalen Finger auf. »Aha!«, brummte er, zog weiße Stoffhandschuhe an und hob das Blatt hoch.

Susanne beobachtete sein regungsloses Gesicht. Sie sah nur, wie seine Augen sich auffällig bewegten. Sie glitten nicht über das Bild, sondern sprangen, und Susanne kannte den Grund dafür: Er wiederholte die vom Bildaufbau vorgegebenen Blickbahnen. Auf diese Art und Weise sahen nur geübte Kunstexperten ein Bild an, nur so konnte man Bildstrukturen wirklich erkennen.

Er legte die Zeichnung zurück in die Mappe, klappte sie zu und zog die Handschuhe wieder aus. Dabei sagte er keinen Ton. Dann ging er zu seinem Schreibtisch, strich die Asche seiner Zigarre ab und nahm einen Zug. Während er den Rauch ausstieß, trafen sich ihre Blicke.

»Das ist kein Degas, da bin ich mir ganz sicher, Frau Sander. Es mag von einem Schüler Degas' sein – uninteressant. Von Edgar Degas stammt diese Zeichnung nicht!«

Susanne schluckte, und ihr wurde plötzlich heiß. Wie konnte er nur zu dieser Fehleinschätzung kommen? Sie konnte Woletzki zwar nicht ausstehen, aber von seiner fachlichen Kompetenz war sie restlos überzeugt gewesen.

»Und wie kommen Sie zu diesem Urteil?« Sie versuchte ihre Stimme so gleichgültig wie möglich klingen zu lassen.

»Ganz einfach: Die Linienführung ist nicht präzise genug, viel zu unklar.« Er klappte die Mappe wieder auf und deutete mit dem kleinen Finger auf eine Stelle der Zeichnung, ohne sie zu berühren. »Sehen Sie hier, die Bänder der Ballettschuhe sind so undetailliert dargestellt, wie ich es bei einem Degas noch nie gesehen habe – völlig untypisch!« Er sah sie jetzt direkt an. »Sie sind demnach zu einer anderen Auffassung gekommen? Dann begründen Sie mal, Sie wissen ja, ich bin immer offen für andere Meinungen!«

Nanu, ist das etwa ein Anflug von Selbstironie, dachte Susanne, oder glaubst du das wirklich von dir? Sie atmete hörbar ein und begann Woletzki fast denselben Vortrag zu halten wie Moritz: »Und deshalb komme ich zu der Überzeugung: Die Zeichnung ist echt!«

Es entstand eine Pause. Woletzki rieb sich über seine Bartstoppeln, die über die Länge eines five o'clock shadow schon hinausgewachsen waren, und Susanne beobachtete ihn. Er hatte sein Tweedsakko über den Schreibtischstuhl gehängt und trug das weiße Hemd offen, darüber einen dunkelroten Pullunder. Mit seinem vollen braunen Haarschopf und dem leicht geröteten Gesicht hatte er an diesem Abend Ähnlichkeit mit einem englischen Landarzt. Dass er, wie Susanne, grüne Augen hatte, war ihr bisher noch gar nicht aufgefallen.

»Damit erzählen Sie mir nichts Neues. Aber selbst für seine späte Phase ist das hier«, er machte eine schlenkernde Handbewegung über das Blatt, »noch zu undetailliert!«

»Herr von Woletzki, ich war erst vor einem Monat im Musée d'Orsay und habe mehrere im Stil sehr ähnliche Degas-

Zeichnungen gesehen. Glauben Sie mir, ich war dort auch überrascht von der groben Linienführung. Sie war genau wie bei diesem Bild. Ich bin mir sicher, das hier ist ein echter Degas!«

Woletzki setzte sich hinter seinen Schreibtisch und überlegte. »Mit einer wissenschaftlichen Analyse kommen wir hier nicht weiter. Ich habe eigentlich keine Zweifel, dass dieses Blatt aus der Zeit stammt und auch nicht daran, dass es aus Degas' Umfeld kommt. Bitte besorgen Sie uns vernünftige Abbildungen von den Zeichnungen, die Sie gesehen haben, aber möglichst gestern – das sollten wir schnell klären.«

Susanne stand immer noch da und war sich nicht sicher, ob Woletzki die Unterhaltung für beendet hielt. Aber offensichtlich war sie das. Er schien bereits vertieft in einen Bericht, der auf seinem Schreibtisch lag.

»Also dann, Herr von Woletzki ...« Susanne nahm ihren Mantel über den Arm und ging zögernd zur Tür hinaus. Von Woletzki kam keine Reaktion. Im Gang stellte sie fest, dass es schon 22 Uhr war. Eigentlich hatte sie keine große Lust mehr, noch in ihr Büro zu gehen. Andererseits war morgen Samstag – und ihr fiel ein, dass sie sich für ein Golfturnier angemeldet hatte. Und abends war der Sportpresseball. Wenn sie nicht absagen wollte, was mit dem Ehrenkodex eines einstelligen Golfers eigentlich nicht zu vereinbaren war, musste sie jetzt noch an die Arbeit gehen. Sie seufzte und versuchte, sich zu motivieren: Du wirst schon sehen, dass ich recht habe!

SUSANNE

Es war kurz nach 8 Uhr, als Susanne auf den noch leeren Parkplatz des Frankfurter Golfclubs einbog. Sie ging auf das Clubhaus zu und genoss die Atmosphäre dieses frühen, kühlen Samstagmorgens. Die gediegene Villa war in dem typischen Landhausgelb gestrichen, das seit einiger Zeit bei den Villen der Neureichen auf dem Lerchesberg in Mode gekommen war. Nur dass dies hier der Originalanstrich war. Sie warf einen Blick auf die Startliste: Mist! Sie war sogar noch früher dran, als ihr der Clubsekretär gestern am Telefon gesagt hatte: Schon um 8.10 Uhr. Igitt, dachte Susanne, auch noch mit Stani Voss …

In der Garderobe tauschte Susanne ihre Mokassins gegen Golfschuhe. Ohne sie zuzubinden, flitzte sie vom Clubhaus zum ersten Abschlag und schnappte sich unterwegs ihre Golftasche, die der Caddymeister in aller Frühe für die Turnierteilnehmer bereitgestellt hatte.

Der Erste aus ihrem Flight, Herr Tadelhofer, stand schon auf dem ersten Abschlag und machte Probeschwünge. Susanne verlangsamte ihre Schritte und hielt dann inne, um kein Geräusch zu verursachen, während Tadelhofer die Ansprechposition einnahm. Nachdem er abgeschlagen hatte – sein Drive war in der Mitte der Bahn neben dem ersten Fairwaybunker gelandet und wurde mit knappen, anerkennenden Worten der Umstehenden kommentiert –, bezahlte Susanne ihr Startgeld. Robin, der Golflehrer, bei dem sie sporadisch Stunden nahm, war heute der Starter und gab ihr die Scorekarte.

»Spielen wir Stableford?« Sie sah auf die Karte.

»Nein, Zählspiel. Also streng dich an, du stehst ja schon wieder auf 7,5! Wie ist denn das passiert?«

»Weißt du, mein Golflehrer schafft es einfach nicht, mir meinen Slice auszutreiben!« Beide grinsten und beließen es bei dieser Plänkelei.

Nachdem Tadelhofer sie steif begrüßt hatte, tauschten ihre Mitspieler die Karten mit Susanne. Stani Voss hatte offensichtlich nur auf den Moment gewartet: »Susanne! Long time no see! Wer enthält dich uns eigentlich immer vor?«, rief er spuckend und sah sie mit einem entsetzlich gierigen Blick an. »Ach, ich habe viel Arbeit!« Susanne versuchte, möglichst nicht weiter darauf einzugehen. Sie wusste, was jetzt folgte und dass es kein Entkommen gab: Aufdringlich wie immer fasste Voss sie um die Hüfte, zog sie an sich und drückte seine rot geäderten Wangen viel zu fest und viel zu lange an ihre. Susanne meinte, aus dem Augenwinkel ein abfälliges Zucken von Tadelhofers Mundwinkel zu sehen. Aber als sie sich von dem grabschenden Stani befreit hatte und zu ihm hinübersah, hatte Tadelhofer wieder sein undurchdringliches Pokerface aufgesetzt. Wirklich ein perfektes Ebenbild von David Niven, ging es Susanne durch den Kopf. Gestylt wie in den alten Filmen, die ihre Mutter so liebte. Aber wer trug heute schon noch so einen dünnen Oberlippenbart?

Die Männer gingen gemeinsam mit Susanne vor zum Damenabschlag, während Voss mit seinem üblichen Geplapper darüber anfing, dass die Frauen ja sowieso einen ganz anderen, viel einfacheren Platz spielten, weil die Damenabschläge ja sooo weit vorne waren. Susanne versuchte, ruhig zu werden. Mit routinierten Bewegungen zog sie ihren Driver aus der Tasche, hielt den Ball in Richtung ihrer Mitspieler und sagte: »Titleist zwei!« Sie nickten wortlos. Keiner der beiden spielte also einen Ball mit dem gleichen Aufdruck. Als sie auf den etwas erhöhten Abschlag stieg, fiel Susanne auf, dass ihre Schuhbänder noch offen waren. Sie bückte sich und band sie schnell zu. Tadelhofer räusperte sich missbilligend. Susanne versuchte, sich nicht aus dem Konzept bringen zu lassen. Sie teete ihren Ball auf, machte einen Probeschwung, fixierte ihr Ziel und merkte sich einen kleinen Punkt auf dem Rasen. Sie richtete ihren Schläger aus. Dann schlug sie. Ihr Ball startete vielversprechend, gerade und voller Kraft, aber plötzlich drehte er nach rechts ab und verschwand in den Büschen.

»Ich schlag mal besser einen nach«, murmelte Susanne enttäuscht, holte einen zweiten Ball aus ihrer Golftasche und schlug ihn ohne Probeschlag in die Mitte des Fairways. Anschließend ging sie ziemlich direkt in Richtung ihres ersten Balls, der so schlecht lag, dass sie ihn nur mit einem kurzen Chip zurück auf die Bahn befördern konnte. Voss' zweiter Ball landete im Grünbunker, und Tadelhofer legte seinen auf das Grün, allerdings gut zehn Meter von der Fahne entfernt. Dann nahm Susanne ihr Fairwayholz heraus. Es waren an die 160 Meter. Sie konzentrierte sich und schlug den Ball auf das Grün, einen halben Meter neben die Fahne. Stani Voss jubelte: »Unser Susannchen hat es doch noch nicht verlernt!« Tadelhofer ließ ein anerkennendes »Guter Schlag« hören.

Auf dem Weg zum Grün fanden Susannes Schritte immer mehr in ihren eigenen Rhythmus, und sie spürte zum ersten Mal an diesem Tag das berauschende Gefühl: eine unvergleichliche Mischung aus Anspannung und routinierter Gelassenheit. Sie nahm den Tau auf dem Rasen wahr und atmete die Kälte des Morgens tief ein. Voss' Geschwätz prallte an ihr ab, und auf einmal wusste sie wieder, warum sie sich für das letzte Turnier in dieser Saison angemeldet hatte. Sie würde sich die nächsten drei oder vier Stunden nur auf ihr Spiel und den Platz konzentrieren. Nichts anderes auf der Welt spielte jetzt eine Rolle.

Als sie nach der Runde zurück ins Clubhaus kam, lehnte eine blonde, schlanke Frau an der Theke des Sekretariats. Ihre unfassbar langen Beine steckten in weißen Kniestrümpfen. Dazu trug sie knallenge, dunkelblaue Bermudas, wodurch nicht zu übersehen war, dass ihr kleiner Hintern genau die richtige, beneidenswerte Rundung hatte. Susanne konnte sie nur im Profil sehen. Sie musste etwa Mitte 40 sein, hatte ein markantes Gesicht mit einer eleganten, leicht gebogenen Nase. Die Haare hatte sie, wie Susanne, zum Pferdeschwanz gebunden, allerdings sorgfältiger und schicker. Das Haar an ihrem Hinterkopf war toupiert und der Zopfansatz mit einem kleinen Hermès-Seidentuch umwickelt, das sich hin und her bewegte. Die Frau schien in eine angeregte Unterhaltung mit dem Clubmanager vertieft. An der leicht affektierten Art, wie sie das eine Bein anwinkelte, war ihr anzumerken, dass sie diesen Kontakt gerade sehr genoss. Susanne überlegte, woher sie diese Frau kannte. Jedenfalls war sie kein Clubmitglied, da war sie sich ziemlich sicher. Ohne das Gespräch der beiden offiziell zu unterbrechen, wedelte Susanne von hinten mit den Scorekarten.

»Grüß dich, Susanne! Lange nicht gesehen. Ich wette, du hast, wie immer, trotzdem gut gespielt!« Thomas strahlte sie mit seinem berühmten Stefan-Raab-Grinsen an und streckte die Hand nach den Karten aus. Susanne kannte ihn schon ewig, sie waren vor Jahrzehnten zusammen im Jugendtraining gewesen. Er stammte wie sie aus Düsseldorf. Und vor drei Jahren hatte sie ihn in Frankfurt wieder getroffen.

Die blonde Frau drehte sich in ihre Richtung, um zu sehen, wem ihr Gesprächspartner so viel Aufmerksamkeit schenkte. Susanne sah ihr ins makellos gepflegte Gesicht, bemerkte ihre ganz leicht getönte, schimmernde Haut. Lediglich die Andeutung von beginnenden Nasolabialfalten ließ auf ihr Alter schließen. Und schon wusste sie, wer diese Frau war: Woletzkis Ehefrau. Sie hatte sie nur ein, zwei Mal bei Vernissagen im Auktionshaus gesehen, im letzten Jahr eigentlich überhaupt nicht mehr.

Frau von Woletzki schien sich nicht mehr an sie zu erinnern. Susanne grüßte sie flüchtig und wandte sich wieder Thomas zu: »Gut wäre zu viel gesagt, aber ich bin immerhin in den Schonschlägen geblieben.«

»Da kannst du dich nicht beklagen, und außerdem reicht bei dir eins oder zwei über Handicap locker fürs Damenbrutto.« Er grinste sie wieder an, und Susanne fragte sich, ob ihm abends die Kiefermuskeln weh taten. Währenddessen wurde sie von Frau von Woletzki unablässig gemustert. Anscheinend kam sie langsam darauf, dass sie sich kannten. Bevor sie sie darauf ansprechen konnte, ging Susanne weiter in die Damengarderobe und überlegte, seit wann Woletzkis Ehefrau wohl Golf spielte.

Susanne hatte mit neun Jahren angefangen, damals allerdings ohne große Begeisterung, denn es hatte kaum gleichaltrige Kinder im Golfclub gegeben und man musste immer leise sein und üben. Ihre Eltern hatten ihr keine Wahl gelassen. Später wurde sie ziemlich gut und spielte in der Clubmannschaft. Erst da fing der Sport an, ihr richtig Spaß zu machen. Möchtegerngolfer, die vor wenigen Jahren begonnen hatten, um ihr Sozialprestige zu steigern, betrachtete Susanne mit Verachtung. Und Frau von Woletzki gehörte ganz sicher zu dieser Gruppe. Sie zog sich eine frische weiße Bluse an und kämmte sich vor dem Spiegel. Eigentlich war sie ganz zufrieden mit sich. Immerhin war es ihr gelungen, die alte Klasse wieder ein wenig aufblitzen zu lassen.

Als sie aus der Garderobe zurückkam und ins Restaurant gehen wollte, auf einen Drink mit ihrem Flight, winkte Thomas. Er war jetzt alleine: »Susanne, sag mal, warum sieht man dich eigentlich so selten, bist du etwa in festen Händen?« Susanne kam näher. »Das geht dich eigentlich gar nichts an. Ich habe einfach viel Arbeit!« Thomas beugte sich über die Theke und wurde leiser. »Vielleicht könntest du ja trotzdem mal einen Abend für mich erübrigen, oder arbeitest du Tag und Nacht?« Susanne kannte seine Flirtversuche und wusste, dass sie in ihrem Fall nicht sonderlich ernst gemeint waren, sondern eher aus einer Gewohnheit heraus erfolgten. Außerdem war Thomas verheiratet und so gar nicht ihr Typ. Sie wollte etwas anderes von ihm: »Kanntest du die attraktive Blonde von eben?«

»Ja, flüchtig. Sie hat gerade erst mit dem Golfen angefangen, und als Robin mal wieder den Unterricht ausfallen ließ, ohne abzusagen, hatte ich Mitleid.« Er grinste wieder. »Da bin ich eingesprungen.«

»Ach Thomas, du bist wirklich immer so aufopferungsvoll.« Susanne versuchte, nicht zu interessiert zu wirken. »Und … wie war es?«

Thomas winkte sie noch näher zu sich heran, Susanne beugte sich vor. »Also wenn du mich fragst: 100 Prozent talentfrei! Aber sie hat einen sehr süßen Popo!« Er fing so laut an zu lachen, dass Susanne erschrocken zurückzuckte.

»Blödmann! Du bist und bleibst ein alter Macho, Thomas! Und unter anderem aus diesem Grund habe ich leider gar keine Zeit für ein Abendessen mit dir! Außerdem wäre Dagmar sicher auch nicht entzückt.«

»Warum interessierst du dich eigentlich so für die Dame? Kennst du sie denn?« Thomas musterte sie jetzt ungewohnt ernst.

Sie wusste gar nicht genau, warum, aber sie hatte keine

Lust, ihm den Zusammenhang zu erklären. »Ich dachte nur, falls Dagmar mich mal fragen sollte, mit wem du so deine Zeit verbringst, kann ich ihr dann besser Auskunft geben!« Susanne sah, wie Thomas eine Handvoll Büroklammern griff und ausholte. Sofort duckte sie sich, die Klammern landeten hinter ihr auf dem Teppichboden.

Jetzt grinsten beide: »Du hast Glück gehabt, normalerweise kommt bei solchen Szenen garantiert ein Vorstand durch die Tür und kriegt sie ins Gesicht.« Susanne hob einige Klammern auf, warf sie nach ihm und lief zur Treppe. »Warte nur, das gibt noch eine Revanche«, rief Thomas ihr nach.

DER SPORTPRESSEBALL

»Die Franzosen können's am Ende doch am besten!« Claudia stand in dem mit herrlichen Fresken ausgestatteten Foyer der Alten Oper und hatte einen Fuß lässig auf die Messingleiste des Bartresens gestellt. Sie nippte an ihrem Champagnerglas und deutete dann anerkennend auf eine schwarzhaarige, nicht mehr ganz junge Schönheit, die von mehreren Männern umlagert wurde. »Dieses taupefarbene Schuppenkleid ist doch irre, und ich weiß ganz genau, dass es von Gaultier ist, oder zumindest eine ziemlich gute Kopie. Das hat nämlich Marion Cotillard – du weißt schon, die, die Edith Piaf gespielt hat – zur Oscar-Verleihung getragen. Ist allerdings auch nicht mehr das aktuellste Modell.«

Heike folgte ihrem Blick. »Sieh dir mal den überbetonten Bustierbusen an! Wenn du mich fragst, ziemlich abgeschmackt, auch noch mit diesem Fischschwanz ... Sag mal, ist das nicht eine Ex von Dieter Bohlen – Naddel oder wie die heißt?«

»Mensch, du hattest recht, hierher kommen ja wirklich nur

die B- oder eher C-Promis! Aber immerhin.« Claudia pfiff leise anerkennend durch die Zähne und wandte sich wieder Heike zu: »Dein Kleid ist übrigens wirklich nicht übel! Und die Bananenfrisur steht dir ausgesprochen gut!«

Heike hatte, seit sie gemeinsam auf dem Ball eingetroffen waren, nur darauf gewartet, dass eine ihrer Freundinnen etwas zu ihrem gelben Gucci-Kleid und ihrem Styling sagen würde. Sie stellte sich triumphierend in Pose. »Na, das kannst du aber laut sagen, so was Erlesenes wirst du hier kein zweites Mal finden.« Und dieser eine kurze Moment, in dem Claudia sie unverhohlen bewunderte, gab ihr ein befriedigendes Gefühl, das sie sonst nur selten verspürte.

»Dein Kleid finde ich auch ganz schön – obwohl ich sonst nicht gerade ein Vivienne-Westwood-Fan bin!«

»Danke! *Ganz schön* ist ja immerhin etwas«, zischte Claudia. Sie hatte das drei Jahre alte rote Kleid im One-Shoulder-Look in ihrem reich bestückten Ankleidezimmer nach längerer Suche wiederentdeckt. Die langen dunklen Haare trug sie offen und ziemlich wild toupiert.

»Du machst darin eine gute Figur, obwohl die Raffungen an der Hüfte eine kleine Frau fast in den Abgrund ziehen könnten. Die Betonung liegt auf *fast*«, fuhr Heike fort. Claudia grinste sie selbstbewusst an und erwiderte: »Nur weil du Tommilein für deine Abendrobe um geschätzte 8000 Euro ärmer gemacht hast, musst du dich ja nicht gleich als die Ballkönigin aufspielen.«

Aber Heike war an diesem Abend ausnahmsweise über jede bösartige Bemerkung erhaben, so grandios fühlte sie sich in ihrem Kleid und setzte ein arrogantes Lächeln auf.

Als Susanne von der Toilette kam, streckte Heike ihr großzügig ein Glas Champagner entgegen: »Weißt du, Susannchen: Wenn ich dich so in meinem Kleid sehe, merke ich gleich wieder, was ich doch für einen unglaublich guten Geschmack habe. Ich sage nur: schwarz, schlicht, schön! Dieses Halsgehänge hättest du dir allerdings schenken können, das erinnert ein wenig an frühe Weihnachtsdekoration.«

»Wie bitte?« Susanne sah sie entrüstet an und strich mit den Fingern über die Brillanten an ihrem Hals. »Das ist ein echtes fünfreihiges Diamantenkollier von meiner Uroma, ich habe es extra aus dem Banksafe geholt!« Sie griff nach dem Champagnerglas und kippte es in einem Zug herunter. »Verdirb mir ja nicht meine gute Laune, wenn ich dich schon zu dieser abgefahrenen Krähenfete begleite. Eben vor den Waschbecken hatte ich eine Begegnung der dritten Art. Die stets so elegante Assistentin meines Chefs, Frau Rogalla – im Büro immer nur im braven Kostümchen – stand in einer Animal-Print-Grausamkeit vor mir, ihr könnt es euch nicht vorstellen. Auf dem Oberarm ein fettes Tattoo.« Sie stellte ihr leeres Glas auf der Bar ab und formte einen Kreis von 15 Zentimeter Durchmesser mit den Händen. »Ein brüllender Löwenkopf mit riesiger Mähne. Und dazu: Totenkopf-Ohrringe!« Sie griff glucksend nach ihrem frisch gefüllten Champagnerglas und nahm gleich wieder einen großen Schluck. »Die Investition in die Karte hat sich echt gelohnt. Ihr glaubt gar nicht, wie die Rogalla mich angesehen hat. Nur schade, dass mein alter Blackberry keine Kamera hat. Ich muss mir doch endlich das neuere Modell zulegen. Man weiß ja nie, wofür man mal ein Beweisstück braucht.«

Susanne holte ein Päckchen Mentholzigaretten aus ihrer antiken silbernen Clutch, hielt es Claudia hin, die zugriff, und zündete ihnen die Zigaretten an. Sofort fing Heike an, theatralisch mit ihrer Tasche zu wedeln. »Müsst ihr jetzt auch noch anfangen zu qualmen? Seit das Alte Foyer zur Raucherzone erklärt wurde, ist es hier sowieso kaum noch auszuhalten.« Claudia und Susanne sahen sich an und zuckten mit den Schultern. Sie konnten ihrer Freundin ja schlecht sagen, dass sie sich dann eben nicht gerade in die Raucherlounge stellen sollte. Schließlich waren sie zusammen auf dem Ball.

Eine dreiköpfige Band mit einem Bassisten und zwei Saxophonen kam auf sie zu und plazierte sich genau zwischen den drei Freundinnen. Sie spielten »One night in Paris«, und die drei Frauen tanzten auf der Stelle. Plötzlich sprang ein blonder Mann in körperbetontem Smoking dazu, tanzte erst um sie herum und nahm dann, ohne zu fragen, Susannes Hand. Sie konnte gerade noch ihre Zigarette im Aschenbecher ablegen. Die beiden legten einen ziemlich gekonnten Jive aufs Parkett, wobei der Blonde wild und athletisch tanzte, Susanne dagegen eher elegant zurückhaltend, wenn sie nicht gerade von ihm herumgewirbelt wurde. Heike und Claudia klatschten im Takt. Übergangslos stimmte die Band einen neuen Song an und zog langsam weiter.

Völlig außer Atem kamen Susanne und der Blonde zum Stehen. »War ne ziemlich heiße Nummer ebe, ich bin übrigens de Horst«, stellte er sich in breitestem Hessisch vor. »Was trinkste denn, Schnecksche?« Susanne täuschte einen Hustenanfall vor.

Claudia, die die unangenehme Lage, in der sich Susanne befand, sofort durchblickte, legte den Arm um sie und wandte sich an den Blonden: »Meine Freundin leidet unter Asthma, sie darf sich eigentlich gar nicht so verausgaben. Bitte lassen Sie sie jetzt in Ruhe.« Und zu Susanne, mit gespielter Besorgnis in der Stimme: »Hast du denn überhaupt dein Spray dabei?«

Der Blonde hob abwehrend die Arme. »Is ja schon gut, kann ich ja net wisse!« Er machte auf dem Absatz kehrt und verschwand in der Menge. Susanne zwinkerte Claudia dankbar zu, Heike schüttelte ungläubig den Kopf. »Was war das denn für ein Vollidiot? Susanne, ich muss dir recht geben: Was hier für niveaulose Leute hingehen. Man fragt sich wirklich, ob es Sinn macht, nächstes Jahr wiederzukommen.«

Auf einmal Claudia schnappte nach Luft und stieß Heike mit dem Ellbogen an: »Oh nein, der Blankenberg! Der lustige Teil des Abends ist vorbei, da kommt mein schlimmster Mandant, und er kommt genau auf mich zu. Ausgerechnet letzte Woche habe ich seinen Prozess verloren – wer rettet mich?!« Der Mann mit rotem Gesicht und deutlich zu engem Smoking hatte eine dralle Blonde im Schlepptau. Sie trug ein knielanges gemustertes Kleid und hatte ein erstaunlich glattes Gesicht. Dem nicht zu verbergenden Alter nach konnte sie tatsächlich seine Ehefrau sein.

»Guten Abend, Frau Dr. Neumann-Elten! Normalerweise freue ich mich ja immer, meine Superanwältin zu sehen. Aber leider haben Sie den letzten Prozess ja ziemlich vergeigt. Habe mit dem Teufel schon darüber gesprochen. So was sollte nicht noch mal vorkommen, das wird mir sonst eindeutig zu teuer.« Claudia wäre am liebsten in den Erdboden versunken, zumal Blankenberg auch nicht gerade eine dezente Stimme hatte und einige Leute in der Nähe bereits aufmerksam wurden.

»Freut mich, Sie zu sehen, lieber Herr Blankenberg und verehrte Frau Blankenberg.« Sie reichte den beiden die Hand und war sichtlich darum bemüht, Haltung zu bewahren. »Sehen Sie, Herr Blankenberg, sicher ist es ärgerlich, dass wir das letzte Verfahren verloren haben. Sie sollten jedoch nicht vergessen, dass es nur die erste Instanz war. Bei einem so krassen Fehlurteil haben wir meines Erachtens gute Chancen in der Berufung. Ich habe viel Mühe darauf verwandt, Ihren Prospekt wasserdicht zu machen, und das wissen Sie genau. Nicht umsonst haben wir bisher fast immer gewonnen, oder haben Sie das vergessen?« Jovial nahm sie Blankenbergs freien Arm und zog ihn und seine Frau zur Bar. »Darf ich Sie und Ihre reizende Gattin zu einem Glas Champagner einladen? Wir wollen uns doch den netten Abend nicht von einem Richter, der seinem Sozialneid freien Lauf gelassen hat, verderben lassen. Habe ich Sie eigentlich schon mit meinen Freundinnen bekannt gemacht?«

Blankenberg schien halbwegs besänftigt und musterte Susanne und Heike mit sichtlich besserer Laune als zuvor. Claudia drückte ihm und seiner Frau jeweils ein Glas Dom Pérignon in die Hand und nahm sich im Stillen vor, die horrende Rechnung an Teufel weiterzureichen.

»Dies hier ist Frau Dr. Susanne Sander, stellvertretende Geschäftsführerin des Auktionshauses Lengley's, kennen Sie ja sicher. Sind Sie eigentlich in der Kartei? Susanne, du solltest Herrn und Frau Blankenberg unbedingt in die Kartei aufnehmen, damit sie in Zukunft auch zu den Previews eingeladen werden.« Dann stellte sie Blankenberg auch noch Heike vor und lobte sie in den höchsten Tönen. Endlich hatten Blankenberg und seine Frau ihre Gläser ausgetrunken und kehrten ihnen den Rücken zu, da im großen Saal die Show begann. Sie bedankten sich bei Claudia, und Blankenberg gab ihr zum Abschied einen Klaps auf den Po: »Na, wird schon wieder werden, ich weiß ja, dass du gut bist!«

Erleichtert atmete Claudia auf: »Na Mädels, wie war ich? Ich liebe meinen Beruf, wirklich, aber der schlimmste Feind des Anwalts ist der Mandant! Habt ihr die fette Prolex mit den Steinchen gesehen?«

Heike war die Erste, die ihre Sprache wiederfand: »Chapeau! Wie du den um den kleinen Finger gewickelt hast! Und ich wusste gar nicht, dass ich die weltberühmte ›Brunnen für Afrika‹-Organisation leite. Aber gar keine so abwegige Idee.« Sie grinste in die Runde.

»Viel schlimmer als seine Rolex mit den Brillies fand ich, ehrlich gesagt, ihr Kleid«, schaltete sich Susanne ein. »Etikette hin oder her, aber es steht doch ausdrücklich auf den Einlasskarten: Smoking und Abendkleid! Und wenn er im Smoking geht, kann sie unmöglich ein knielanges Kleid anziehen. Und: Lange Handschuhe trägt Frau nur zum langen Kleid – oder wenn sie ein Kalb auf die Welt bringen muss.«

Die Musik auf der Bühne des Alten Foyers wurde jetzt lauter, und es drangen ein paar Fetzen zu ihnen herüber: »Ich war noch niemals in New York, ich war noch niemals in New York …«

»Das ist Andy Rühl!«, kreischte Heike enthusiastisch, und die anderen sahen sie argwöhnisch an und kicherten. So viel Emotionen waren sie von ihr gar nicht gewöhnt.

»Spinnst du? Das ist eindeutig Udo Jürgens«, antwortete Claudia völlig überzeugt.

»Quatsch, der kann doch keinen Ton mehr halten! Nein, glaub mir, das ist sein absolut perfekter Imitator, ich hab den schon mal auf einer Geburtstagsfeier gehört. Der ist wirklich klasse! Kommt, lasst uns rübergehen, ich bin heute richtig vergnügungssüchtig!« Heike groovte, die Hüften im Takt schwingend, vor ihnen her und schnippte mit den Fingern zur Musik. Die anderen folgten ihr und fingen jetzt auch an, mitzusingen und zu tanzen.

»Doch noch ein ganz netter Abend. Auch wenn man nicht umhinkommt, festzustellen, dass wir älter werden. Noch vor fünf Jahren hätte ich nicht im Traum daran gedacht, zu Songs von Udo Jürgens zu tanzen«, brüllte Claudia gegen die Musik an, und die anderen nickten. »Mittlerweile ist der doch schon wieder so kultig, dass ihn sogar die Jungen hören«, tröstete Susanne sie wippend.

TOM UND NIK

Tom strich sich fahrig über die nach hinten gekämmten dunkelblonden Haare und rief mit lauter, fester Stimme ins Telefon: »Aber sicher doch! Das ist überhaupt kein Problem. Die Aufstellung wird gleich auf Ihrem Tisch liegen!« Als würde er einem Feldwebel Rede und Antwort stehen. Dabei war es sein Finanzvorstand, dem er die Ergebnisse des letzten Quartals schuldete. Tom hatte überdurchschnittlich viel Zeit für den Ergebnisbericht aufgewendet. Die amerikanische Finanzkrise zeigte schon deutliche Auswirkungen, aber der Abteilungsleiter einer Investmentbank wurde, unabhängig von dieser Tatsache, an seinem Ertrag gemessen. Am Ende musste Tom die Zahlen ein ganz klein wenig frisieren oder, wie er es selbst ausdrückte, erfrischend darstellen.

Seine Sekretärin kam mit der Unterschriftenmappe und fand kaum Platz auf seinem Schreibtisch. Er war so übervoll mit Stapeln unerledigter Vorgänge, Berichte und Zahlenkolonnen. Doch Frau Seiler war es nicht anders gewohnt und legte die Mappe auf einem der Papierberge ab. Sie drehte sich um und ging zurück zu ihrem akkurat aufgeräumten Schreibtisch. Tom sah ihr durch die Glasscheibe nach. Sie hatte sich als wirklich gute und fähige Sekretärin erwiesen. Nur vom ästhetischen Standpunkt aus bot sie nicht viel. Kurze dicke Waden schauten aus dem unvorteilhaft karierten Wollrock heraus.

Tom legte den Hörer auf, und seine Gedanken schweiften

ab. Die großen, schlanken, gutaussehenden Assistentinnen mit besten Abschlüssen und noch besserem Organisationstalent gab es wahrscheinlich nur in amerikanischen Filmen. Und wenn es ihm tatsächlich gelungen wäre, ein halbwegs ansehnliches Exemplar an Land zu ziehen, hätten sich die Kollegen die Mäuler zerrissen, so wie bei Markus Kropp, bei dem vor einem halben Jahr plötzlich eine Doppelgängerin von Verona Poth im Vorzimmer saß. Schnell hatte sich herausgestellt, dass sie nicht nur deren äußerliche, sondern auch deren geistige Qualitäten besaß.

Tom unterschrieb den Bericht, klappte die Mappe zu und biss in ein Nusshörnchen, das ihm seine Sekretärin schon um 9 Uhr gebracht hatte. Bis jetzt war er nicht dazu gekommen, davon zu essen. Jetzt war es halb eins, und er hatte sich für 13 Uhr mit Nik Elten zum Essen verabredet. Wenn er pünktlich sein wollte, musste er gleich losfahren. Er sah über die Stapel auf seinem Schreibtisch und seufzte. Das Telefon klingelte schon wieder, und er machte Frau Seiler ein Zeichen, woraufhin sie wieder selbst in die Leitung ging und den Anrufer vertröstete.

Eilig griff Tom nach seiner dunkelblauen Anzugjacke, die über einem der Besucherstühle hing. Im Vorbeigehen übergab er Frau Seiler die Unterschriftenmappe mit der Anweisung, den Bericht sofort in das Vorstandssekretariat zu bringen. Mit schnellen Schritten ging er zur Tiefgarage. Unterwegs traf er eine junge brünette Mitarbeiterin, die ihn freundlich grüßte und stehen blieb, um ein Gespräch anzufangen. Aber er murmelte nur eine unverbindliche Erwiderung und sah auf seine Armbanduhr. Ihm blieben ganze zehn Minuten. Es war im Grunde unmöglich, es noch pünktlich zu schaffen, und eigentlich konnte er sich diese Pause auch gar nicht erlauben. Aber das kümmerte ihn nicht. Ein kurzes Mittagessen außer

Haus würde er sich noch gönnen. Er wusste, dass er und seine Leute voraussichtlich wieder die halbe Nacht durcharbeiten würden. Er musste das Konzept für die neuen Indexzertifikate schnellstmöglich fertig bekommen und so viele wie möglich davon an den Mann bringen, bevor die ganze Finanzblase platzen würde.

Zwanzig Minuten später traf er im Westin Grand Hotel ein, durchquerte die Lobby und betrat das Sushimoto. Ohne die neue, authentisch ungemütliche Inneneinrichtung und die sich verbeugende Rezeptionistin weiter zu beachten, marschierte er zu Niks Tisch. Der schien die Verspätung nicht ungewöhnlich zu finden und hatte schon eine Bento-Box mit Sushi vor sich. Tom hielt es nicht für nötig, sich für sein unpünktliches Eintreffen zu entschuldigen, das hatte er schließlich noch nie getan.

Mit einer lässigen Handbewegung winkte er die asiatische Kellnerin heran. Auch ihre Begrüßung ignorierte er nonchalant und bestellte, wie üblich, das Mittagsmenü mit grünem Tee.

»Und, wie schaut's aus?«, fragte Nik und wischte sich mit der Serviette über den Mund.

»Schlecht, wie immer!« Toms übliche Antwort, wenn es um den Job ging.

Nik stimmte ihm zu: »Ja, ich weiß, aber bei mir ist es auch nicht besser! Eigentlich könnte ich permanent kotzen. Wenn ich diese aufgeblasenen Jüngelchen mit den Hosenträgern nur sehe, die bei uns im Büro rumstolzieren und sich für den Nabel der Anwaltswelt halten! Und das Schlimme ist«, er steckte sich ein Stück California Roll in den Mund und sprach kauend weiter, »die sind auch noch erfolgreich!« Er schüttelte den Kopf. »Es wird nicht mehr lange dauern, und irgendeiner von denen kriegt meinen Job, da bin ich mir sicher. Aber eigentlich muss ich nur noch diesen einen Deal zustande bringen. Wenn mein Mandant den Zuschlag für diesen privaten TV-Sender bekommt und die Banken das Projekt noch finanzieren, werde ich dort Chefsyndikus und lasse mir einen Teil des Gehalts in Aktien zahlen. Du wirst sehen, der Laden geht mit dem neuen Management so was von ab. Und wenn er dann wieder verkauft wird, ist für mich Zahltag.« Nik lehnte sich zufrieden grinsend zurück und nahm einen Schluck Sencha.

»Kühner Plan«, meinte Tom, »aber ist das eigentlich legal? Ich meine, kannst du von der Beraterseite auf die Unternehmerseite wechseln, wenn du in den Deal involviert warst? Für mich klingt das nach einer heftigen Interessenkollision!«

»Das geht natürlich nur dann, wenn man es zum richtigen Zeitpunkt mit den richtigen Leuten einfädelt. Da mache ich mir im Moment keine Sorgen. Und ich kann mich ja darauf verlassen, dass du dichthältst!« Nik sah Tom in die Augen.

»Ich arbeite übrigens auch gerade an meinem Ausstieg«, sagte Tom. »Wir sind dabei, ein neues Finanzprodukt zu kreieren. Diese Indexzertifikate werden der absolute Hit, sage ich dir. Davon verkaufe ich mit meiner Abteilung im nächsten Monat, so viel nur geht. Dann suche mir schleunigst was anderes oder nehme erst einmal ein Sabbatical und spiele Golf.«

Nik sah ihn jetzt erstaunt an. Ihm fiel auf, wie abgespannt Tom aussah. Einen Moment war er angestrengt damit beschäftigt, eine der Kreationen von Mitsunori Sakamoto, dem Grandseigneur unter Frankfurts Sushi-Meistern, mit den Stäbchen zu fassen.

»Hört sich ein bisschen nach Endzeitstimmung an!«

»Glaubst du vielleicht, dass es noch lange so weitergeht? Du weißt so gut wie ich, dass wir bald alle hochgehen!«

Ganz bewusst sparten beide das Wort Krise aus ihrer Unterhaltung aus. Tom nahm die Flasche mit Sojasauce und schüttete die kleine Porzellanschale vor seinem Platz randvoll. Dann zog er seine Essstäbchen aus der Papierhülle, brach sie auseinander und begann geübt, Bewegungen in der Luft auszuführen. Endlich kam die Bedienung und brachte Salat und Suppe gleichzeitig.

»Und zu Hause? Wie geht's Claudia? Arbeitet sie eigentlich wieder fulltime in der Kanzlei?«, fragte er.

»Ausgeschlossen. Dann müsste sie ihren Haushalt und die Kinderbetreuung ja völlig anders organisieren. Sie schafft es ja noch nicht mal, endlich das Haus fertig renovieren zu lassen. Und Heike? Was macht sie so?«, fragte Nik zurück.

»Na, was schon – Hauptsache, die Kreditkarte brummt. Kennst du den neuesten Barbie-Scheidungs-Witz?«

Nik winkte ab. Toms Witze kannte er in- und auswendig. »So weit ist es bei euch ja wohl nicht?«

Er war sich eigentlich sicher, dass bei Tom und Heike keine Trennung anstand, sonst hätte er die Frage nicht gestellt. »Wie, so weit? Ach so, nein, ich bin doch nicht wahnsinnig! Wir haben keinen Ehevertrag, und fast alles, was ich in meinem Berufsleben verdient habe, ist während der Zeit unserer Ehe geflossen. Man muss kein Anwalt sein, um zu wissen, dass ich mich dumm und dämlich zahlen würde.«

Nik stimmte ihm zu: »Ja, den Fehler habe ich leider auch gemacht. Obwohl wir beide Rechtsanwälte sind, haben wir uns auf diese tödliche Zugewinngemeinschaft eingelassen.« Er überlegte einen Augenblick. »Ein Banker und ein Anwalt sollten doch zusammen in der Lage sein, ein bisschen Geld an Orten zu parken, wo es von allzu gierigen Nochehefrauen nicht gleich aufgestöbert wird – du hast doch bestimmt auch ein paar kreative Ideen?«

Jetzt war es Tom, der ihn nachdenklich ansah. Als ihm ein

großes Thunfischsushi in die Schale fiel, schrie er auf. Hemd und Krawatte waren mit Sojasaucenspritzern übersät. Er fing an, mit der Serviette daran herumzuwischen, gab aber bald resigniert auf.

»Ich weiß schon, was du meinst, und glaub mir, wenn wir Chloé nicht hätten«, nahm er die Unterhaltung wieder auf, »würde mir die Entscheidung leichter fallen. Aber eigentlich bin ich noch nicht so weit.« Während er weitersprach, zog sich Tom seine fleckige Krawatte aus und rollte sie langsam zusammen. »Weißt du, was ich nicht verstehe? Warum Heike auf Teufel komm raus noch ein zweites Kind will. Manchmal komme ich mir vor wie ihr Zuchtbulle – und ihr Goldesel in einem.« Er steckte die Krawatte in die Tasche seines Sakkos und öffnete den obersten Knopf des blau-weiß gestreiften Oberhemdes. »Ehrlich gesagt, frage ich mich manchmal schon, was mich schneller ruiniert: ihr weiterhin freie Hand bei den Ausgaben zu lassen oder … eine Trennung.«

Nik zog die Augenbrauen hoch. »So schlimm? Hast du dir schon mal überlegt, ihr so eine Art Budget vorzugeben?«, fragte er vorsichtig.

»Was glaubst du denn!«, antwortete Tom. »Wie oft habe ich versucht, ihr klarzumachen, dass sie es nicht übertreiben soll. Sie hat mir jedes Mal versichert, sich von nun an einzuschränken. Aber das hat nur zu allen möglichen Verschleierungstaktiken geführt. Sie hält mich anscheinend für blöd und denkt, ich merke nicht, wenn ihre Kreditkarten-Abrechnungen verschwinden oder die Barabhebungen zufällig immer häufiger werden. Glaub mir: So eine Frau kann man nicht ändern! Und selbst wenn ich meinen Bonus dieses Jahr nicht bekäme, weil ich vorher weiterziehen müsste, würde sie nicht anfangen zu sparen. Da müsste der Hahn schon richtig zugedreht werden.«

CLAUDIA UND HEIKE

Sie waren wieder einmal spät dran, und Lorenz sprang schon aus dem Auto, während Claudia noch einen Parkplatz im Hof der Tanzschule suchen musste. Als sie mit Arthur an der Hand die Treppe herunterkam, wuselte eine unübersichtliche Anzahl kleiner Mädchen durcheinander. Teils in ihren rosa Ballettanzügen, teils noch halb ausgezogen. Im Vorraum saß schon Heike und band Chloé die Schleife der rosa Ballettjacke zu. Sie selbst trug eine rosa Lammfelljacke und Cowboystiefel in derselben Farbe. Die exakt gleichen Stiefel von Chloé in Größe 26 standen ordentlich vor dem Sitz neben ihr. Claudia beugte sich zu Heike und begrüßte sie mit zwei Wangenküssen.

»Darf ich?«, fragte sie und hob Chloés Jacke hoch, die auf dem Sitz lag.

»Ja, klar! Schön, dass ihr doch noch kommt. Chloé war schon ganz traurig, weil sie dachte, Lorenz sei krank.«

»Ach, du weißt doch, wie es bei uns ist: Erst wurde Julia ewig nicht mit ihren Hausaufgaben fertig, dann musste ich sie noch zum Hockeytraining fahren.«

Arthur hatte angefangen, Claudia am Arm zu ziehen, und als sie nicht gleich darauf reagierte, boxte er sie, bis Claudia seine Hand festhielt. »Hör auf damit, du hast dir doch Autos eingepackt, jetzt spiel mal damit!«

»Nö, keine Lust, ich habe Hunger, hast du was zu essen mit?«

Claudia holte eine Tüte Salzstangen aus ihrer Tasche. Eigentlich hätte sie Arthur gerne bei ihrem neuen Au-pair-Mädchen gelassen. Dann wäre sie dazu gekommen, einen Blick in die Zeitung zu werfen oder sich mit Heike zu unterhalten. Aber Arthur hatte herzzerreißend angefangen zu weinen, als sie ihm diese Möglichkeit vorschlug. Schade eigentlich, bei Marta war er immer ganz gerne geblieben, dachte Claudia, vielleicht muss man Anna ja einfach noch ein bisschen Zeit geben. Arthur jedenfalls fing sofort an, sich eine Salzstange nach der anderen in den Mund zu schieben, und war vorerst still und zufrieden.

Lorenz zog schnell seine Jeans aus, die Gymnastikhose hatte er schon darunter, und streifte die Ballettschläppchen über. Dann hüpfte er fröhlich, als einziger Junge unter all den rosa gekleideten Mädchen, in den Ballettsaal. Die verspiegelte Flügeltür wurde geschlossen, und man hörte die autoritären Kommandos der Ballettlehrerin.

Die Mütter hatten auf alten braunen Sitzen, die aus einem Flugzeug stammten, Platz genommen und richteten sich auf die Wartezeit ein. Für die meisten lohnte es sich nicht, zwischendurch nach Hause zu fahren.

Die Einrichtung des Warteraums im Keller der Tanzschule – mit einem orangefarbenen Kachelbild an der Wand und staubigen Gummipalmen – war vor 30 Jahren sicherlich originell gewesen. Mit viel gutem Willen hätte man sie jetzt als retro bezeichnen können, aber eigentlich wirkte sie nur noch alt und muffig. Aber Wandreike war nun einmal die angesagteste Ballettschule Frankfurts.

Claudia seufzte und meinte zu Heike: »Manchmal frage ich mich, warum man sich das antut. Haben unsere Mütter uns eigentlich in dem Alter zum Ballettunterricht gebracht und dort auch noch auf uns gewartet?« Sie beantwortete sich die Frage gleich selbst: »Soweit ich mich erinnere, bin ich mit sechs Jahren jeden Nachmittag um Punkt 15 Uhr zu meiner Freundin ins Nachbarhaus zum Spielen rübergeflitzt oder umgekehrt. Bis zum Abendessen hatten unsere Mütter nicht viel mit uns zu tun.«

Bevor Heike etwas erwidern konnte, mischte sich eine andere wartende Mutter ein. Sie hatte eine Frisur, die aussah wie Julia Roberts' blonde Perücke aus »Pretty Woman«. Für diese Zeit und diesen Ort wirkte sie völlig overdressed: Sie trug ein Tweedcape mit Nerzkragen, einen wollweißen Bleistiftrock und dazu kniehohe Louis-Vuitton-Monogramm-Stiefel. »Ehrlich gesagt, glaube ich nicht, dass Ballettstunden für einen Jungen unbedingt nötig sind.« Und kichernd fügte sie hinzu: »Am Ende wird ihr Sohn noch schwul.«

Claudia sah sie entgeistert an. »Mein Sohn hat nun einmal Spaß am Tanzen. Und ebenfalls ehrlich gesagt, wäre es mir auch egal, wenn er Ihr Klischee eines Tages erfüllt und homosexuelle Neigungen entwickelt. Bestimmt läge das nicht am Ballettunterricht im Alter von sechs Jahren!«

»Ich wäre mir da nicht so sicher«, erwiderte die Blonde, »aber ich möchte bestimmt nicht mit Ihnen streiten. Jedenfalls wird es immer wichtiger, dass man die Kinder früh genug auf den richtigen Gebieten fördert, damit sie in unserer globalen Welt bestehen können.« Sie fuhr fort: »In meinem Beruf zum Beispiel – ich fliege nämlich – sind Fremdsprachen das A und O. Wenn ich nicht fließend Englisch und Französisch sprechen würde, hätte ich es nie so weit gebracht! Deshalb gebe ich Celina auch zweimal pro Woche zum Englisch- und zum Chinesisch-Unterricht. Natürlich kann man das nicht mit jedem Kind machen, aber Celina ist ja hochbegabt.«

Claudia glaubte, sich verhört zu haben. Wunderkind Celina war gerade maulend und schlecht gelaunt hinter der Spiegeltür verschwunden: ein pummeliges, mausgraues Trauerklößchen in zu engem rosa Balletttrikot. Nicht ganz ohne boshafte Hintergedanken fragte Claudia harmlos: »Da Sie eben erwähnten, dass sie fliegen – Sie sind also tatsächlich Pilotin? Das finde ich ja bewundernswert, für eine Frau!«

»Nein, ich bin Purserin, aber das ist auch ein anspruchsvoller Beruf. Die meisten Leute, vor allem die, die nicht so oft fliegen«, sie machte eine Pause und sah bedeutungsvoll zu Claudia hinüber, »haben ja keine Ahnung, was man da für eine Verantwortung trägt. Was machen Sie denn eigentlich beruflich?«

Claudia hätte diese Unterhaltung gerne beendet, aber ein paar Sätze musste sie noch loswerden: »Ich habe einige Jahre mit meiner Familie in New York gelebt und dort als Rechtsanwältin gearbeitet, übrigens sprechen meine drei Kinder seitdem fließend Englisch. Und ich musste dann auch ab und zu in ein Flugzeug steigen. Offen gestanden, ist mir der Unterschied zwischen einer Purserin und einer Oberkellnerin eigentlich nie so ganz klar geworden. Außer vielleicht, dass Erstere, neben dem Servieren von Speisen und Getränken, auch noch Sicherheitsgurte anlegen und den Gebrauch von Sauerstoffmasken und Schwimmwesten erläutern muss.«

Sie wusste sofort, dass sie zu weit gegangen war. Und Heike, die die ganze Zeit schweigend zugehört hatte, warf ihr einen strengen Blick zu. Geistesgegenwärtig rettete sie die Situation, indem sie die Purserin im Plauderton fragte: »Wohin gehen Sie denn mit Celina zum Englisch- und Chinesisch-Unterricht? Das habe ich mir für Chloé nämlich auch schon überlegt.« Der bewundernde Blick, mit dem Heike dabei ihre Louis-Vuitton-Stiefel musterte, entging der Purserin nicht. Sie entspannte sich sichtlich, rückte ein wenig zu Heike herüber.

Claudia war froh, dass diese Superfrau und -mami in Heike ein williges Opfer gefunden hatte. Abrupt stand sie auf und sagte zu Heike: »Ich hole mir mal einen Kaffee bei Starbucks. Soll ich dir einen mitbringen?«

»Oh ja, bitte! Einen Latte macchiato mit Vanillearoma und viel Süßstoff. Das wäre ganz lieb von dir!« Sie holte ihr Portemonnaie heraus, aber Claudia machte eine abwehrende

Handbewegung und unterließ es bewusst, auch die Purserin zu fragen. Sie nahm Arthur an die Hand – mit dem Versprechen, ihm einen großen Schokoladenkeks zum Wucherpreis von fünf Euro zu kaufen – und ging los.

Als sie, wieder zurück, zwei Becher von Starbucks auf einem Papptablett balancierend, die Treppe in den Keller hinunterstieg, kam ihr Lorenz entgegen. »Was ist denn los, Schatz? Warum bist du nicht beim Ballettunterricht?« Er lief verdächtig breitbeinig, und Claudia ahnte bereits, was passiert war: Lorenz war aus dem Ballettsaal gekommen, weil er auf die Toilette musste. Offensichtlich war die Angelegenheit aber schon so dringlich gewesen, dass er vor den Augen aller wartenden Mütter in die Hose gepinkelt hatte.

Heike war gerade dabei, die letzten Reste der Pfütze auf dem Boden mit Toilettenpapier aufzuwischen. Claudia traute sich kaum, die anderen anzusehen, insbesondere natürlich die Purserin. Sie nahm Heike das Papier im Tausch gegen den Kaffee ab und ging mit Lorenz zur Toilette, wobei sie noch hörte, wie die Purserin über ihren unreifen Sohn herzog. Dieser war den Tränen nahe, hielt sie aber tapfer zurück. Arthur war über das Missgeschick seines Bruders entzückt und ließ seiner Schadenfreude freien Lauf, und Lorenz fing doch noch an zu weinen. Er beschimpfte seinen Bruder mit einer Wortwahl, die nicht unbedingt zum täglichen Umgangston einer sozial intakten Familie gehören sollte. Als sie auf der Toilette waren, fingen Arthur und Lorenz an, aufeinander einzuschlagen. Claudia schwitzte. Sie griff die Kinder an den Oberarmen, bückte sich zu ihnen hinunter und versuchte, ihnen mit bebender Stimme deutlich zu machen, welche Strafen auf sie herabhageln würden, wenn sie jetzt nicht sofort mit der Streiterei aufhören würden. Beide zappelten und spuckten weiter, bis Claudia die Stimme senkte und anfügte: »Ich hole mir den

Schlüssel für dieses Klo und schließe euch hier ein. Dann fahre ich ohne euch nach Hause.« Es herrschte einen Moment Stille. Dann erinnerten sich beide Kinder auffallend synchron daran, dass ihre Mutter ihnen schon mehr als einmal versprochen hatte, sie niemals und unter gar keinen Umständen zu verlassen.

Diese klugen Kinder sind eben über zweifelhafte Erziehungsmethoden erhaben, dachte Claudia. Trotzdem waren sie nun fürs Erste voneinander abgelenkt und beruhigten sich tatsächlich. Claudia öffnete die Tür der Damentoilette und ging mit ihnen zurück in den Warteraum. Zum Glück war die Ballettstunde zu Ende, und im allgemeinen Kinderanziehchaos ging Lorenz' Malheur unter. Bis auf eine Frage von Chloé, die Heike im Flüsterton beantwortete. Claudia warf ihr einen dankbaren Blick zu, nutzte die Gelegenheit und lotste ihre Kinder fluchtartig zum Ausgang.

NIK UND CLAUDIA

Nik hatte den Motor und die Scheinwerfer ausgestellt, blieb aber noch in seinem Ferrari sitzen. Mit Stolz betrachtete er sein Haus. Die Westendvilla mit der denkmalgeschützten Sandsteinfassade war hell erleuchtet. Er hörte die heisere Stimme seines Jüngsten, der anscheinend wieder mit seinem Bruder stritt. Durch die Scheiben des Wintergartens am Ende der Einfahrt konnte Nik das Profil seiner Frau sehen. Er stellte sich vor, wie die Begrüßung ausfallen würde: Die Kinder würden sich freuen, ihn auch einmal unter der Woche zu sehen, vor dem Schlafengehen – und würden noch mal so richtig aufdrehen. Und Claudia? Sie wäre erleichtert, dass er die Kinder ins Bett bringen würde.

Nik stöhnte auf und erschrak über sein eigenes Geräusch. Er legte die Hand an den Zündschlüssel. Einfach umdrehen, starten, wieder rückwärts aus der Einfahrt raus, bevor jemand im Haus bemerkt hatte, dass er hier in der Dunkelheit saß. Scheiße, dachte er: Was soll das eigentlich? Das hier ist mein Zuhause!

Arthur bemerkte ihn als Erster, als er zur Tür hereinkam, und sprang mit Anlauf in seine Arme: »Papi ist daaa!« Nik verzog das Gesicht vor Schmerzen, als er ihn hochhob. Muskelkater. Er hatte heute Morgen wieder exzessiv im Sportstudio trainiert. Claudia sah ihn erstaunt an und setzte ihren Vortrag fort. Sie war gerade bei einem ihrer Lieblingsthemen: In einer dramatischen Schilderung führte sie den Kindern die Auswirkungen des Mangels einer bestimmten Omega-3-Fettsäure auf das Immunsystem vor Augen. »Und jetzt ratet mal, wie man das herausgefunden hat? Wer hat denn schon immer besonders viel Fische aus dem Meer gegessen?«

»Seehunde vielleicht?«, sagte Lorenz, wobei einige kleine Karottenstückchen aus seinem Mund spritzten.

»Da liegst du gar nicht so ganz falsch. Aber ich meinte natürlich Menschen. Übrigens essen die, von denen ich spreche, auch Seehunde.«

»Wie gemein! Das sind die Eskimos!«, rief Arthur.

»Genau richtig, Arthur! Und bei den Eskimos hat man schon 1950 entdeckt, dass sie überhaupt keine Herzkrankheiten haben.«

»Ist ja gut, ich esse schon dieses kotzige Lachsbrot!« Lorenz war genervt. »Und wenn ich es nicht essen würde, bekäme ich bestimmt morgen einen Herzschlag«, fügte er hinzu und drückte sich theatralisch seine Hände auf die Brust.

»Morgen vielleicht nicht gerade, aber die Omega-3-Fettsäure hilft auch noch gegen andere …«

»Kannst du nicht mal damit aufhören, Mama!«, wurde sie von Lorenz unterbrochen.

»Du solltest deiner Mutter lieber zuhören. Sie kennt sich nämlich ziemlich gut aus mit gesunder Ernährung.« Das kam von Nik. Claudia sah ihn kalt an und begann, die Theke des Wintergartens abzuräumen, an der das Abendessen stattgefunden hatte. Nik nahm sich einige Orangen aus dem Obstkorb, schnitt sie in der Mitte durch und drückte die Hälften auf die elektrische Saftpresse. Das Glas leerte er in einem Zug, stellte es ab und ließ die leeren Orangenschalen achtlos daneben liegen.

»Ab ins Bett mit der Mannschaft. Wenn ihr euch beeilt, lese ich euch auch noch was vor!« Nik schnappte sich Arthur, klemmte ihn mit einem Aufschrei, der seinen Muskelkaterschmerz überspielen sollte, unter den Arm und ging mit ihm nach oben. Lorenz folgte ihm kauend. Nur Julia murrte: »Dürfen wir heute Abend gar nicht fernsehen?«

»Ihr wisst doch«, hob Claudia an, doch die vier waren schon verschwunden. Früher hat man die Kinder mit Schlägen bestraft, dachte Nik, bei meiner Frau gibt es wissenschaftliche Vorträge.

Claudia räumte die Küche auf und ging in ihr Arbeitszimmer. Sie musste unbedingt die Entwürfe für den neuen Esszimmertisch fertig machen. Das Thanksgiving-Dinner war schon angesetzt, und da sollte der Tisch für 20 Personen stehen. In keinem Möbelgeschäft hatte sie einen gefunden, der ihrem Geschmack entsprach. Bis auf einen Einzigen, und der kostete fast so viel wie ein Kleinwagen. Für einen Esstisch dann doch ein Tick zu viel. Bei der Verkäuferin des absolut angesagten Inneneinrichtungsstudios Leptien 3 hatte Claudia trotzdem Interesse geheuchelt. Ihr Mann habe einfach zu wenig Zeit, um in Möbelläden zu gehen. Da es keinen Prospekt vom Tisch gab, fotografierte Claudia ihn selbst mit ihrer Digital-Minolta im Scheckkartenformat. Die Verkäuferin war freundlich, wirkte aber ein wenig melancholisch, was auch in ihrem zurückhaltenden, vorwiegend schwarzen Styling zum Ausdruck kam.

Jedenfalls hatte Claudia, was sie wollte. Das Stück würde sie sich ganz einfach bei *ihrem* Tischler nachbauen lassen. Manche Frauen hatten *ihren* Friseur, *ihre* Kosmetikerin und vielleicht auch *ihren* Golflehrer ... Claudia hatte, darüber hinaus, auch *ihren* Tischler! Als er nach ihren Entwürfen die Kinderzimmer ausgebaut hatte, wären sie fast per Du gewesen. Allerdings hatte Nik bei der Rechnung Beträge wegen angeblicher Mängel abgezogen. Das hatte die Beziehung zwischenzeitlich getrübt. Erst nach gutem Zureden und unter Einsatz fast schon selbstverleugnerischer Schleimerei war *ihr* Tischler bereit gewesen, wieder für sie zu arbeiten, und harrte nun ihrer Entwürfe.

Der Esstisch war wie ein Puzzle aus mehreren Einzeltischen zusammengesetzt, die man als Konsolen an die Wand stellen konnte, wenn man gerade keine große Tafel brauchte. Vor allem die Konstruktion hatte Claudia beeindruckt. Unter der schlichten Platte thronte ein massiver, ausladender Tischfuß mit barocken Schnitzereien und Blattgoldauflage. Echtes Blattgold musste es nicht sein, Goldfarbe aus der Sprühdose wäre auch in Ordnung. Da war Claudia nicht so wählerisch. Sie war so in ihre Zeichnung vertieft, dass sie Nik gar nicht bemerkte, der leise ins Zimmer kam. Als sie ein Klirren hörte, fuhr sie erschrocken herum.

Ihr stockte der Atem. Er hielt in jeder Hand ein gefülltes Champagnerglas, trug seinen chinesischen Kimono aus schwarzer Seide, mit roten Drachenstickereien, allerdings nicht zugebunden, sondern ziemlich leger, und darunter nichts außer einem gut sitzenden schwarzen Slip mit angeschnittenen Beinen.

»Hast du dich verirrt?« Sie grinste ihn an und drehte sich demonstrativ wieder zu ihrem Schreibtisch.

»Mach dich mal ein bisschen locker, Baby. Die Kinder sind im Bett, Julia hört iPod, Lorenz eine Drei-Fragezeichen-CD, und Arthur ist sofort eingeschlafen. Da dachte ich, wir könnten mal unseren Jacuzzi einweihen. Kommst du mit rüber? Es blubbert schon.«

»Eigentlich bin ich gerade nicht in Stimmung. Außerdem muss ich dem Schreiner morgen den Entwurf für unseren Esstisch faxen. Du weißt doch, wegen des Thanksgiving-Dinners ...«

Nik beugte sich über Claudias Schulter, er schaute auf die Zeichnung, sein Mund streifte ihren Hals. »Der ist doch so gut wie fertig. Sieht übrigens toll aus«, sagte er. »Doch ab und zu könntest du ein klitzekleines bisschen Zeit für mich – für uns – erübrigen.«

Er begann, ihren Hals mit der Zunge abzulecken, fuhr weiter hoch zu ihrem linken Ohr und nahm es sanft in den Mund. Die Gläser hatte er auf den Schreibtisch gestellt. Jetzt fuhr er ihr mit einer Hand unter die Bluse, während er mit der anderen begann, die Knöpfe zu öffnen. »Du turnst mich so an!«, hauchte er leise und heiser in ihr Ohr. Seine Stimme hatte Claudia vom ersten Augenblick an extrem erotisch gefunden. Er drehte sie auf ihrem Stuhl um, und sie hatte die Beule in seiner Unterhose direkt vor ihrem Gesicht. Claudia bekam langsam Lust, sie wusste: Was sie erwartete, war richtig guter Sex, gewürzt mit so mancher Überraschung. Das hatte Nik einfach drauf. Sie streckte die Hand aus und griff in seine Hose.

Eine dreiviertel Stunde später stieg sie aus der Wanne und drehte sich schnell weg. Vor wenigen Minuten noch war es ihr egal gewesen, dass Nik sie nackt sah. Aber jetzt, sozusagen in der Nachsexphase, wurde ihr wieder bewusst, dass sie derzeit ein paar Pfund zu viel hatte.

»Seit wann rasierst du dir eigentlich die Brusthaare? Willst du jetzt Leistungsschwimmer werden?«, fragte sie.

»Wieso, gefällt's dir nicht?«, antwortete Nik.

»Sieht nicht übel aus. Aber ich bin sicher nicht der einzige Grund dafür.«

»Wahrscheinlich wäre dir ja so ein behaarter Typ mit Bierbauch lieber ...«

»Ach, Bullshit, aber es gibt in letzter Zeit so einige Veränderungen an deinem Erscheinungsbild. Und offensichtlich sind das ja nicht die einzigen Neuerungen, die du anstrebst.«

»Soll das eine Anspielung auf unseren neuen Landsitz sein?« Nik streckte sich in der Wanne aus. Er ließ heißes Wasser nachlaufen und goss sich sein Champagnerglas wieder voll. Mit einem weißen Bademantel und einem Handtuch um den Kopf setzte sich Claudia auf das Podest neben die Badewanne und zog die Knie an. Entsetzt sah sie, dass sie bei der letzten Enthaarung einen Teil ihres linken Schienbeins vergessen hatte, und zog den Bademantel darüber. Nach einer Weile sagte sie: »Ach, ist das jetzt schon *unser* Landsitz?«

»Nein, noch nicht. Aber es könnte sehr bald *unser* Landsitz werden. Das hängt ganz von dir ab! Wolltest du nicht schon immer Schlossherrin werden?«

»Nur sind wir keine Millionäre – wir können doch kein riesiges Haus in der Stadt unterhalten und außerdem noch ein Wasserschloss auf dem Land!«

»Ich dachte eigentlich auch eher daran, dass wir nach einer gewissen Zeit ... Ich meine, wenn die Renovierungsarbeiten abgeschlossen sind … Dass wir vielleicht ganz dorthin ziehen.« Er schnappte sich einen Peelinghandschuh und begann, sich abzuschrubben.

Claudia sprang auf: »Du hast sie wohl nicht alle! Wir kommen gerade aus New York, sind eben erst hier eingezogen und wohnen noch auf einer halben Baustelle. Und jetzt sollen wir in die nächste ziehen, zudem noch auf dem platten Land?! Was ist mit den Kindern? Schon wieder eine neue Schule, neue Freunde?«

»Claudia, können wir nicht mal in Ruhe darüber sprechen? Ich sage doch gar nicht, dass wir jetzt umziehen sollen …«

»Du bist so ein Egoist! Wer hat denn dauernd den Ärger mit den Handwerkern? Du jedenfalls nicht, denn du bist ja praktisch nie zu Hause. Und wer muss sich denn um die Schulprobleme der Kinder kümmern? Das bist auch nicht du! Und jetzt verlangst du von mir, den ganzen Mist noch mal von neuem anzufangen! Das ist wirklich das Letzte!«

Nik fing an, mit der Seife zu spielen, und ließ sie aus seinen Händen in die Luft flutschen. »Du könntest dir das Schlösschen wenigstens mal ansehen. Glaub mir, du wirst begeistert sein! Das ist richtig aufregend da draußen, mit dem riesigen Park, den vielen alten Bäumen, dem See …«

»Ja, klingt wirklich aufregend, so aufregend wie eine Butterfahrt! Nur mit Stechmücken aus diesem Tümpel, Amazonasfeeling …«

»Kann es sein, dass du ein ganz klein wenig übertreibst?«

»Weißt du, vielleicht hast du sogar recht und das alte Gemäuer ist wirklich nicht übel. Aber auch wenn es Neuschwanstein wäre: Ich will dort nicht hin! Verstehst du? Niemals werde ich aufs Land ziehen, nie in meinem ganzen Leben!«

»Ist das dein letztes Wort?« Nik musterte sie ernst.

»Worauf du Gift nehmen kannst!« Claudia riss das Handtuch mit einem Ruck von ihren Haaren und verschwand hinter einer grünen Mosaikwand. Nik hörte das Geräusch des Föhns, er drückte den Hebel, um das Badewasser abzulassen, und stieg langsam aus der Wanne.

HEIKE UND TOM

Heike rückte einen der silbernen Platzteller zurecht und sah auf ihre goldene Cartier-Armbanduhr. Es war genau 20 Uhr. Tom hatte ihr versprochen, pünktlich zu sein, also wagte sie es, die cremefarbenen Kerzen anzuzünden. Sie blies das Streichholz aus und trat zwei Schritte zurück, um ihr Werk zu begutachten. Der gedeckte Tisch sah wirklich ausgesprochen festlich aus. Tom hatte sich erst kürzlich darüber beschwert, dass er abends nie gebührend empfangen werde. Immer drehe sich alles nur um ihre Tochter – wann sie ins Bett gehe, ob sie die Nacht durchschlafen würde. Vorsorglich hatte Heike Chloé an diesem wichtigen Abend zu ihrer Mutter gebracht. Sie wollte ungestört mit Tom reden.

Heike ging in ihre cremefarbene Landhausküche und ärgerte sich über einen der wenigen Nachteile ihrer Altbauwohnung, den langen Weg von der Küche zum Esszimmer. Sie stellte die kleinen Kristallschüsseln mit Feinkostsalaten auf ein Tablett. 178 Euro hatte sie dafür bei Schlemmermeyer bezahlt. Eine ganze Menge, und wenn Tom das wüsste, würde seine Freude über den unerwarteten Empfang wahrscheinlich schnell nachlassen. Heike schnitt das Baguette auf und holte die Flasche Champagner aus dem Kühlschrank. In dem Moment hörte sie auch schon das Schloss der Wohnungstür. Das muss man ihm lassen, dachte Heike, er ist wirklich immer pünktlich.

Sie stellte den Champagner auf die Arbeitsplatte und ging ihm entgegen. Im Vorbeigehen warf sie einen Blick in den großen Spiegel. Das dünne Plisseekleid war zwar nicht ihr neuestes, aber Tom mochte es sehr an ihr. Sie umarmte ihn überschwenglich und küsste ihn auf den Mund.

Tom hielt Heike ein Stück von sich weg und betrachtete sie. »Du siehst ja zum Anbeißen aus, und so eine Begrüßung habe ich lange nicht erlebt. Ist irgendwas passiert?«

»Du tust ja gerade so, als würde ich sonst immer im Jogginganzug vor dem Fernseher sitzen!«

Sie drehte sich gespielt beleidigt um, aber Tom hielt ihren Arm fest. Er zog sie an sich und küsste sie noch einmal, lange und lustvoll. Heike hatte Toms Art zu küssen am Anfang überrascht. Seine irrsinnig langen Zungenküsse, bei denen ihr fast die Luft ausging. Auch jetzt musste sie sich überwinden und spielte Leidenschaft. Tom presste sich an sie, und sie spürte seine Erektion.

Sie wand sich aus seinen Armen und versuchte, locker zu klingen. »Lass uns erst mal was essen, Liebling, du bist doch bestimmt hungrig. Setz dich schon mal ins Esszimmer, ich komme gleich.«

»Im Moment bin ich eigentlich nur hungrig nach dir«, sagte Tom enttäuscht. Er kannte diese Reaktion schon. Sie schliefen schon seit längerer Zeit nur noch miteinander, wenn der Zeitpunkt empfangstechnisch günstig war.

Heike verschwand in der Küche und zuckte zusammen, als sie Tom plötzlich brüllen hörte: »Sag mal, bist du wahnsinnig?!« Das kam aus dem Esszimmer. Tom stand fassungslos vor dem Esstisch und deutete auf die Kerzen, deren Wachs auf die nackte Kirschbaum-Tischplatte tropfte und dort schon eine große cremefarbene Lache hinterlassen hatte. Heike setzte ein schuldbewusstes Gesicht auf: »Tut mir leid, Tom.

Ich wollte doch nur, dass es schön aussieht, und ich glaube nicht, dass der Tisch kaputt ist. Das Wachs bekommt man bestimmt ganz einfach wieder ab, mit einem Föhn.«

»Ach, wenn ich so einen Schwachsinn schon höre …«

Tom befeuchtete seine Finger, löschte die Kerzen und stampfte, ohne Heike noch einmal anzusehen, ins Schlafzimmer.

Nachdem Heike alle Salate und den Champagner wieder in den Kühlschrank geräumt hatte, schlich sie leise ins Schlafzimmer. Tom lag bäuchlings auf dem Bett, in Hemd und Anzughose, und sah fern. Sein Jackett und die Krawatte hingen ordentlich über dem stummen Diener aus Edelstahl. Heike griff sich ein tief ausgeschnittenes ärmelloses Nachthemd aus dem Schrank und huschte in das angrenzende Bad. Sie sah in den Spiegel und stellte erschrocken fest, dass ihr Hals schon wieder die ersten Anzeichen aufkommender roter Pickelchen zeigte. Es juckte. Diese verdammte Neurodermitis, dachte Heike, vielleicht wird es ja diesmal nicht so schlimm … Sie zog das Nachthemd an und bürstete sich noch mal über die Haare. Dann kroch sie auf das Bett und fuhr mit der Hand über die Tagesdecke aus Nerzimitat. »Sag mal, hast du heute überhaupt schon etwas gegessen?«

Tom antwortete nicht. Er hatte die Fernbedienung in der Hand und zappte durch die 46 Kanäle. Bei einer Golfübertragung aus Florida blieb er hängen, Eurosport.

»Tommilein …« Heike schob sich dichter an ihn heran und kitzelte ihn mit ihren langen Fingernägeln im Nacken. Tom warf den Kopf nach hinten und brummte unleidlich. Jetzt hatte Heike eine andere Idee. Sie lief zurück in die Küche und räumte alle Schüsselchen auf das Tablett, einschließlich des Champagners und zweier Gläser. Im Schlafzimmer stellte sie das Tablett auf dem Bett ab und hielt Tom eine kleine Gabel voll Krebsfleischsalat vor den Mund. Ohne hinzusehen, öffnete Tom den Mund. Wie bei einem Kind wischte sie anschließend mit der Seite der Gabel über seinen Mundwinkel. Die nächste Gabel verschwand in seinem Mund, diesmal Waldorf-Salat. Nach und nach wurden die Schüsselchen leerer, aber Tom starrte weiterhin auf den Fernseher, und seine einzigen Äußerungen bezogen sich auf die Golfschläge, die er dort sah: »Mann, den hat er aber verzogen, hast du das gesehen?«

Heike hatte gar nicht hingeschaut, nickte aber, was wiederum Tom nicht bemerkte. Sie angelte nach der Champagnerflasche. Das kleine rote Fädchen fehlte, und es war eine echte Herausforderung für ihre perfekten künstlichen Fingernägel, die Kappe zu öffnen. »Ich kriege das einfach nicht hin, kannst du die vielleicht aufmachen?«

Tom sah auch jetzt nicht näher hin, nahm Heike aber die Flasche aus der Hand, riss mit einem Ruck die Kappe ab und ließ den Korken langsam kommen. Heike hielt ihm die zwei Gläser entgegen, damit auch ja nichts auf die Tagesdecke tropfen konnte. Sie nahm ihm die Flasche ab und gab ihm dafür ein volles Glas, das sie mit ihrem antippte. Er trank den Champagner in einem Zug aus. Endlich war die Golfübertragung zu Ende, und er drehte sich zu Heike: »Was gibt es denn, das du mir unbedingt sagen willst? Bist du etwa endlich schwanger?«

Heike sah ihn erstaunt an. »Nein, leider nicht! Das ist es ja, worüber …«

Tom stöhnte auf und warf sich auf den Rücken. »Geht das Theater jetzt etwa noch weiter?«

Heike wagte einen direkten Vorstoß: »Dr. Wöller sieht unsere einzige Chance in einer Hormonbehandlung. Die ist natürlich bestimmt auch nicht ganz einfach für mich. Da muss ich mir nämlich jeden Tag in den Bauch spritzen. Und leider auch nicht ganz billig ...« Sie sah forschend in Toms Gesicht, der ganz ruhig blieb. »Weißt du, ich kann mich einfach nicht damit abfinden, nur ein Kind zu haben. Verstehst du das?«

»Wenn ich den Namen Wöller schon höre ...« Tom verzog angewidert das Gesicht. »Kann es nicht sein, dass er einfach nur abkassieren will? Hast du daran schon mal gedacht?«

»So ein Quatsch, er ist doch nicht schuld daran, dass ich nicht schwanger werde. Hast du daran schon mal gedacht?«

»Ja, wer denn dann – ich etwa?«

Tom goss sich noch ein Glas voll und sah, dass Heike Tränen über die Wangen liefen. Er trank sein Glas leer und stellte es ab. Eigentlich hatte er keine Lust, sie zu trösten. Mit leichtem Schaudern dachte er an die unwürdige Situation, als er, auf Heikes Drängen hin, sein Sperma hatte untersuchen lassen. Es war wie in einem dieser unzähligen Filme gewesen. Ein fensterloser Raum, Pornohefte und der Becher, in den er ejakulieren musste ... Zum Teufel! Warum musste man unbedingt mehr als ein Kind haben?

»Ist ja schon gut! Jetzt hör auf zu weinen.«

Er strich Heike eine blonde Strähne aus dem Gesicht und sah mit leichtem Abscheu, dass ihr Hals wieder mit roten Pickelchen übersät war. »Also, ich gebe uns ein halbes Jahr. Spritz dir diese verdammten Hormone. Aber wenn es dann nicht geklappt hat, ist für immer Schluss mit dem Thema, das musst du mir versprechen.« Heike nickte schniefend und schenkte ihm einen dankbaren Blick. Ob dann wirklich Schluss ist, werden wir ja sehen, dachte sie und hoffte, dass Tom niemals herausfinden würde, dass sie schon längst mit der Hormonbehandlung begonnen hatte.

»Und übrigens«, Tom hielt eine der kleinen Schüsseln hoch, »der Krebsfleischsalat riecht irgendwie säuerlich.«

»Der ist vom Schlemmermeyer!« Heike nahm ihm die Schüssel aus der Hand und roch selbst daran. »Ich finde, der riecht wie immer.« Sie stellte sie wieder auf das Tablett.

»Weißt du, worauf ich mal wieder so richtigen Appetit hätte?«, fragte Tom. Oh nein, dachte Heike, nun kommt wieder diese Geschichte mit den hausgemachten Bratheringen seiner Mutter.

»Linsensuppe mit Würstchen!«

Na ja, auch nicht viel besser, dachte Heike.

CLAUDIA

Claudia hatte die Kinder im Kindergarten und in der Schule abgeliefert und freute sich nach der morgendlichen Hektik auf eine ruhige Viertelstunde mit einer Tasse Kaffee in ihrer Küche. Heute war kein Gerichtstermin angesetzt, und da Handwerker im Haus waren und das Thanksgiving-Dinner unmittelbar bevorstand, legte sie einen Homeoffice-Tag ein. Sie stellte eine Tasse unter die Maschine, drückte auf den Knopf, lauschte dem sonoren Brummen und ließ sich zufrieden auf einen Stuhl am Küchentisch plumpsen. Endlich Ruhe! Da sah sie aus dem Augenwinkel, wie Anna durch die geöffnete Tür auf sie zukam. Claudia griff nach der Müslipackung, die vor ihr auf dem Tisch stand, und begann hochkonzentriert die Angaben zu Inhalt und Gewicht zu studieren. Doch Anna ließ sich nicht abschrecken. In der Hand hielt sie ihr kleines zerfleddertes Wörterbuch und einen Zettel.

Claudia hatte nicht den Anflug eines schlechten Gewissens, dass sie den Unterhaltungen mit Anna meistens aus dem Weg ging. Nach sechs Jahren mit wechselnden Au-pair-Mädchen war sie deren immer gleicher Themen und Probleme gerade überdrüssig. Außerdem war eine halbwegs normale Unterhaltung kaum möglich.

Sicher, es hatte auch Highlights gegeben. Mit Wehmut dachte Claudia an Blanca aus Chile, ohne deren Hilfe sie die harte New Yorker Zeit kaum überlebt hätte. Sie hatte nach einem Monat fließend Deutsch gesprochen, war zwei Jahre bei ihnen geblieben, und die ganze Familie hatte sie geliebt. Um die Fischstäbchen rundherum schön kross zu braten, hatte Blanca sie sogar hochkant in die Pfanne gehalten. Sehr zur Begeisterung der Kinder. Sie pflegten immer noch regen Briefkontakt. Inzwischen hatte Blanca selbst ein Baby, schickte regelmäßig Fotos, und Claudia hatte sie im Gegenzug mit den abgelegten Sachen ihrer Kinder ausgestattet. Aber so ein Glück hatte man eben nur in Ausnahmefällen.

»Claudia, you help me visit my friend in Kölen.«

»Du meinst wahrscheinlich Köln! Wann willst du fahren, hast du Geld für den Zug?« Claudia machte mit Daumen und Mittelfinger das international gültige Zeichen für Geld: »Euros for the ticket?«

»Yes!« Das war erstaunlich. Erst vor zwei Tagen musste Claudia ihr den vollen Betrag für den Deutschkurs an der Volkshochschule vorschießen. Und Zahltag war seitdem noch nicht. »Okay, I will check it for you and tell you then.«

Claudia konzentrierte sich wieder auf die Müslipackung, aber Anna blieb neben ihr stehen und sah sie erwartungsvoll an.

ZUTATEN: WEIZENVOLLKORNFLOCKEN, HAFERVOLLKORNFLOCKEN, GERSTENFLOCKEN, ROSINEN, CASHEWKERNE, BANANENCHIPS, MANGOWÜRFEL

Ach, ich wusste gar nicht, dass das Mango ist, versuchte Claudia zu denken.

BITTE KÜHL UND GESCHLOSSEN LAGERN

Sie sah es einfach nicht ein, dass sie aus ihrer eigenen Küche gehen musste, nur um ihre Ruhe zu haben. Erwartete das Mädchen wirklich von ihr, dass sie sich jetzt sofort in die telefonische Warteschleife der Bahn-Auskunft begab oder ihren Computer hochfuhr, um im Internet nachzusehen?

»I will do it later, okay?«

»Okay!« Anna zog mit einem beleidigten Gesichtsausdruck ab, und Claudia hörte, wie sich die Aufzugtür öffnete und sie in ihr Apartment im Souterrain fuhr. Wahrscheinlich hätte sie sie gleich nach ihrer Ankunft wieder wegschicken sollen. Irgendetwas war mit diesem Mädchen nicht in Ordnung. Es war nur so ein Gefühl. Aber meistens hatte sich ihr erster Eindruck später auch bestätigt. Claudia ging in ihr Arbeitszimmer. Sie schaltete den Computer ein, als das Telefon klingelte. Es war eine Erzieherin aus dem Kindergarten. Claudia merkte, dass ihr Herz sofort schneller klopfte. Bestimmt war wieder einmal etwas passiert, und so war es auch: Arthur habe sich mit einem anderen Jungen gestritten und dabei eine Platzwunde am Kopf davongetragen. Bitte sofort abholen!

Als sie im Kindergarten ankam, schlug ihr das übliche Geschrei der vielen Kinder entgegen. Arthur saß wie ein Häufchen Elend auf der Bank vor dem Haken mit seinem Zeichen. Er hielt sich eine große, mit einem Geschirrtuch umwickelte Kühlkompresse an den Kopf und sah verweint aus. Claudia begutachtete seine Verletzung, eine dicke blutende Beule. Sie drückte ihren Sohn an sich und flüsterte in sein Ohr: »Mein armer Schatz, das hat bestimmt furchtbar weh getan. Aber gleich wird es wieder besser.« Sie hatte irgendwo gelesen, dass man Kindern immer sagen musste, der Schmerz würde wieder vergehen, sonst könnten sie sich das nicht vorstellen. Jetzt musste sie ihn jedenfalls nach Hause mitnehmen. Andernfalls lief sie Gefahr, von den Erzieherinnen mit einem Rabenmutterblick bedacht zu werden. Damit war es also um den kinderfreien Vormittag geschehen ... Erst jetzt kam eine der Erzieherinnen auf sie zu. An der Hand hielt sie einen anderen kleinen Jungen, der ein großes Pflaster auf dem Arm hatte. In dem Moment ging die Tür des Kindergartens auf, und Frau Winter kam mit wehendem Mantel hereingestürmt. Sofort fing der Junge laut an zu weinen. »Der Arthur hat mich gebissen!«, brüllte er und warf sich seiner Mutter in die Arme. Die musterte mit zusammengekniffenen Lippen erst Arthur und dann Claudia, die aus einem Reflex heraus den Arm um ihren Sohn legte und ihn fragte: »Ist das wahr, Arthur? Hast du den Leon wirklich gebissen?« Sie wusste natürlich, dass es nicht unwahrscheinlich war, so wie sie ihren Sohn kannte. Arthur schüttelte energisch den Kopf: »Nein, der Leon hat mir mit der Schaufel auf den Kopf gehauen. Der hat angefangen!«

Die Mutter von Leon löste ruckartig das Pflaster von seinem Arm, wobei der Junge noch lauter aufheulte. Tatsächlich fand sich dort ein bläulicher Abdruck der Zahnreihen eines kindlichen Ober- und Unterkiefers.

»Sehen Sie sich das mal bitte an!« Sie zog an Leons Arm, um ihn Claudia zu zeigen. »Kinder, die beißen, sind psychisch gestört! Ich finde das einfach unglaublich!«

»Wie Sie sicher gehört haben, ist Ihr Sohn ja auch nicht ganz unschuldig. Sehen Sie sich mal diese Platzwunde an!« Claudia deutete auf Arthurs Stirn. »Aber ich finde, wir sollten versuchen, das Ganze nicht hochzuspielen.« Für diesen Satz musste sich Claudia zusammennehmen, aber sie hatte keine Lust, sich auf das Niveau dieser mütterlichen Hyäne zu begeben. »Komm, Arthur, hast du dich schon bei Leon entschuldigt?« Arthur sah auf den Boden und zuckte mit den Schultern.

Jetzt schaltete sich die Erzieherin ein, die die ganze Zeit über mit einer Tasse Kaffee in der Hand dabeigestanden hatte. »Die beiden haben sich natürlich entschuldigt, das müssen sie hier immer, wenn es zu Rangeleien gekommen ist.«

»Ich glaube, wer gebissen wurde, muss sich nicht auch noch entschuldigen – so weit kommt es noch!« Das war der Kommentar von Leons Mutter. »Und jetzt entschuldigen Sie mich, denn ich muss Leons Wunde ärztlich versorgen lassen. Menschenbisse sind die infektiösesten überhaupt!«

Was für eine Wunde, fragte sich Claudia, da hatte sich Leons Mutter auch schon umgedreht, ihren Sohn am verletzten Arm gepackt und zur Tür hinausgezogen.

Zu gerne wäre sie ihrem ersten Impuls gefolgt, sich über das Verhalten von Frau Winter bei der Erzieherin auszulassen. Aber etwas hielt sie zurück: Sie erinnerte sich an die unangenehme Erfahrung, dass ihre Kommentare unweigerlich bei allen anderen Erzieherinnen, den Eltern und sogar den Kindern herumgetratscht wurden. Ohnedies würde der heutige Vorfall zum beliebtesten Gesprächsthema der nächsten Tage werden. Claudia nahm sich vor, in aller Ruhe zu überlegen, wie sie Frau Winter demnächst eins auswischen konnte.

Gerade wollte sie mit Arthur zur Tür gehen, als eine andere Erzieherin, eigentlich eine der netteren, sie ansprach: »Ach, Frau Neuman-Elten, ich wollte sie schon anrufen …« Was war denn jetzt wieder los, dachte Claudia, und warum bekomme ich eigentlich immer gleich ein schlechtes Gewissen, wenn ich auf die Kinder angesprochen werde?

Sie kam näher, und Claudia sah der drahtigen Frau fragend in die Augen: »Ja, wieso? Ist noch was passiert?«

»Nein, passiert nicht, so würde ich das nicht nennen …« Es war ihr anzumerken, dass sie nach der richtigen Formulierung suchte. »Irgendwie ist Ihr Sohn in letzter Zeit verändert. Ist bei Ihnen vielleicht etwas vorgefallen? Eine Trennung, eine schwere Krankheit, ein Todesfall, so was in der Art?« Claudia schüttelte den Kopf. »Ich habe keine Ahnung, was Sie meinen.« Natürlich war es gut möglich, dass Arthur etwas von ihren Problemen mit Nik gemerkt hatte. Aber das würde sie bestimmt nicht mit seiner Kindergärtnerin besprechen. »Sagen Sie mir doch um Himmels willen, was eigentlich los ist!«

Die Erzieherin erwiderte jetzt Claudias forschenden Blick und schwieg einen Moment. »Ich kann es am besten mit einem Beispiel beschreiben: Ihr Sohn hat vorgestern einem Teddybären fein säuberlich die Ohren abgeschnitten, übrigens ein ganz ordentliches Stück Arbeit, mit unseren stumpfen Bastelscheren. Und als wir ihn gefragt haben, warum er das gemacht hat, lautete seine Antwort: Das ist die Strafe für den Teddy, weil er seinen Teller nicht leer gegessen hat.« Claudia sah sie ungläubig an. So etwas hatte sie in der Tat von ihren Kindern bisher noch nicht gehört. »Ich hoffe, ich muss Ihnen nicht versichern, dass wir uns solcher Erziehungsmethoden nicht bedienen«, meinte Claudia mit ironischem Unterton, doch die Erzieherin gehörte zu den Menschen, die Ironie entweder gar nicht bemerken oder standhaft ignorieren.

»Ja, natürlich, aber es ist doch seltsam, dass er so etwas plötzlich tut und mit größter Selbstverständlichkeit eine solche Erklärung abgibt, oder?« Wieder dieser forschende Blick. »Wir dachten dann erst, er hat vielleicht nur einen blöden Film gesehen. Aber dann war da noch diese andere Sache …« Claudia wurde jetzt hellhörig. Arthur zog sie ungeduldig am Arm, aber sie ließ sich nicht ablenken: »Wieso, was war denn noch?«

»Normalerweise sind alle Kinder immer ganz wild darauf, zusammen mit Vera, der Köchin, Vorräte aus dem Keller zu holen. Denn meistens gibt es da auch etwas zu naschen. Arthur war bisher keine Ausnahme. Aber gestern hat Vera ihn und ein paar andere Kinder, die bei ihr in der Küche saßen, gefragt, ob sie ihr helfen könnten, Kartoffeln hochzuholen. Und da hat Arthur aus heiterem Himmel angefangen zu weinen und hörte überhaupt nicht mehr auf. Vera hat mich dann geholt, aber ich konnte nichts aus Arthur herausbekommen. Er schien absolute Panik vor dem Keller zu haben. Wissen Sie vielleicht, woher das kommen könnte?« Wieder schüttelte Claudia den Kopf und schluckte. Ihr Sohn schien ja richtige Probleme zu haben. Und das Schlimmste war: Sie hatte davon bisher überhaupt nichts gemerkt.

Arthur kniff sie in den Arm: »Mami, können wir jetzt endlich gehen? Ich dachte, du bist gekommen, um mich abzuholen?«

»Ja, ja, mein Schatz, wir gehen ja gleich«, versuchte Claudia ihn zu beschwichtigen. »Bitte behalten Sie das im Auge«, sagte sie zu der Erzieherin. »Und gut, dass sie mich informiert haben.«

»Das darf man nicht auf die leichte Schulter nehmen, Frau Neumann-Elten«, gab ihr die Erzieherin noch mit auf den Weg. Claudia nahm Arthur an die Hand, ging zur Tür und nahm sich vor, die Kinder einer genauen Befragung zu unterziehen.

THANKSGIVING

Claudia wirbelte in ihrer Küche umher. Der Dampfgarer war mit drei Blechen voller Karotten und Süßkartoffeln bestückt, und in ihrem überdimensionierten Ofen brutzelte ein riesiger Truthahn. Sie sah auf die Wanduhr: Noch eine halbe Stunde, dann würden schon die ersten Gäste erscheinen – und Nik war natürlich noch nicht da. Es klingelte und sie drückte auf den Türöffner. Kinderstimmen waren zu hören.

Heike steckte ihren Kopf durch den Spalt der halboffenen Küchentür. Sie schob sie mit dem Rücken weiter auf und stellte ein Tablett auf die Arbeitsplatte. »Hi Claudia, Chloé ist gleich mit deinen Jungs nach oben verschwunden! Hier sind die Cranberry-Muffins, ganz schön viel Arbeit, ich backe ja nicht so oft.« Sie warf einen Blick durch die verglaste Ofentür. »Das riecht ja traumhaft!«

Die beiden Freundinnen gaben sich Wangenküsschen, und Heike hielt ihre Hand an Claudias Wange: »Du glühst ja! Wie lange stehst du denn schon in der Küche?«

Claudia strich sich eine Haarsträhne, die sich aus ihrer Hochsteckfrisur gelöst hatte, hinter das linke Ohr, an dem ein goldgefasster Amethyst baumelte. Sie fasste sich mit beiden Händen an die Wangen.

»Ja, du hast recht, mir ist heiß. Und weißt du was? Langsam werde ich leicht panisch. Das alles muss ich in einer dreiviertel Stunde noch fertig kriegen.«

Heike sah ihre Freundin erstaunt an. Es war ausgesprochen selten, dass Claudia zugab, nicht alles unter Kontrolle zu haben. »Außerdem sollte Nik längst hier sein. Andererseits: keine große Überraschung.« Während sie redete, zog sie sich zwei Topfhandschuhe an und öffnete mit einem Ruck die

Ofentür. Sie zog das Blech mit dem Truthahn ein wenig nach vorne und übergoss ihn mit Bratensaft.

»Claudia, reg dich nicht so auf, jetzt bin ich ja da.«

Heike zog ihren Mantel aus und warf ihn auf eine der Umzugskisten im Flur. Dann kam sie in die Küche zurück. Claudia pfiff durch die Zähne: »Wow, Grün steht dir, und ein kurzer Rock macht ja bekanntlich um Jahre jünger!« Sie musterte Heike noch einmal: »Du hast schon wieder abgenommen, stimmt's?«

Heike trug ein Fürstenberg-Wickelkleid, das bis kurz über das Knie reichte. Sie drehte sich um ihre eigene Achse, stemmte eine Hand in die Hüfte und verharrte in typischer Mannequinpose. »Danke, danke, man tut, was man kann, auch wenn ich den kleinen Seitenhieb wegen der Länge des Kleids durchaus verstanden habe. Aber es gibt ja noch etwas zwischen Mini und wadenlang, oder?«

»Schon gut! Im Moment kann ich Grenzmoppel überhaupt keine Minis mehr tragen. Vor allem nicht unter deinen kritischen Augen!«

»Ach, jetzt werde bloß nicht langweilig! Das passt nicht zu dir!«

Tatsächlich kam es Heike so vor, als hätte Claudia seit ihrem letzten Treffen zugelegt. Der dunkelviolette Rock war zwar länger, als sie es bei ihr gewohnt war, saß aber so abenteuerlich eng, dass sie lieber das Thema wechselte. »Wie kann ich helfen? Sonst sitzen deine Gäste gleich vor leeren Tellern.«

Claudia zog eine Schublade auf, nahm eine weiße Schürze heraus und warf sie Heike zu. »Wir wollen doch dein schickes Outfit nicht mit Fettspritzern verunstalten! Dann könntest du bitte mal die Süßkartoffeln zerstampfen, eine Tasse Milch einrühren und zuletzt mit den Marshmallows vermischen.« Heike band sich die Schürze um und verzog das Gesicht.

»Die Amis haben ja wirklich einen gewöhnungsbedürftigen Geschmack, aber wenn du meinst, dass das sein muss …«

Nik erschien zusammen mit den meisten anderen Gästen, winkte Claudia aber nur von weitem zu und ging gleich nach oben, um sich umzuziehen. Die Kinder wuselten zwischen den Gästen herum und jammerten, sie hätten Hunger. Lorenz und Arthur hatten zur Feier des Tages ihre Spiderman-Kostüme angezogen. Die große Flügeltür stand offen, und die Gäste pendelten zwischen Küche und Esszimmer.

Während Claudia den Truthahn tranchierte, erzählte sie Tom, was sie für ein Glück gehabt hatten, denn der Esstisch sei gerade noch rechtzeitig von *ihrem* Schreiner geliefert worden. Ihr Gesicht glänzte, und ihre Frisur hatte sich weiter aufgelöst, aber bisher hatte sie keine Sekunde Zeit gefunden, sie wieder festzustecken und das Make-up aufzufrischen. Heike raunte ihr zu: »Lass Tom das mit dem Truthahn übernehmen und geh dich kurz frisch machen, das könnte, glaube ich, nichts schaden …« Sie griff die Schürze, die auf einem Hocker lag, und band sie Tom um. »Komm, du musst Claudia jetzt mal ablösen! Einen Truthahn zu tranchieren ist doch eigentlich Männersache!«

Tom schaute fachmännisch auf den Braten und fragte: »Sag mal, Claudia, habt ihr irgendwo einen Messerschärfer?«

Heike schob Claudia zur Küchentür hinaus, wo sie fast mit Nik zusammenstießen. Dieser trug ein schwarzes Hemd und eine schwarze Hose, beides sehr körperbetont. Das Hemd war weit aufgeknöpft, und über seiner unbehaarten Brust hing ein Amulett von der Größe eines 2-Euro-Stücks. Heike nahm es sofort in die Hand. Es war ein silberfarbener Kreis mit einem chinesischen Schriftzeichen in der Mitte. »Ganz schön schwer, Silber oder Weißgold?«

»Platin«, sagte Nik trocken. Er zog Heike zu sich heran und gab ihr zwei Wangenküsse. »Guten Abend, du siehst wie immer umwerfend aus!« Dann legte er ihr den Arm um die Taille und nahm sie mit in die Küche. Claudia hatte ihm nur einen giftigen Blick zugeworfen und war dann schnell weiter in ihr Bad gegangen. Obwohl sie sauer auf ihn war, musste sie sich eingestehen, dass er anziehender auf sie wirkte denn je. Seine wenigen Haare hatte er so kurz rasiert, dass er fast kahlköpfig aussah. Und das stand ihm, er wirkte unglaublich sexy. Vor ihrem eigenen Spiegelbild erschrak sie. Sie sah verschwitzt und abgekämpft aus. Verzweifelt versuchte sie, ihr Make-up wieder hinzukriegen, und steckte die heraushängenden Haarsträhnen mit Haarklammern fest. Mit stark abgepudertem Gesicht und leuchtend rotem Lippenstift kam sie zurück zu ihren Gästen.

Es klingelte wieder, und endlich erschien auch Susanne in Begleitung. Sie hatte sich nach langem hin und her dazu durchgerungen, Moritz mitzubringen. Dieser war hocherfreut gewesen, als sie ihn gefragt hatte. Sie meinte sogar, den Anflug eines triumphierenden Ausdrucks in seinem Gesicht gesehen zu haben, und hatte ihren Entschluss sofort wieder bereut. Außerdem hatte sie vergessen, ihn bei der Kleiderwahl zu briefen. Er trug eine leuchtend rote Hose, einen Blazer mit blanken Goldknöpfen und eine gestreifte Krawatte.

Heike stand neben Claudia am Buffet und legte sich gerade ein paar Karotten auf den Teller. »Da ist doch nicht etwa Butter dran?«, fragte sie mit einem besorgten Stirnrunzeln. Plötzlich stieß Claudia sie mit dem Ellbogen in die Seite. »Aua, bist du wahnsinnig? Das hat weh getan!« Heike rieb sich die Stelle unter ihren Rippen, was Claudia vollständig ignorierte. »Mensch, guck doch mal!«, raunte sie Heike zu, »das ist doch dieser Praktikant!«

Heike sah jetzt auch zur Esszimmertür und hörte sofort auf

zu jammern. »Ja, tatsächlich. Hat sie doch was mit ihm angefangen!«

Claudia seufzte. »Sieht ja auch ganz nett aus, wenn man mal von der Hose absieht!«

»Ich finde, sie steht ihm.«

»Ja, du würdest Tom wahrscheinlich auch am liebsten in so ein Ding stecken. Es macht ihn umso sympathischer, dass er sich bisher anscheinend erfolgreich zur Wehr gesetzt hat.«

Heike hörte ihr gar nicht mehr zu, sondern bahnte sich einen Weg zum neu eingetroffenen Paar. Sie gab Susanne die obligatorischen Wangenküsse und sah sie erwartungsvoll an. Nach einer kurzen peinlichen Pause, während sich Moritz und Heike anschauten, tat Susanne ihre Pflicht: »Heike, darf ich dir Moritz Graf von Witterstein vorstellen? Ihr habt euch ja schon mal kurz gesehen, im Nizza. Moritz … macht gerade ein Praktikum bei uns. Moritz, das ist eine ehemalige Kommilitonin und eine meiner besten Freundinnen: Heike Stelzer!« Moritz nahm Heikes hingestreckte Hand und deutete formvollendet einen Handkuss an.

Claudia beobachtete die Szene und schüttelte langsam den Kopf. Dann suchte sie sich einen Weg durch das Gedränge. Sie zeigte zwar oft schauspielerisches Talent, aber wenn sie Krach mit Nik hatte, konnte sie das nicht verheimlichen. Und das war ihr auch völlig gleichgültig. Sie fand Nik, mit einem der Gäste über Sportwagen fachsimpelnd, im Wintergarten und blaffte ihn ohne Umschweife an: »Wie wäre es, wenn du dich wenigstens um die Getränke kümmern würdest? Es ist kaum noch Wasser da … Und ein neuer Kasten Bier könnte auch nichts schaden!« Nik stellte sein Weißweinglas ab und tat, als wolle er ihre Anweisungen befolgen, hielt aber dann inne.

»Wenn du mir freundlicherweise sagen könntest, wo die Getränke gelagert sind?«

»Ach, ich hatte vergessen, wie selten du dich mit diesen Niedrigkeiten befasst. Normalerweise steht ja für dich immer eine Flasche im Kühlschrank bereit …« Der Gast, mit dem sich Nik unterhalten hatte, zog sich vorsichtig zurück. Claudia und Nik nahmen sowieso keine Notiz mehr von ihm.

»Es wäre vielleicht ein bisschen viel verlangt, wenn ich bei meinem Job auch noch ständig Getränke heranschleppen müsste, schließlich bezahle ich hier genug Hilfspersonal – wo ist das eigentlich?«

»Anna habe ich für heute frei gegeben …« Weiter kam Claudia nicht.

»Was? Das kann doch wohl nicht dein Ernst sein!« Er fasste sie am Arm.

»Sie hatte schon lange Karten für irgendein Konzert, da kann ich ihr doch nicht verbieten, dorthin zu gehen!« Nick drückte ihren Arm fester. »Aber um das Ganze jetzt mal abzukürzen …« Claudia sah, wie einige der Gäste in ihre Richtung starrten, aber das hielt sie nicht davon ab, lauter zu werden: »Wenn es dir sogar zu viel ist, die Getränke mit dem Aufzug aus dem Keller hochzufahren, dann mache ich das eben auch noch selbst!« Sie riss sich los und stampfte wütend zum Flur. Nik stand einen Moment unentschlossen da.

Vor dem Aufzug wurde Claudia von ihrem früheren Kollegen Bernd abgefangen: »Habe das gerade unfreiwillig mitbekommen. Lass mich das mal machen.«

»Oh, das wäre ganz toll von dir. Die Getränkekästen sind im Keller, du kannst sie gar nicht verfehlen.« Aus dem Augenwinkel sah sie, wie Nik sich seinen Mantel überwarf und das Haus verließ. Claudia drehte sich abrupt um und lief ihm hinterher. Er war schon dabei, in sein Auto zu steigen, als sie ihn diesmal am Arm packte.

»Sag mal, bist du jetzt völlig verrückt geworden? Haust einfach so ab?«

»Was heißt hier: einfach so? Glaubst du, ich lasse mich vor allen Gästen von dir runterputzen? Ich hab die Schnauze voll!« Nik machte eine abschüttelnde Geste, sah in Claudias Gesicht, ohne etwas zu sagen. Sie fröstelte und trat einen Schritt zurück: »Okay, verpiss dich doch! Aber dann brauchst du nicht mehr wiederzukommen!« Ihre Stimme war schrill. Nik stieg in den Wagen, und Claudia schlug die Autotür mit Schwung zu. Aber sie fiel nicht ins Schloss. Mit einem dumpfen Geräusch traf sie auf einen Widerstand. Gleichzeitig hörte Claudia einen Schrei und riss die Tür wieder auf. Zusammengekrümmt saß Nik auf dem Fahrersitz, hielt sich seine blutende linke Hand und stöhnte vor Schmerzen. Er keuchte: »Du hast mir die Hand gebrochen! Bist du jetzt endlich zufrieden?«

»Scheiße!«, entfuhr es Claudia. Sie beugte sich weit nach unten, um nach Niks Verletzung zu sehen. In diesem Moment traf seine rechte Faust sie mit voller Wucht. Sie taumelte zurück, konnte sich aber gerade noch abfangen und merkte, wie ihr eine warme Flüssigkeit aus der Nase lief. Ihr war schwindelig, sie griff hinter sich ins Leere und sackte auf die Stufen vor der Haustür. Behutsam tastete sie nach ihrer Nase. »Komm mir ja nicht mehr zu nahe, du Schlampe!«, zischte Nik.

Claudias Kopf dröhnte, vor ihren Augen war es, als würde ein dunkler Vorhang zugezogen. Aus der Ferne hörte sie Stimmen. »Oh Gott, was ist denn? Claudia, ist was mit deiner Nase? Bist du hingefallen?«

War das jetzt Heikes Stimme?

»Kann mal jemand helfen? Wir brauchen einen Arzt! Claudia ist verletzt.«

Mittlerweile sammelten sich die Gäste vor der Eingangstür. Nik war in seinem Auto sitzen geblieben. Dann kam der Notarztwagen, den Tom geistesgegenwärtig sofort gerufen hatte.

Eine halbe Stunde später schlug Claudia unter grellem Neonlicht in der Ambulanz des Frankfurter Universitätsklinikums die Augen auf. Sie war noch etwas benommen, aber bei Bewusstsein. Der diensthabende Arzt fragte sie mit einem leichten Akzent, wie es zu der Verletzung gekommen sei. Was sollte sie jetzt sagen, die Wahrheit? Sie war einfach zu erschöpft, um zu lügen. »Mein Mann hat mir im Streit ins Gesicht geschlagen.«

»Da hat er sehr fest geschlagen, das Nasenbein ist gebrochen. Sie sollten Anzeige erstatten.«

Claudia stöhnte resigniert. »Das hat mir gerade noch gefehlt! Muss ich operiert werden? Meine Nase gehörte zwar nie zu den allerschönsten Exemplaren, aber ich war auch nicht gerade unzufrieden mit ihr.«

»Ich glaube, wir werden das auch anders hinbekommen, wenn Sie nicht zu zart besaitet sind.« Er notierte etwas und drehte sich langsam zu ihr um. Ehe sich Claudia versah, hatte er einen schnellen Schritt auf sie zugemacht und mit der Unterkante der flachen Hand seitlich zweimal gegen ihre Nase geschlagen. Sie schrie auf und machte mit beiden Armen eine abwehrende Bewegung.

»Sind Sie wahnsinnig, das ist Körperverletzung!« Ohne ihren Protest zu beachten, bückte er sich zu ihr herunter, nahm ihr Kinn zwischen Daumen und zwei Finger und drehte ihren Kopf hin und her. Claudia merkte, wie das Blut wieder aus ihrer Nase strömte. Der Arzt reichte ihr wortlos etwas graues Krepppapier und eine Metallschale in Nierenform. Sie sahen sich dabei in die Augen, und Claudia versuchte, in ihren Blick weniger Verzweiflung, dafür aber umso mehr von ihrer Wut zu legen, doch der Typ sah gar nicht so schlecht aus. Woher mochte er kommen? Aus Indien?

Der Arzt zeigte sich unbeeindruckt von Claudias Empörung. »Ich denke, Sie hatten eine schöne Nase, und Sie werden auch wieder eine schöne Nase haben, wenn die Schwellung abgeklungen ist. Wir müssen sie allerdings noch einige Tage austamponieren. Das ist ein bisschen unangenehm.«

»Noch unangenehmer als Ihr Kung-Fu-Trick von eben?«

»Ich denke, ja. Denn es dauert länger. Und Sie werden nur noch durch den Mund atmen können. Möchten Sie eine örtliche Betäubung?«

»Wie – werde ich jetzt doch noch operiert?«

»Nein, das wird wohl nicht mehr nötig sein. Aber wie gesagt: Die Nase muss sehr fest und dicht ausgestopft werden, das ist die einzige Möglichkeit, das Nasenbein zu stützen.«

Claudia hielt sich die ganze Zeit schon das zerknüllte blutige Papier unter die Nase und versuchte nicht daran zu denken, wie unattraktiv sie jetzt wohl aussah. Sie nickte, immer heftiger, bis sie wieder die Kopfschmerzen spürte: »Ja bitte, ich möchte lieber eine Narkose!«

Der indische Arzt stieß einen seltsam kehligen Laut aus. Es war nicht zu erkennen, ob er verächtlich oder belustigt war. »Eine Vollnarkose wäre etwas übertrieben. Wir machen eine örtliche Betäubung, wenn Sie möchten.« Claudia sank auf ihrem Stuhl zusammen und sah zu, wie er die Spritze aufzog.

SUSANNE UND MORITZ

Nachdem Claudia und Nik, so makaber es war, gemeinsam im Notarztwagen zum Krankenhaus transportiert worden waren, hatte Susanne beschlossen, hinterherzufahren. Moritz hatte darauf bestanden, sie zu begleiten, worüber sie nicht unglücklich war. Die Party wurde angesichts der Ereignisse schnell aufgelöst. Heike hatte Claudias Kinder mit zu sich nach Hause genommen, denn es war unklar, wann das Au-pair-Mädchen von dem Konzertbesuch zurückkehren würde.

Es war schon 2 Uhr, als Moritz und Susanne von der Klinik zurückfuhren. Sie und der indische Arzt hatten Claudia überredet, auf der Station zu bleiben, wenigstens für eine Nacht. Claudia hatte ihren Widerstand schließlich aufgegeben, ob aus Überzeugung oder Erschöpfung, war nicht zu erkennen. Wie sich anhand von Röntgenaufnahmen herausstellte, war Niks Handgelenk nicht gebrochen, sondern nur stark gequetscht. Die Schwellung war enorm. Eine Fleischwunde, die durch das Türschloss verursacht worden war, kam hinzu. Die Hand war verbunden worden, und er trug den Arm in einer Schlinge. Aber er wurde nach Hause entlassen. Eigentlich wunderte sich Susanne nicht über seine strikte Weigerung, mit ihnen mitzufahren: Es gab jetzt klare Fronten, und sie zählte er natürlich zu Claudias Seite. Er ließ sich ein Taxi rufen und verschwand grußlos.

Vor ihrer Tür angekommen, war Susanne Moritz dankbar, dass er keinen Versuch unternahm, noch mit hineinzukommen. Sie war müde, wollte nur noch ins Bett und sich die Decke über den Kopf ziehen. Der Abend, das Krankenhaus und das gebrochene Nasenbein ihrer Freundin hatten sie zutiefst deprimiert. Sie schloss die Tür auf, und ihr Kater strich ihr miauend um die Beine. Susanne nahm ihn auf den Arm: »Zum Glück habe ich dich, du bist nicht so rabiat wie manche Männer.« Sie drehte sich zu Moritz um. »Gute Nacht und danke für alles.« Susanne konnte sich kaum ein Lächeln abringen, so erschöpft war sie.

»Das war doch selbstverständlich.« Moritz sah zu Boden, Susanne wurde ungeduldig. Sie setzte den Kater ab, der ihr sofort wieder um die Beine strich, und musste gähnen.

»Ich ... Ich wollte dich noch fragen, ob du Lust hättest, nächsten Sonntag mitzukommen.«

»Wohin? Können wir doch nächste Woche besprechen, oder?« Sie gähnte schon wieder und stellte verstohlen ein Bein vor das andere, um die Oberschenkel zusammenzuklemmen.

»Na ja, das ist leider zu spät.« Wurde er tatsächlich rot? Bei der spärlichen Beleuchtung konnte Susanne es nicht genau erkennen. »Meine Mutter möchte immer eine Woche im Voraus wissen, wer am Sonntag zum Essen kommt.«

Susanne schluckte. Sie wusste nicht, ob sie sich freuen oder peinlich berührt sein sollte. Jedenfalls bekam sie trotz aller Müdigkeit einen Anflug von Panik: Er lud sie allen Ernstes zu seinen Eltern ein, zum Sonntagsessen.

»Also, ich weiß nicht ...« Susanne stellte jetzt das andere Bein nach vorne und konnte den Druck ihrer Blase nicht länger ignorieren. »Also gut! Ich komme gerne.«

Moritz war anzusehen, wie sehr er sich freute. Plötzlich bekam sie Lust, ihn auf den Mund zu küssen, gab ihm aber nur einen Kuss auf die Wange, flüchtig, und sog einen bekannten Geruch ein.

»Also dann, bis Montag im Büro.«

Die Tür war zu. Susanne fasste sich in den Schritt, streifte ihre Schuhe ab und rannte zur Toilette. Kaum saß sie, läutete das Telefon, es läutete lange, und gerade als Susanne einfiel, es könne Moritz sein, der sich die Einladung noch einmal überlegt hatte, verstummte es. Aber einige Sekunden später läutete es wieder, Susanne hob ab. Sie hatte die Klospülung noch nicht gedrückt, damit kein Rauschen am anderen Ende der Leitung zu hören war. »Hallo?« Es war eine leise Stimme, die immer deutlicher wurde, eine weibliche Stimme: »Susanne, bitte sei mir nicht böse, dass ich mitten in der Nacht anrufe.«

Susanne sah auf die Uhr: Es war 2.30. »Wer ist da?«

»Hier ist Dagmar!« Dagmar wer, dachte Susanne. Sie kannte eigentlich nur eine Dagmar. Es entstand eine Pause, und Susanne hielt die Sprechmuschel zu, weil sie wieder gähnen musste.

»Susanne, bist du noch da?«

»Ja, ich bin noch da.« Der Kater strich immer ungeduldiger um ihre Beine. Susanne ging in die Küche, klemmte sich das Telefon in die Halsbeuge und begann, eine Dose Katzenfutter zu öffnen. »Was gibt es denn? Offen gesagt, bin ich gerade einfach nur müde ...« Ihre Stimme klang barscher als gewollt.

»Bist du all ... Ich meine: Ist jemand bei dir?«

Susanne stutzte, sie konnte den Anruf noch immer nicht einordnen. »Ich weiß zwar nicht, warum ich dir das sagen sollte, aber: Ja, ich bin allein, mal abgesehen von meinem Kater.« Sie bückte sich und löffelte den Inhalt der Dose in den Futternapf. Der Kater schlang die ersten Brocken herunter.

»Entschuldigung, das war nur so ein Gefühl. Ich weiß einfach nicht, wo Thomas steckt. Er hat mich um 21 Uhr angerufen und gesagt, er hätte noch länger im Club zu tun und würde dann mit ein paar Jungs was trinken. Um Mitternacht bin ich hingefahren. Aber da war alles dunkel und verschlossen.«

Und was habe ich damit zu tun, dachte Susanne und sagte: »Vielleicht ist er noch irgendwo in die Stadt gefahren, du kennst doch Thomas.«

»Ja, eben …«

Susanne wusste, was Dagmar andeutete. Thomas war für seine ständigen Affären bekannt gewesen. Aber sie dachte eigentlich, seit Dagmar sei damit Schluss. Schließlich hatte er überall erzählt, sie sei seine große Liebe.

»Sag mal, du hast doch nicht etwa geglaubt, dein Thomas wäre bei mir?«

»Offen gesagt, doch!«

»Weißt du eigentlich, wie oft ich im letzten Jahr im Club war? Und überhaupt: Thomas?! So was Bescheuertes!« Sie merkte, dass sie beleidigend geworden war, und entschuldigte sich.

»Schon gut, du hast ja recht, Susanne. Aber ich habe euch nach einem Turnier gesehen. Ich kam gerade von der Toilette, als ihr euch gegenseitig mit Büroklammern beworfen habt, und das sah für mich irgendwie so aus, als ob …«

»… als ob wir miteinander flirten würden«, vollendete Susanne den Satz. »Dagmar, ich kenne Thomas seit Ewigkeiten, und ich mag ihn, aber du kannst mir glauben, auch wenn sich das abgedroschen anhört: Ich hatte nie was mit ihm, und ich werde auch nie etwas mit ihm haben. Er ist einfach nicht mein Typ.«

Dagmar seufzte hörbar: »Ja, ich glaube dir, entschuldige noch mal, dass ich dich gestört habe, aber ich wusste einfach nicht, was ich tun sollte.« Sie fing leise an zu weinen.

Bitte nicht, dachte Susanne. »Ist schon gut, ich verstehe dich ja. Aber jetzt solltest du besser ins Bett gehen und nicht mehr daran denken. Thomas kommt bestimmt bald nach Hause. Sei mir nicht böse, aber ich muss mich auch dringend schlafen legen. Gute Nacht, Dagmar!«

Sie wusste, dass sie Dagmar abgewürgt hatte, aber es ging nicht anders. Susanne zog sich blitzschnell aus und ging ins Bad. Während sie sich abschminkte, musste sie darüber nachdenken, um wie viel friedlicher die Welt wäre ohne feste Partnerschaften und wie viele Nasen das retten würde ... Sie kletterte in ihr Bett, und der Kater sprang wie gewohnt hinterher, machte es sich an ihrem Fußende bequem und ließ ein lautes Schnurren hören.

NIK

Nik ließ die Tür hinter sich ins Schloss fallen. Ihm schlug fader Essensgeruch entgegen. Der Ofen mit den Resten des Truthahns war immer noch auf Warmhaltestufe geschaltet. Er ignorierte die vielen Gläser und schmutzigen Teller, die überall herumstanden. Dass die Kinder bei Heike und Tom schlafen würden, hatte jemand in den offenen Notarztwagen gerufen, darum musste er sich also nicht kümmern.

Nachdem er eine Flasche Mineralwasser in einem Zug ausgetrunken hatte, fuhr er per Aufzug nach oben, zu ihrem Schlafzimmer. Er ließ sich rücklings auf das Bett fallen und seufzte laut, nein, er schrie eher. Er war allein! Niemand konnte ihn hören, und selbst wenn Anna schon wieder zurück war, ihr Apartment im Keller war weit genug weg. Nik war erschöpft und müde, aber trotzdem konnte er nicht einschlafen. Es lag nicht nur an den Schmerzen in seiner Hand, da war noch etwas anderes ...

Er war am späten Vormittag ins Büro gefahren, weil er dringend ein Gutachten fertigstellen musste. Samstags klingelte dort kein Telefon, und er war gut vorangekommen, so dass er das Büro früher verlassen hatte, mit der festen Absicht, rechtzeitig zu Hause zu sein. Was konnte er dafür, dass er ausgerechnet in der Tiefgarage noch jemanden traf …

Sie hatte gebückt vor seinem Rolls-Royce gestanden und anscheinend versucht, in das Wageninnere zu sehen. Als sie seine Schritte hörte, hatte sie sich umgedreht: »Hallo, Herr Elten, tolles Auto, oder?« Und als er mit dem gezückten Schlüssel zielstrebig darauf zuging, staunend: »Ist das etwa Ihrer? Wow! Geile Schleuder!«

»Guten Abend … Ja …«

Diesmal würde er klar im Kopf bleiben, ohne Aussetzer – nur ihr richtiger Name war ihm entfallen, oder hatte sie ihm den überhaupt genannt?

»Simone Wilke«, sagte sie und streckte die Hand aus.

Nik ergriff sie und ließ sie nicht gleich wieder los. »Ich freue mich wirklich, Sie wiederzusehen! Sie interessieren sich für Oldtimer?«

»Na ja, so etwas hier«, sie machte eine Bewegung mit dem Kopf zu Niks Wagen hin, »sieht man ja nicht alle Tage.«

Nik ging zur Beifahrertür und öffnete sie. »Wenn Sie möchten, dürfen Sie es gerne ausprobieren. Kann ich Sie vielleicht irgendwohin mitnehmen? Oder haben Sie Ihren eigenen Wagen hier?«

Die letzte Frage ignorierte sie einfach. »Das wäre sicher ein zu großer Umweg für Sie, ich wohne in Eschborn.«

»Eschborn«, wiederholte Nik ungläubig. Konnte man da auch wohnen? Und konnte er sich das zeitlich erlauben?

»Kein Problem! Dann kann ich gleich noch bei diesem Fliesengeschäft vorbeischauen, da muss ich sowieso hin.«

»Na prima!« Simone setzte sich auf den Beifahrersitz. Ihr Rock endete kurz über den Knien und war beim Hinsetzen ein klein wenig hochgerutscht.

Nik wälzte sich auf die Seite. Der Schmerz pochte in seiner Hand, und es war schwierig, eine bequeme Schlafposition zu finden. Er stöhnte auf, stöhnte aber nicht nur wegen der Schmerzen. Er hatte eine Erektion. War das nicht absurd? Er hatte die Autofahrt mit Simone vor Augen, ihre Knie und die unberingte Hand mit den kurzen hellen Fingernägeln, wie sie ruhig auf ihrem Rock gelegen hatte.

Es kam ihm vor, als hätte er noch nie eine Frau so begehrt wie Simone. Und sie schien ihn zu mögen, hatte ihn sogar ganz ungeniert gefragt, ob er noch kurz mit hochkommen wollte. Aber er hatte auf die Uhr gesehen und abgelehnt. Aus Pflichtgefühl gegenüber Claudia war er schnell nach Hause gefahren, um dann so behandelt zu werden! Das mache ich nicht mehr mit, dachte Nik.

HEIKE UND TOM

Es war das erste Mal, dass Tom mitkam. Heike wusste nicht, was ihn dazu bewogen hatte. Aber sie selbst hatte bei dem Anruf des Maklers das unerklärliche Gefühl gehabt, dass es diesmal das Richtige sein könnte, obwohl sie noch nicht einmal ein Exposé gesehen hatte. Nach unzähligen Hausbesichtigungen hatte sie schon fast resigniert. Die schönen und erschwinglichen Häuser schien es nur im Film, in Zeitschriften, vielleicht in Hamburg, aber keinesfalls im Rhein-Main-Gebiet zu geben. Jetzt waren sie unterwegs nach Königstein im Taunus, Toms erklärtem Lieblingsort. Sie fanden das Haus relativ schnell. Heike und Tom konnten kaum glauben, was sie sahen: Sie standen vor einem riesigen alten Fachwerkhaus, umgeben von einem eingewachsenen Garten mit etwa sieben Meter hohen Rhododendronbüschen. Der Makler, Herr Kein, kam ihnen bei der Kiesauffahrt entgegen und öffnete das alte Holztor. Langsam folgten sie ihm zur Haustür, die von einem mit Schiefer gedeckten Vordach überragt wurde. Heike sah nach oben: unvorstellbar, wie viel Himmel es hier gab!

Tom stellte die üblichen Fragen nach dem Baujahr, den letzten Renovierungsmaßnahmen. Den Kaufpreis wollte Herr Kein noch nicht verraten. »Sehen Sie sich das Haus doch erst mal in Ruhe an«, meinte er mit einem wissenden Lächeln. Es stellte sich heraus, dass der jetzige Eigentümer die Villa vor zehn Jahren erworben und komplett saniert hatte. Dabei war er mit der nötigen Behutsamkeit und einem sehr sicheren Geschmack vorgegangen. Heike und Tom wussten, wie selten das war. Sie folgten Herrn Kein, und Heike fasste nach Toms Hand, die ihre kurz und fest drückte. Ihre Blicke trafen sich, und ohne dass einer der beiden etwas sagen musste, waren sie sich einig: Es war genau das Haus, nach dem sie gesucht hatten. Die Wände waren, frei von Tapeten, weiß oder hellgelb gestrichen. Die alten Sprossenfenster waren vollständig erhalten, teilweise mit Doppelverglasung versehen, in manchen Zimmern waren noch mundgeblasene Scheiben vorhanden. Das alte Fischgrat-Eichenparkett war freigelegt worden, und Tom stellte anerkennend fest: Es war nicht mit dem üblichen Lack versiegelt worden, sondern geölt, was viel natürlicher und edler wirkte. In jedem der vier großzügigen, ineinander übergehenden Wohnzimmer befand sich ein alter Kamin aus Sandstein mit beeindruckenden Ausmaßen, und Herr Kein betonte, dass alle Kamine funktionstüchtig seien.

Den Höhepunkt stellte die alte Orangerie dar, die jetzt als Küche diente. Der etwa 60 Quadratmeter große Raum war auf einer Längsseite und über die gesamte Decke verglast. Die Scheiben wurden durch eine dunkelgrün gestrichene Metallkonstruktion gehalten. Die Kücheneinrichtung war eine Maßanfertigung, mit dunkelgrün lackierten Holztüren und einer Arbeitsplatte aus Naturstein. Die Vorstellung, in dieses Haus einzuziehen, war geradezu märchenhaft. Jetzt galt es, Ruhe zu bewahren und Herrn Kein ihre Begeisterung nicht zu sehr spüren zu lassen. Nach einigem inhaltsleeren Gerede rückte Herr Kein mit dem Preis heraus: Er übertraf die schlimmsten Befürchtungen von Heike und Tom. Ihr Traum zerplatzte wie eine Seifenblase, und Herr Kein entließ sie natürlich nicht, ohne auf einer Unterschrift unter seinem Maklernachweis zu bestehen. Dafür händigte er ihnen endlich das Exposé aus. Mit einem vielsagenden Blick wies er sie darauf hin, dass der Eigentümer dringend verkaufen müsse. »Den hat die Bankenkrise leider schon voll erwischt. Ich sage nur drei Buchstaben: HRE.« Herr Kein zwinkerte ihnen verschwörerisch zu. »Machen Sie ihm ein unverschämtes Angebot, und lassen Sie mich mal mit ihm reden …«

Tom winkte ab: »Das wird sinnlos sein. Da liegen unsere Preisvorstellungen einfach viel zu weit auseinander!«

Heike warf noch einen wehmütigen Blick auf ihr Traumhaus, während Tom schon im Wagen saß und auf sie wartete. Er war wütend. Wütend auf den Makler, der ihnen den Preis nicht früher verraten hatte. Wütend auf den Immobilienmarkt, der immer noch Blüten trieb, und wütend auf sich selbst, weil er seine Wertpapiere zu lange gehalten hatte – etwas mehr Gespür für den richtigen Zeitpunkt an der Börse, und ich hätte das Haus hier aus der Portokasse bezahlt, dachte Tom, als sie zu Heikes Eltern fuhren, um Chloé abzuholen.

Heike wusste, dass sie ihren Traum nicht so schnell aufgeben würde, und sie war sich sicher, dass auch Tom weiter über eine Lösung nachdachte.

CLAUDIA

Claudia hatte vier Tage mit ausgestopfter Nase zugebracht. Sie war möglichst wenig aus dem Haus gegangen, draußen hatten die Leute sie angestarrt. Ein mit Leukoplast an der Stirn befestigter Nasengips, das war natürlich auffällig. Außerdem hatte sie, wenn jemand auf sie zukam, immer den Reflex, auszuweichen oder sich mit den Händen Deckung zu verschaffen, wie ein Boxer. Immerhin sah sie auch aus, als hätte sie im Ring gestanden.

Die Fragen der Kinder, wie das denn passiert sei, hatte sie ausweichend beantwortet: Eine richtig gute Ausrede hatte sie sich nicht zurechtgelegt, und die Kinder merkten natürlich, dass etwas nicht stimmte. Außerdem war Nik nicht mehr da. Für die Kinder machte es keinen großen Unterschied, aber Claudia wusste, dass er ausgezogen war. Als sie aus dem Krankenhaus nach Hause gekommen war, klebte an ihrem Badspiegel ein Post-it-Zettel:

ICH VERLASSE DICH!
RUF MICH NICHT AN!

Sie hatte sofort gesehen, dass einige seiner Toilettensachen verschwunden waren. In den Schränken fehlten seine Lieblingsanzüge und seine Sportklamotten. Er war tatsächlich weg.

Nachts lag sie in ihrem Bett, aber sie schlief nicht, denn sie konnte sich einfach nicht daran gewöhnen, durch den Mund zu atmen. Wenn sie doch einmal für ein paar Minuten eindöste, fuhr sie jedes Mal mit dem Gefühl hoch zu ersticken. Sie war betäubt von Schmerzmitteln und Schlafmitteln, die sie abwechselnd einnahm. Und sie konnte es noch gar nicht richtig begreifen. Dass er sie sang- und klanglos nach zwölf Jahren verlassen hatte. Ohne sich zu verabschieden, noch nicht einmal von den Kindern – wie stellte er sich das eigentlich vor? Wollte er seine Kinder jetzt gar nicht mehr sehen? Und wie war es eigentlich mit dem Geld? Wie würde das weitergehen? Jetzt nur nicht weinen, dachte Claudia. Weinen mit ausgestopfter Nase war das Grauen schlechthin! Die Sache mit der Autotür war natürlich idiotisch gewesen, aber schließlich hatte sie ihm die Hand nicht absichtlich eingeklemmt. Er hingegen … hatte sie vorsätzlich ins Gesicht geschlagen.

Sie knipste das Licht ihrer Nachtlampe an und griff nach dem Glas Wasser. Sie musste mehr trinken, aber das Schlucken war unangenehm: Es gingen ihr jedes Mal die Ohren zu, die sie dann mit künstlichem Gähnen mühsam befreien musste. Claudia stellte das Glas wieder auf den Boden. Ich glaube, ich zeige ihn wirklich an, dachte sie. Aber dann wäre natürlich jede Chance vertan, ihn zurückzugewinnen. Wie tief war sie gesunken – wollte sie ihn wirklich zurück? Sie war allein, sie fühlte sich einsam. Und sie hatte das Leiden und Weinen jetzt schon satt.

HEIKE

Heike saß seit einer Stunde bewegungslos vor dem Tisch in einer kleinen fensterlosen Kabine des Hilton-Hotels. Dabei blickte sie auf den herausgewachsenen Haaransatz der unfachmännisch blondgefärbten Rumänin, die sich über ihre Hand beugte. Frau Rascanu litt unter dem gleichen zwanghaften Rededrang wie fast alle Frauen aus der Schönheitsbranche, seien es Friseurinnen oder Kosmetikerinnen. Und das, ohne jemals ein halbwegs verständliches Deutsch gelernt zu haben. Es lag nicht an der fehlenden Grammatik oder dem Vokabular, beides beherrschte sie nahezu perfekt. Es war ihre Aussprache. Sie wandelte jedes »E« und »I« in ein »Ä« und zog es dann noch übermäßig in die Länge. Natürlich rollte sie außerdem das »R«. Davon abgesehen, schätze Heike an ihr, dass sie gutherzig und beflissen war. Am Anfang jedes Termins forschte sie, die Augen hinter blauverlaufenden Kunststoffgläsern teilnahmsvoll blickend, aufmerksam in Heikes Miene und besah sich danach lange ihre Hände. »Langsam kenne ich Ihre Nägel, Frau Stelzer! Deshalb brauche ich jetzt nicht mehr so lange wie am Anfang.«

Heike nickte. »Ja, Frau Rascanu, dafür bin ich sehr dankbar. Mehr als zweieinhalb Stunden wären mir, offen gesagt, auf Dauer ein bisschen viel Zeit für eine Maniküre. Zumal ich ja in zwei Wochen schon wieder bei Ihnen sitze!«

Frau Rascanu hob kurz ihren Kopf und sah Heike entrüstet an. Ihr üppiges Make-up gab ihr einen leicht grotesken Ausdruck. »Frau Stelzer, Sie sollten sich nicht beschweren. Schließlich hatte ich selten so diffizile Bruchstellen zu kitten wie bei Ihnen.«

»Ist ja schon gut, Frau Rascanu, so war das nicht gemeint.

Sie wissen doch, wie sehr ich Sie schätze. Keiner macht so gute Nägel wie Sie«, schmeichelte Heike. Sie würde es sich doch nicht mit der besten Maniküre von ganz Frankfurt verderben.

»Ich glaube, Sie brauchen mehr Ruhe und Gelassenheit, Sie sind immer so nervös und gehetzt. Das merke ich Ihren Nägeln an. Vielleicht ist die Liebe daran Schuld? Ihr Mann hat keine Zeit für Sie und verwöhnt Sie nicht mehr wie früher, oder? Ach, wenn es doch endlich mit dem zweiten Baby klappen würde, ich wünsche es Ihnen so sehr.«

Heikes Handy klingelte. Sie hatte es vorsorglich auf den Tisch neben sich gelegt. Es war ihr streng verboten, mit der frisch manikürten Hand in die Tasche zu fassen. Die entsprechende Situation hatte beinahe zu einem Zerwürfnis mit Frau Rascanu geführt. Danach hatten sie sich auf die Lösung mit dem Handy auf dem Tisch geeinigt, das ihr Frau Rascanu, falls schon beide Hände bearbeitet worden waren, selbst an das Ohr hielt. So wie jetzt …

»Stelzer?« Am anderen Ende meldete sich eine Stimme mit englischem Akzent, die so schnell sprach, dass Heike zuerst gar nichts verstand.

»Wie bitte, wer ist da?«, fragte Heike.

Frau Rascanu sah ihre Kundin erwartungsvoll an, während sie mit leicht schwankendem Arm das Telefon an Heikes Ohr drückte. Sie drückte so fest, dass Heike mit dem Kopf ein wenig nachgeben musste. Dann hellte sich Heikes Gesicht auf, und auch Frau Rascanu strahlte.

»Wirklich?«, fragte Heike atemlos.

»Was ist denn?« Frau Rascanu platzte fast vor Neugierde: So glücklich hatte sie Heike kurz nach ihrer Hochzeit gesehen und danach nie wieder.

»Das ist ja fantastisch, ich komme gleich vorbei!«

Frau Rascanu nahm das Handy von Heikes Ohr und suchte die Taste, um das Gespräch zu beenden.

»Ich kann es kaum glauben! Das war der Geschäftsführer von Louis Vuitton Frankfurt. Ich kann mir eine gelbe Bowlingbag abholen. Ist das nicht großartig? Diese Tasche ist streng limitiert, und es gibt eine ellenlange Warteliste dafür.« Frau Rascanu schüttelte enttäuscht den Kopf: »Kindchen, Kindchen.«

Den Rest der Sitzung verbrachten sie schweigend, was so ungewöhnlich war, dass Heike es nur als Bestrafung verstehen konnte. Sie bezahlte die 290 Euro. Wieder 20 Euro mehr als beim letzten Mal, dachte sie.

Auf dem Weg zur Goethestraße dachte Heike darüber nach, ob es nicht vielleicht klüger wäre, die Tasche in bar zu bezahlen. Da Tom seit der leidigen Krisenstimmung immer akribischer ihre VISA-Abrechnungen kontrollierte, würde diese Position unweigerlich wieder eine nervenaufreibende Diskussion über ihre Ausgaben auslösen. Andererseits würde auch eine Abbuchung in Höhe von 3700 Euro möglicherweise sein Misstrauen wecken. Das Beste wäre vielleicht doch, mit Kreditkarte zu bezahlen und die nächste Abrechnung unauffällig verschwinden zu lassen. So schnell würde Tom das nicht bemerken, und bis dahin könnte sie ihm die Tasche vielleicht als Weihnachtswunsch unterjubeln.

Sie war vor dem Geschäft angelangt und betrat es mit einer Mischung aus freudiger Erregung und Nervosität. Es war das allererste Mal, dass sie angerufen worden war, obwohl sie sich schon oft für die limitierten Auflagen angemeldet hatte. War das nicht ein gutes Zeichen? Offenbar gehörte sie von nun an zu dem besonders exklusiven Kundenkreis. Der Türsteher öffnete ihr schwungvoll die Eingangstür. Rechts vor der flachen Glasvitrine stand eine Traube von Japanerinnen, die sich die Reisetaschen-Kollektion zeigen ließen. Jedes Modell wurde mit lautem Geschnatter kommentiert. Heike konnte nicht umhin, ihre Mundwinkel ein wenig abfällig zu verziehen.

Sie nannte einer der Verkäuferinnen ihren Namen und sagte, dass der Geschäftsführer sie wegen eines der limitierten Sondermodelle angerufen habe. Sogleich wurde sie gebeten, der Verkäuferin in ein Zimmer im hinteren Teil des Geschäftes zu folgen und dort einen Augenblick zu warten. Heike sah sich um: Hier wurde also die bedeutendere Kundschaft empfangen. Ein kleiner Raum, der ganz und gar mit braunem Teppichboden im Monogram-Print bezogen war: der Boden, die Wände, die Decke und eine runde Bank mit einem kleinen Tisch in der Mitte.

Wenige Minuten später traf der englische Geschäftsführer ein und begrüßte sie ausgesprochen verbindlich. Er erklärte ihr, dass es sich als vorteilhafter herausgestellt habe, die limitierten Modelle nicht in den vorderen Geschäftsräumen zu verkaufen. Sonst würden die übrigen Kunden manchmal verärgert reagieren ... Da hätten sie schlechte Erfahrungen gemacht. Es seien ja auch Prominente unter diesen besonderen Kunden, die eine entsprechende Sonderbehandlung gewöhnt seien und forderten. Heike zeigte natürlich Verständnis. Die Verkäuferin überbrachte dem Geschäftsführer einen großen braunen Karton. Er hob feierlich den Deckel an, löste vorsichtig das Siegel auf dem Seidenpapier und faltete es auseinander. Da lag sie nun auf dem Staubbeutel. Sie sah aus wie auf dem Foto in der Vogue: knallgelbe Pinselstriche, als wäre Steven Sprouse nicht fertig geworden, mit dem Schriftzug Louis Vuitton Paris, die Henkel matt gelb ... Nur kam sie Heike ein wenig klein vor. Höchstens 30 x 20 Zentimeter, schätzte sie. Aber umwerfend schick! »Darf ich?«, fragte Heike, und auf ein aufmunterndes Nicken des Geschäftsführers hin hob sie die Tasche hoch, hängte sie sich über den Unterarm und drehte sich vor dem Spiegel.

Heike verließ den Louis Vuitton Store mit einer neutralen Papiertasche in der Hand. Einen Moment hatte sie gezögert, als der Geschäftsführer sie gefragt hatte, welche Art von Tüte sie bevorzugen würde. Aber ihre Vernunft hatte gesiegt. In diesen Zeiten durfte man es sich einfach nicht mehr erlauben, mit Einkaufstüten, die erkennbar aus Luxusgeschäften stammten, gesehen zu werden. Trotzdem fühlte sie einen Augenblick unvergleichliche innere Befriedigung. Es war eine andere Empfindung als beispielsweise nach dem Kauf eines Paares reduzierter Prada-Schuhe im Möller & Schaar Outlet. Nein, dies hier war ein Triumph. Sie musste unbedingt gleich jemanden anrufen, mit dem sie ihr Glück teilen konnte. Claudia? Nein, Claudia besser nicht, der ging es nicht besonders, und da wäre es vielleicht gemein, ihr von diesem Erfolg zu berichten. Obwohl sie von ihren Freundinnen diejenige war, die ihn wahrscheinlich am besten ermessen konnte. Aber dann fiel ihr eine alte Bekannte ein: Babsi war die Richtige. Heike war sich fast sicher, dass sie bestimmt auch schon mehrere Versuche unternommen hatte, an die Tasche heranzukommen. Sie holte ihr Handy heraus und suchte im Speicher nach der Nummer. Da war sie – doch es meldete sich nur die Mailbox, zu dumm!

Dann kam eben doch nur Claudia in Frage. Sicher ist sie auch mal ganz froh, dachte Heike, wenn sie nicht dauernd an ihre Nase denken muss. Claudia war gleich am Apparat und hörte sich Heikes euphorische Schilderungen schweigend an. Es war deutlich zu hören, dass ihr das Atmen schwerfiel, und als sie anfing zu sprechen, klang ihre Stimme wie die eines Bauchredners. Ungerührt versetzte sie Heikes Schwärmerei einen Dämpfer: »Sag mal, du Schaf, bist du eigentlich auf die Idee gekommen, dass LV diese überteuerten, limitierten Dinger momentan überhaupt nicht mehr loswird? Selbst wenn sie sich noch jemand leisten kann – damit lässt man sich zurzeit nicht sehen. Bescheidenheit ist angesagt, Süße. Du wärst besser zu Tod's gegangen. Deren Taschen waren auch noch nie besonders preiswert, aber der Stil ist einfach Understatement.«

Ganz langsam ebbte Heikes Glücksgefühl ab. Sie lief über die Fressgass und kam zufällig an ihrem bevorzugten Delikatessengeschäft Schlemmermeyer vorbei. Ihr Blick fiel auf die Schiefertafel im Fenster, auf der hausgemachte Linsensuppe mit Würstchen für nur 13,99 Euro angeboten wurde. Was für eine praktische Gelegenheit, dachte Heike, und kaufte zwei Portionen, denn besonders groß kamen sie ihr nicht vor. Daran könnte sich Tom richtig satt essen. Für sich und Chloé nahm sie noch zwei pochierte Lachsschnitten mit Forellenkaviar und Ei mit. Heike war schon wieder halbwegs zufrieden mit sich: Bestimmt würde es Toms Stimmung heben, wenn sie ihm heute Abend eines seiner Lieblingsessen präsentieren konnte. Die Tasche würde sie vorläufig ganz hinten im Schrank verstecken, als Wertanlage. Spätestens in zwei bis drei Jahren würde man ihr dieses limiterte Stück aus den Händen reißen, da war sich Heike sicher.

MORITZ UND SUSANNE

Susanne hatte lange vor ihrem Kleiderschrank gestanden und sich dann für ein graues Kostüm mit einer weißen Bluse entschieden. Ihre Arbeitskleidung sozusagen. Nichts falsch machen, dachte sie, und holte im letzten Moment die Perlenkette ihrer Mutter aus der Schublade, die sie eigentlich oberspießig fand, aber zu diesem Anlass war sie genau das Richtige.

Diesmal holte sie Moritz ab. Sie hatte es vorgeschlagen, da sie sowieso wieder mit ihrem Auto fuhren. Er hatte herumgedruckst und schließlich bemerkt, er habe nichts gegen den kleinen Fußmarsch, man könne sich ja auch an einer Straßenecke treffen. Falls sie unpünktlich sein sollte, müsse er dann in der Kälte warten, hatte sie erwidert. Schließlich hatte er zugestimmt.

Sie parkte vor einem 60er-Jahre-Mehrfamilienblock in der Schubertstraße und klingelte: Sein Name stand auf dem untersten Schild von zehn. Sie trat einen Schritt zurück und versuchte in ein Fenster zu sehen. Vergilbte Stores verhinderten Blicke von außen. Da tönte seine Stimme aus der Sprechanlage: »Ich komme gleich!« Sie drückte gegen den Türknauf und wartete auf das Summen. Aber es kam keines. Und die Tür ging auch nicht auf. Sie klingelte noch einmal. Keine Reaktion. Dann sah sie, wie Moritz die Treppe hochrannte. Etwas außer Atem begrüßte er Susanne und überraschte sie, indem er sie um die Taille fasste, an sich zog und auf den Mund küsste. Susanne wand sich aus seiner Umarmung und fragte: »Sag mal, warst du gerade Wäsche aufhängen? Oder warum kommst du aus dem Keller?«

Schlagartig war sein Lächeln verschwunden. Moritz antwortete nicht, griff ihren Arm und versuchte sie in Richtung Auto zu schieben. Aber Susanne blieb einfach stehen.

»Kannst du dir das nicht denken?«

»Nein, was soll ich mir denken?«

Susanne begann sich unwohl zu fühlen. So uncharmant hatte sie Moritz noch nie erlebt. Sie hatte aber auch keine Lust, jetzt klein beizugeben, also sagte sie nichts.

»Also gut, wenn du es unbedingt wissen willst: Da unten

wohne ich.« Er deutete auf ein vergittertes kleines Fenster mit blauer Gardine. »Das ist das Souterrain, und ich bewohne dort ein kleines Zimmer mit Bad und Kochecke. Möchtest du es gerne noch besichtigen?«

»Nein, nein, ist schon gut.« Susanne war die Situation peinlich. Sie war gar nicht auf den Gedanken gekommen, dass Moritz in solcher Bescheidenheit leben könnte – bei seinem Namen, seinem Aussehen und seinem Auftreten.

Sie stiegen ins Auto und fuhren los. »Sollen wir noch einmal mein Navigationssystem testen und sehen, wo wir landen?« Susanne versuchte mit gespielter Heiterkeit, die Stimmung wieder aufzulockern. Moritz schaute immer noch finster. »Weißt du, ich bin Student und habe kein eigenes Einkommen. Das Haus gehört meinem Onkel, und meine Eltern bezahlen ihm dafür ein paar Euro Miete. Sie halten viel von Bescheidenheit, deshalb bezahlen sie mir zum Beispiel auch kein eigenes Auto.«

»In der Hinsicht unterscheiden sie sich gar nicht so sehr von meinen Eltern. Du kennst doch sicher die Sander AG? Meine Familie ist zwar weit verzweigt, aber meine Schwester und ich haben mit unserer Volljährigkeit ein nicht unbeträchtliches Aktienpaket bekommen. Wenn ich das verkaufen könnte, müsste ich nicht mehr arbeiten – darf ich aber nicht! Nicht eine einzige Aktie! Sonst würde mir mein Vater den Hals umdrehen.« Sie sah zu Moritz hinüber und wartete auf seine Reaktion. Aber er sah konzentriert geradeaus und zeigte auf ein Schild, das die Ausfahrt nach Bad Soden ankündigte: »Da vorne, die nächste müssen wir raus!«

Susanne gab Gas, überholte einen Golf und setzte den Blinker. Kurze Zeit später hielten sie im Villenviertel von Bad Soden vor einem Haus in Hanglage, dem man ansah, dass es einmal von einem guten Architekten geplant worden war. Über der Klingel hing ein blankpoliertes Messingschild mit den Initialen T. Gr. v. W. Dem sonoren Ding-Dong folgten schnelle Schritte. Eine schlanke Frau mit kantigen Gesichtszügen öffnete die Tür. Sie trug eine weiße Schürze über dem beigefarbenen Rollkragenpullover. Das graue Haar war kinnlang und sportlich geföhnt, die typische Frisur der gepflegten Dame über 60: Moritz' Mutter. Sie umarmte ihren Sohn und küsste ihn auf die Wange: »Moritz, da seid ihr ja! Wie schön, dich zu sehen!« Ihren österreichischen Akzent bemerkte Susanne sofort und dachte plötzlich: Als was wird er mich eigentlich vorstellen? Als Freundin? Seine Freundin?

Seine Mutter fuhr mit der Hand durch seine langen dunklen Haare und sagte: »Ich glaube, du musst mal wieder zum Friseur! Du bist ja kein Galerist oder Künstler, auch wenn du Kunstgeschichte studierst.« Moritz grinste, ohne darauf einzugehen. Seine Mutter wandte sich Susanne zu: »Und wen hast du uns da mitgebracht?«

»Das ist Susanne Sander, Mutter. Eine Arbeitskollegin von Lengley's, du weißt schon, da mache ich gerade das Praktikum.«

Ach so, eine Arbeitskollegin. Susanne war ein ganz klein wenig enttäuscht, ließ sich aber nichts anmerken.

»Geht doch schon mal ins Wohnzimmer! Und sagt den anderen, dass wir in zehn Minuten essen können!« Moritz ging vorneweg. Das Wohnzimmer war ein großzügig geschnittener Raum, die Fensterfront öffnete sich zum Garten hin. Als Moritz und Susanne das Zimmer betraten, standen drei Männer auf und kamen auf sie zu. Ihr wurde drei Mal formvollendet die Hand geküsst, von einem älteren Herrn mit dunklem Haar und auffälligen Augenbrauen, den Moritz als seinen Vater vorstellte, und von zwei Männern, die zwischen 30 und

40 Jahre alt waren, seinen *großen* Brüdern, wie Moritz sie nannte. Hier war keine Ähnlichkeit zum Vater und zu Moritz zu erkennen. Beide waren ganz unterschiedliche Typen – ob es wohl Stiefbrüder waren? Dann kam noch ein etwa zehnjähriger Junge hinterher. Moritz' Neffe, wie Susanne erläutert wurde, der auch gekleidet war wie die Großen: Er trug eine dunkelgraue Hose und ein blaues Clubblazerchen.

Auf den Sofas und Sesseln im Gobelinmuster, das deutliche Alterungsspuren aufwies, saßen eine Schwester und eine Schwägerin. Susanne bemerkte den Perlenschmuck der beiden: Die Schwägerin trug graue und weiße Perlen, die Schwester ein zweireihiges, rosaschimmerndes Collier. Susanne beglückwünschte sich innerlich zu ihrer Wahl in letzter Sekunde. Dies war offenbar Teil des unausgesprochenen Dresscodes, genauso wie das graue Kostüm, einmal in der Variante mit Kaschmirrolli und einmal in Kombination mit einer unaufdringlich gemusterten Bluse. Die Damen der Familie blieben sitzen, während Susanne die Runde machte und beiden artig die Hand gab, die mit steifer Höflichkeit gedrückt wurde.

Der älteste von Moritz' Brüdern bot ihr einen Sherry an. Susanne lehnte ab und nahm ein Glas Wasser. Wasser hieße bei ihnen Leitungswasser, erklärte der Bruder, das sei in Bad Soden allerdings vorzüglich. Und ihre Frau Mama – dabei betonte er die zweite Silbe des Wortes – lehne es ab, das teure Mineralwasser heranzuschaffen. »In Ordnung, ich habe nichts gegen Leitungswasser«, antwortete Susanne.

Die Mutter rief zum Essen, und sofort erhoben sich die Sitzenden. Moritz öffnete eine breite Tür aus Teakholzfurnier, die sich wie eine Ziehharmonika zusammenschieben ließ. Das Esszimmer war geschmackvoller eingerichtet als das Wohnzimmer mit den schäbigen Sofas. Die lange Tafel war mit einem strahlend weißen Tischtuch gedeckt. Susanne fielen die schönen Biedermeierstühle auf und eine dazu passende Anrichte. Es gab eine Durchreiche zur Küche, wie sie in den 60er Jahren üblich gewesen war. Susanne überschlug im Stillen die Anzahl der Plätze. Waren das nicht erheblich mehr Stühle als bislang erschienene Personen? Gerade als sie Moritz leise danach fragen wollte, hatte sich die Antwort erübrigt: Aus der Küche kamen zwei Schwestern, eine Schwägerin und zwei Nichten, die offenbar alle zum Küchendienst abkommandiert worden waren. Eines der Mädchen trug eine große, dampfende Terrine mit Suppe. Die anderen begrüßten Susanne und stellten sich hinter ihren Stühlen auf. Hier hatte jeder seinen festen Platz. Noch waren drei Stühle frei, und aus der Küche wurde noch ein Kinderhochstuhl gebracht. Susanne fuhr zusammen, als sie einen lauten Gong hörte und unmittelbar darauf Kindergeschrei und Getrappel. Dann verstummten die Geräusche, die Kinder waren offenbar vor der Tür des Esszimmers angekommen. Ein Mädchen und zwei Jungen, wahrscheinlich eineiige Zwillinge, die beide das gleiche blau-weiß gestreifte Hemd trugen. Sie kamen im Gänsemarsch ins Zimmer, gingen artig zu Susanne, sagten ihre Namen auf und begrüßten sie. Susanne tat so, als wäre sie entzückt, wünschte sich insgeheim jedoch Claudias und Heikes vorlaute Kinder herbei. Inzwischen war auch der Kinderhochstuhl besetzt worden, von einem rotblonden Kleinkind in hellblauem Kleidchen, das aussah wie aus der Zwieback-Werbung.

Nachdem die Mutter ihren Platz am Tischende eingenommen hatte, setzten sich auch die anderen. Susanne fühlte sich in einen amerikanischen Spielfilm aus den 50er Jahren versetzt: »Im Dutzend billiger«. Eine von Moritz' Schwestern tat Suppe auf, und eine der Nichten verteilte die Teller. Susanne bekam ihren als Erste: Sie starrte auf die Fettaugen in der Rinderbouillon und wusste, dass sie in Schwierigkeiten steckte.

Sie sah verzweifelt zu Moritz, der neben ihr saß und ihr aufmunternd zunickte. Als alle einen Teller vor sich hatten, sprach Moritz' ältester Bruder ein Tischgebet. Susanne schickte im Stillen ihr eigenes Stoßgebet zum Himmel und endete mit: »Und bitte unterdrücke meinen Würgereiz!«

Moritz' Mutter gab das Zeichen zum Anfangen, sie tauchte den Löffel beherzt in die Suppe. Susanne wusste, dass sie von Moritz keine Hilfe zu erwarten hatte, und sah verstohlen in die Runde, aber offenbar nahm überhaupt niemand Notiz von ihr. Alle löffelten ihre Suppe und sahen dabei nur auf ihre Teller. Und auch sie begann, den Löffel zum Mund zu führen, allerdings – den leeren Löffel. Als die Teller wieder eingesammelt wurden, verlor keiner ein Wort über Susannes ungegessene Suppe. Die Nichte bemerkte, dass sie den Tellerstapel auf Susannes Teller nicht weiterbauen konnte. Sie warf ihr einen kurzen Blick zu. Fast meinte Susanne, darin so etwas wie Bewunderung zu sehen. Dann trug das Mädchen den vollen Teller einzeln ab. Susanne überlegte, ob sie mithelfen sollte. Der Tisch- und Küchendienst schien genau verteilt zu sein: Die ältere Schwester und die Schwägerin durften sitzen bleiben. Wozu zählte Susanne? Moritz schien von ihrem inneren Zwiespalt nichts zu bemerken, und Susanne fiel nun auf, dass keines der männlichen Familienmitglieder, auch nicht aus der jüngeren Generation, irgendwelche Anstalten machte zu helfen. Lauter kleine Paschas, dachte Susanne und blieb sitzen.

Während sie auf den Hauptgang warteten, richtete der Vater das Wort an sie und erkundigte sich, in welchem Bereich sie bei Lengley's tätig sei. Sie sei für die Kunstauktionen zuständig, lautete Susannes Antwort.

»Sie ist stellvertretende Geschäftsführerin, Vater«, schaltete sich Moritz ein.

»Alle Achtung.« Im Gesicht des Vaters sah sie echte Anerkennung. »Dann arbeiten Sie gewiss eng mit Freiherr von Woletzki zusammen, einem alten Freund von mir?«

»Ja natürlich, er ist ja der Geschäftsführer.«

»Und? Wie ist er so?«

In Wittersteins Blick lag etwas Lauerndes, Susanne zögerte nicht mit der Antwort: »Herr von Woletzki ist fachlich kaum zu übertreffen.«

»Ja, natürlich, natürlich ...« Er wirkte ungeduldig. »Das habe ich nicht gemeint. Wie ist sein Führungsstil?«

Susanne zerrupfte das Weißbrot auf dem kleinen Teller vor sich in Stücke. Sie wusste nicht, was sie antworten sollte, da meldete Moritz sich wieder zu Wort: »Ich denke, er könnte ein bisschen weniger Sarkasmus an den Tag legen, das ist jedenfalls mein Eindruck.« Susanne warf ihm einen dankbaren Blick zu. Sein Vater lachte. Ein kehliges, sympathisches Lachen. »Ja, das kann ich mir vorstellen. So war er schon immer. Aber durch diese unglückselige Sache damals ist es wahrscheinlich von Jahr zu Jahr schlimmer geworden.«

Graf von Witterstein schien nicht die Absicht zu haben, sie aufzuklären. »Was ich schon die ganze Zeit wissen wollte«, fuhr Moritz fort. »Wie ist denn eigentlich die Sache mit der Degas-Zeichnung ausgegangen?« Alle Augen richteten sich auf Susanne. Sogar Moritz' Schwester und die Schwägerin, die beide bisher etwas gelangweilt ausgesehen hatten, zeigten einen Anflug von Interesse.

»Sie kommt nächste Woche in die Versteigerung. Auch Herr von Woletzki ist von ihrer Echtheit überzeugt.«

»Ich bin gespannt, wie viel sie einbringt. Dieser Rampini schien das Geld ja dringend zu brauchen.«

»Rampini«, sagte sein Vater. »Den Namen kenne ich.« Susanne sah ihn erstaunt an.

»Wohnt er nicht im Rheingau?«, fragte Moritz' Vater. Susanne nickte: »Ja, in Assmannshausen, um genau zu sein!«

»Assmannshausen, ja, richtig! Liebe Frau Dr. Sander, passen Sie bloß auf – Rampini ist keine seriöse Person. Hat uns – ich meine die Bank – jahrelang an der Nase herumgeführt. Schöne Villa übrigens, aber völlig heruntergekommen. Rampini hat sich einen Kredit nach dem anderen für angebliche Sanierungsmaßnahmen genehmigen lassen und diese niemals durchgeführt. Da die Grundschuld auf dem Gebäude zu unseren Gunsten eingetragen ist, hatte die Bank natürlich ein gewisses Interesse daran, dass das Gebäude erhalten wird. Mittlerweile ist das Dach angeblich auch hinüber, dann ist es nur eine Frage der Zeit, bis alles zerfällt.«

Susanne hörte ungläubig zu: Rampini, ein skrupelloser Kreditbetrüger?

»Ist denn keiner auf die Idee gekommen, das zu überprüfen? Ich dachte, ihr hättet alle aus dem Schneider-Fall gelernt«, warf Moritz entrüstet ein.

»Ja, das hätte man in der Tat erwarten können!« Graf von Witterstein wirkte zerknirscht. »Aber der zuständige Sachbearbeiter schien es nicht für nötig zu halten. Rampini hat regelmäßig die Kostenvoranschläge der Handwerker vorgelegt. Und das hat unseren Leuten ausgereicht. Ich habe diesen Rampini erst vor einem Monat persönlich einbestellt. Sein Haus steht jetzt kurz vor der Zwangsversteigerung, wenn er nicht alles auf einen Schlag zurückzahlt.«

Ruckartig wurde die kleine Schiebetür in der Durchreiche zur Küche geöffnet. Dann steckte eines der Mädchen seinen Kopf hindurch und rief: »Es kann weitergehen!« Gleich wurde sie aus der Küche ermahnt, nicht so zu schreien. Auf den Tisch wurde eine Fleischplatte gestellt: Tafelspitz. Dazu gab es Brühkartoffeln und Meerrettichsauce, außerdem Kopfsalat. Susanne ging die Sache mit Rampini durch den Kopf, aber sie traute sich angesichts des allgemeinen Schweigens nicht, noch einmal genauer nachzufragen. Sogar die Kinder redeten nicht während des Essens. Susanne sah mitleidig zu, wie sie auf ihrem Fleisch herumkauten, und erinnerte sich daran, dass sie es als Kind oft von der einen Backe in die andere geschoben hatte, bis es nur noch ein trockener Klumpen war, den man erst recht nicht mehr schlucken konnte.

Die Zwillinge wurden fast gleichzeitig fertig und fragten sofort, ob sie aufstehen dürften.

»Es gibt noch Nachtisch, möchtet ihr denn keinen?«, fragte Moritz' Mutter.

Wie aus einem Mund kam es zurück: »Was denn für Nachtisch?« Als die Antwort »Schokoladenpudding« lautete, schienen sie abzuwägen: Lohnte es sich dafür, so lange still am Tisch sitzen zu bleiben? Das kleine Mädchen mit dem rosa Haarreif unternahm noch einen Versuch: »Und wenn wir jetzt kurz spielen gehen und zum Nachtisch wiederkommen?« Der Vorschlag wurde unerbittlich abgelehnt. Die Kinder entschieden sich dafür, auf den Pudding zu verzichten, und verschwanden nach oben, nicht ohne vorher ordentlich ihre Stühle an den Tisch zu schieben. Ich würde auch lieber spielen als Schokoladenpudding essen, dachte Susanne trotzig, vor allem, wenn er genauso einfallslos ist wie der Hauptgang.

Der Pudding wurde in Glasschälchen aufgetragen. Es war tatsächlich die Art Schokoladenpudding, wie ihn Susannes Mutter vor 30 Jahren gekocht hatte. Susanne hatte immer eine besondere Freude daran gehabt, die feste dunkle Oberfläche des Puddings mit dem Löffel zu durchstoßen. Aber das Revival fiel enttäuschend aus, der Genuss hielt sich in Grenzen. Sie sah mit einigem Erstaunen, mit welcher Ernsthaftigkeit die Erwachsenen ihre Puddingschälchen auslöffelten, und fragte sich, ob sie ihre Pudding-Erinnerung verklärte oder mittlerweile einfach zu verwöhnt war.

Auf einmal schienen es alle sehr eilig zu haben. Jeder brachte irgendeine Entschuldigung für den Aufbruch vor, sammelte die zugehörigen Mitglieder seiner Familie ein und verabschiedete sich ohne viel Zaudern. Moritz' Eltern schienen es nicht anders gewöhnt zu sein. Auch Moritz holte schon ihre Mäntel aus dem Wandschrank im Flur. Susanne flüsterte ihm etwas zu, worauf er ihr den Weg zur Gästetoilette wies. Sie öffnete eine Tür und befand sich in einem dieser kleinen Räume, in denen man sich kaum umdrehen kann. Das Fenster war gekippt, und es war so kalt, dass Susanne mit Schaudern ihren Rock hoch- und die Strumpfhose herunterschob. In den nächsten Minuten musterte sie den mit türkisfarbenen und schwarzen Kacheln gefliesten Raum, das Toilettenpapier war grau und kratzig. Aus dem Wasserhahn über dem kleinen Handwaschbecken kam nur kaltes Wasser. Daneben hing ein gemustertes Gästehandtuch, einen Spiegel gab es nicht. Wie im ganzen Haus, dachte Susanne, herrschte auch hier diese aufdringliche Genügsamkeit, die sicherlich keiner Not entsprang, sondern einer über die Maßen disziplinierten Lebenseinstellung. Einerseits vielleicht bewundernswert, aber so – freudlos!

Kurze Zeit später saßen sie wieder in Susannes Wagen. Die Mutter hatte Moritz herzlich verabschiedet und Susanne sogar neben die Wange geküsst. Wie schon auf der Hinfahrt machte Moritz einen unnahbaren Eindruck. Wie konnte sich jemand nur so plötzlich so sehr verändern, fragte sich Susanne, von einem charmanten, unterhaltsamen jungen Mann in einen verstockten Unsympathen.

»Und? Was hältst du von der Sache mit Rampini?« Susanne versuchte einen zaghaften Anfang. Es entstand eine Pause, und Susanne sah kurz zu Moritz, der keine Miene verzog. Endlich kam seine Antwort: »Was soll ich schon davon halten, du hast es doch gehört. Er ist ein Betrüger, und was das für dich und deinen Degas bedeutet, kannst du dir ja auch denken. Ich an deiner Stelle würde das Bild schleunigst von der Auktion zurückziehen.« Seine Stimme klang aufgeregt. Susanne wusste, dass sie damit zumindest auf der sicheren Seite wäre. Aber was, wenn sie dem alten Mann nun unrecht taten? Ihr kam auf einmal ein Gedanke: Warum hatte Graf Witterstein ihr das alles so freimütig erzählt? Fielen solche Informationen nicht unter das Bankgeheimnis? Im Grunde war sie eine Fremde für ihn – und was er betrieben hatte, war ja geradezu Rufmord.

Als sie Moritz vor seiner Wohnung absetzte, war sie erleichtert. Die Verabschiedung fiel nüchtern und knapp aus.

SUSANNE UND WOLETZKI

Gleich am nächsten Morgen erzählte sie Woletzki die Geschichte. Natürlich nicht die ganze – sie behauptete, sie habe sie von Moritz erfahren und dieser von seinem Vater. Woletzki, der gerade sein Frühstück einnahm, sah sie nachdenklich an und machte eine lässige Handbewegung, mit der er sie aufforderte, sich in einen der ledernen Clubsessel zu setzen. Er schlürfte seinen dampfenden Earl Grey aus einer Wedgewood-Tasse: »So, da soll dieser Rampini also ein Betrüger sein! Hat sich der alte Witterstein wirklich so ausgedrückt?« Susanne nickte und wunderte sich ein wenig über die respektlose Bezeichnung für Moritz' Vater. Dann fügte sie schnell hinzu: »Eigentlich weiß ich es nicht, denn ich habe die Geschichte ja von Mo … Ich meine, von seinem Sohn.«

»Und jetzt sollen wir das Bild aus der Auktion nehmen, weil davon auszugehen ist, dass damit dann auch etwas nicht stimmt? Habe ich Sie da richtig verstanden?« Er biss in ein Croissant und hielt sich dabei den Teller unter das Kinn, um die Krümel aufzufangen.

»Meine Meinung ist das nicht unbedingt. Aber ich wollte Sie zumindest informiert haben«, antwortete Susanne.

Woletzki stellte den Teller auf seinen Schreibtisch und wischte sich den Mund mit einer Papierserviette ab. »Das haben Sie richtig gemacht, Frau Sander. Aber damit schieben Sie den schwarzen Peter natürlich mir zu. Bisher habe ich noch keine Probleme mit Rampini gehabt. Aber bisher ging es auch um ganz kleine Fische. Drücken wir es einmal so aus: Wir haben ja beide die Zeichnung begutachtet. Zuerst waren wir uns uneinig, aber nachdem Sie mir die vergleichbaren Arbeiten im Katalog zeigten, habe ich meine Meinung geändert. Und ich habe genauso scharf hingesehen wie Sie. Warum sollten wir von unserer Einschätzung abweichen? Selbst gemalt hat er es jedenfalls nicht – oder glauben Sie, er hat eine kleine Fälscherwerkstatt in seinem Haus?«

Da war eine Spur von Schalk in Woletzkis Augen, Susanne war überrascht. Sie hatte mit einem triumphierenden Vortrag gerechnet darüber, dass man nie vorsichtig genug sein könne und die Zeichnung von der Versteigerung ausschließen müsse, unbedingt. Susanne schlug die Beine übereinander, sah plötzlich, dass Woletzki auf ihre Oberschenkel starrte, und ärgerte sich, dass sie heute einen so kurzen Rock angezogen hatte.

»Ich hatte einen positiven Eindruck von Rampini. Er ist ein sympathischer alter Mann, und ich traue ihm nichts Schlechtes, vor allem nichts Kriminelles zu.« Jetzt war es raus, und nach dieser Sympathiebekundung würde Woletzki sie wahrscheinlich doch noch zerpflücken, aber sie täuschte sich erneut: »Na, dann sind wir uns ja mal wieder einig, Frau Sander. Gibt es sonst noch was?«

»Nein, nichts, Herr von Woletzki«, sagte Susanne, die wusste, dass er ihr schon nicht mehr zuhörte. Sie stand auf und ging erleichtert zur Küche, um sich einen Latte macchiato zu gönnen. Sie musste zugeben: Heute hatte Woletzki einen Pluspunkt bei ihr gesammelt.

NIK

Nik drehte sich in seinem Bürostuhl um 90 Grad und sah aus dem Fenster. Er genoss einen spektakulären Blick über Frankfurt und konnte sogar sein Haus in der Corneliusstraße sehen. Sein linker Arm steckte immer noch in der Schlinge, die Schmerzen unterdrückte er mit Tabletten, weil es in seinem Job schlicht ausgeschlossen war, tagelang die Arbeit liegenzulassen. Außerdem hatte er noch einen anderen Grund: Es gab jemanden, den er nur hier wiedertreffen würde. Und im Moment konnte er an kaum etwas anderes denken.

Er drehte sich wieder um und schaute in ein Verzeichnis, und ja, da stand doch, was er suchte: Sie war die Assistentin von Andrew Crown. Er wählte die Nummer aus dem Verzeichnis, und sie meldete sich sofort: »Guten Tag. Hier ist das Sekretariat von Andrew Crown. Sie sprechen mit Simone Wilke.«

»Und Sie sprechen mit Nik Elten!«

»Oh, Nik, wie geht's?«

»Es könnte besser gehen. Vor allem, wenn Sie sich heute mit mir treffen würden, zum Abendessen.«

»Da muss ich kurz mal in meinen Kalender sehen ...«

Nik wartete. Eigentlich war er sich ziemlich sicher, dass sie Zeit für ihn haben würde. »Hallo, sind Sie noch da?«

»Ja, was denken Sie?« Er wippte mit seinem Stuhl.

»Ich könnte erst um 20.30 Uhr. Vorher muss ich noch eine Telefonkonferenz für Andrew vorbereiten.«

»Okay, in der Lobby?«

Nik war pünktlich und lief ungeduldig auf und ab. Es kam selten vor, dass er auf jemanden warten musste. Meistens nutzte er selbst jede Sekunde aus und nahm dabei Verspätungen in Kauf. Wie oft war er schon, den Gepäckwagen als Roller benutzend, eine Viertelstunde vor Abflug zum Gate gerast ... Dann sah er Simone, sie kam aus dem Fahrstuhl geradewegs auf ihn zu. Simone trug die Haare offen, und Nik fiel auf, dass sie blass aussah, ungeschminkt, bis auf die Lippen, die ein wenig glänzten. Sie fragte sofort besorgt, was mit seinem Arm passiert sei. »Ach, das war ein kleiner Unfall: Die Autotür fiel zu, und meine Hand war noch draußen!« Eigentlich hatte er noch nie gut über sich selbst lachen können. Das müsse ja schrecklich weh getan haben! Ob etwas gebrochen sei? Vorsichtig berührte sie die Schlinge um seinen Unterarm.

»Nein, das nicht, aber das Handgelenk wurde erst mal doppelt so dick.« Er sah auf ihre Hand und dachte, wahrscheinlich viermal so dick wie das von Simone. »Jetzt geht es schon wieder.«

»Wollen Sie dann überhaupt in einem Restaurant essen, ich meine, mit Messer und Gabel könnte das ja schwierig werden. Oder ich müsste Ihnen alles klein schneiden.«

Sie lachte verlegen.

»Na ja, wenn Sie einen besseren Vorschlag haben ...«

»Wie wäre es, wenn ich etwas für uns koche? Dann müssen Sie sich nicht so viel Mühe mit dem Besteck geben.«

»Kein schlechter Vorschlag. Nur sieht es bei mir ziemlich chaotisch aus, und ich glaube auch nicht, dass irgendetwas wirklich Essbares im Kühlschrank ist«, log er. Simone nickte mit einem Ausdruck, der ihm zeigte, dass sie Bescheid wusste.

»Dann gehen wir zu mir. Für ein paar Spaghetti wird es noch reichen, und eine Flasche Wein müsste auch noch da sein, wenn ich mich nicht täusche.«

»Na prima, dann nichts wie los! Sind Sie motorisiert? Ich kann ja zurzeit nicht fahren!« Er hob seinen verletzten Arm ein wenig und verzog theatralisch das Gesicht.

Sie grinste und sagte: »Ich bin S-Bahn-Fahrerin.«

»Oh Gott! Alles, bloß das nicht!«

Nik hasste öffentliche Verkehrsmittel wie die Pest. Für ihn war es schon schlimm genug, die Busse auf dem Flughafen benutzen zu müssen und in gedrängter Enge neben den Passagieren aus der Economy Class zu stehen. Einen kurzen Moment streifte ihn ein Gedanke: Was hatte sie dann eigentlich neulich in der Tiefgarage gemacht? Aber es gelang ihm, ihn sofort wieder beiseitezuschieben.

»Ich denke, es sollte kein Problem sein, hier ein Taxi zu bekommen!«

Ihre Zweizimmerwohnung war nicht besonders groß und nicht besonders neu – und die Einrichtung recht geschmackvoll. Nik sah sich neugierig um: eine moderne braune Samtcouch, davor ein fast weißer, hochfloriger Teppich. Lampen mit weißen Schirmen. An der Wand hing eine Kopie der amerikanischen Bundesstaaten von Jasper Johns, ein Druck auf Leinwand.

Er drehte sich zu Simone um: »Wissen Sie, dass das eines

meiner Lieblingsbilder ist? Davor habe ich schon Stunden verbracht ... in New York. Wir scheinen den gleichen Geschmack zu haben.«

Sie lächelte, während sie in der offenen Küche die Zutaten für das Abendessen zusammensuchte. »Waren Sie länger in New York?«

»Ja, insgesamt drei Jahre. Eine tolle Stadt! Kennen Sie sie?« Er kam näher, setzte sich auf einen der Barhocker vor dem Küchentresen und sah zu, wie sie, vor dem Kühlschrank hockend, Tomaten und Salat herausholte. Ihr Rücken und ihre Taille waren so zierlich, sie wirkte so verletzlich. Sie richtete sich wieder auf, stand jetzt genau vor ihm und legte die Lebensmittel neben ein massives Schneidbrett aus Hirnholz.

»Nein, ich war noch nie dort. Ich glaube, das wäre auch nichts für mich.«

Sie hatte Sommersprossen auf der Nase, den porzellanweißen Teint von Rotblonden, und ihre Augen wirkten fast wimpernlos. Ihr Gesicht war ebenmäßig, die Nase gerade, sie hatte etwas Majestätisches, und die Sommersprossen gaben ihr etwas Kindliches. Er merkte, dass sie auf eine Erwiderung wartete. Was hatte sie gesagt?

Simone begann, Zwiebeln zu schälen und klein zu hacken. Zwischendurch strich sie sich ihre langen Haare hinter die Ohren, sie fuhr fort: »Ich mag keine Großstädte. Sogar Frankfurt ist mir schon zu groß, deshalb bin ich auch nach draußen gezogen.« Sie deutete auf das Fenster. »Eschborn ist zwar nicht besonders schön, aber immerhin habe ich einen freien Blick. Und bei gutem Wetter kann ich sogar den Taunus sehen! Ich brauche die Natur.«

Nik hörte ihr fasziniert zu. Diese Frau verkörperte im Moment einfach alles, wonach er sich sehnte. Und wie er sich sehnte! Heute fängt ein neues Leben an, dachte Nik, und nichts wird mich mehr aufhalten.

Simone hielt die Packung Spaghetti hoch. »Es macht Ihnen doch hoffentlich nichts aus, Vollkornspaghetti zu essen? Ich kaufe nämlich aus Prinzip keine Weißmehlprodukte.« Nik sah kurz auf die Packung mit den braunen Nudeln und nickte. Eigentlich verabscheute er dieses ganze Reformhauszeug. »Ehrlich gesagt, habe ich die noch nie probiert. Aber wenn sie von Ihnen zubereitet sind, werden sie mir garantiert schmecken.« Simone schien zufrieden und öffnete die Packung.

»Geht es denn mit Ihrem Arm, oder haben Sie große Schmerzen, Herr Elten?« Sie schenkte ihm ein Glas Rotwein ein, Nik griff nach ihrer Hand und hielt sie fest: »Nein, wenn ich bei dir bin, habe ich überhaupt keine Schmerzen mehr – du bist eine Magierin! Und nenn mich endlich Nik!«

Sie nahm ihr Glas mit der anderen Hand und stieß damit leicht an seines, so dass es leise klirrte. »Also gut, Nik ... Dann lass uns Brüderschaft trinken!«

»Ich glaube, Brüderschaft ist wirklich die letzte Art der Beziehung, die ich zu dir haben möchte«, raunte Nik. Er nahm einen großen Schluck. Der Wein war nicht besonders gut, aber was spielte das jetzt für eine Rolle? Nik stellte sein Glas ab, beugte sich vor und griff Simone in den Nacken. Er drückte sie in seine Richtung und presste seine Lippen auf ihre. Simone leistete keinen Widerstand. Sie öffnete ihren Mund, und ihre Zunge kam seiner entgegen. Dann glitten Niks Lippen nach unten, zu ihrem Hals. Er bedeckte ihn mit Küssen, sog ihren Geruch ein. Ein Geruch nach Pfirsich und nach erhitzter Haut. Das Haar lag schwer auf ihrer Halsbeuge. Er strich es nach hinten, hielt sie mit dem einen Arm fest und kam langsam um den Küchentresen herum. Jetzt presste er sich an sie, ohne zu sehr seinen verletzten Arm zu drücken, der in der

Schlinge zwischen ihnen hing. Beide schwankten, fingen sich aber noch ab.

»Wo geht es zum Schlafzimmer?«, flüsterte er.

Sie machte mit dem Kopf eine Bewegung zur Tür. Er schob sie in diese Richtung, ohne sie aus der Umklammerung zu entlassen. Sie stießen an den Türrahmen. Nik begann an Simones Kleidern zu zerren. Er wusste jetzt erst, wie sehr er sich danach gesehnt hatte. Aber mit nur einer Hand gelang es ihm nicht, ihr den Rock auszuziehen. Er nahm seinen Arm aus der Schlinge. Jetzt begann Simone, sein Hemd aufzuknöpfen. Sie öffnete seinen Gürtel, seine Hose. Nik versuchte sich an Simones Bluse und nestelte mit der einen Hand an ihren Knöpfen herum. Er hörte dabei nicht auf, sie zu küssen. Stöhnend presste er sich an sie und ließ sie seine Erektion spüren. Simone fiel nach hinten auf das Bett, und er robbte auf sie. Sie knöpfte sich die Bluse selbst auf. Nik kniete über ihr und schob ihren Rock hoch. Sie zog die Strumpfhose mitsamt Slip aus und warf beides auf den Boden. Nik hörte auf zu denken – er war nur noch durchdrungen von seinem Verlangen. Leise keuchend begann sie, sich unter ihm zu bewegen. Ihre weißen, festen kleinen Brüste lagen offen vor ihm. Eine Haarsträhne lag quer über ihrem blassen Gesicht. Sie war so begehrenswert und kein bisschen spröde, und er hatte sie erobert, im Sturm erobert!

Nik beugte sich herunter, um ihre Brüste mit den Lippen zu liebkosen. Er spürte ihr Becken, das seinem entgegenkam, sich hob und senkte in seinem eigenen gierigen Rhythmus. Das war Leidenschaft, nicht der mechanische, gut funktionierende Sex, den er mit Claudia hatte. Claudia, die gut im Bett war und alle möglichen Stellungen mitmachte, ihn sogar dazu ermuntert hatte, Neues auszuprobieren. Sie war ja überall so perfekt! Aber jetzt wollte er nicht an Claudia denken. Das hier war das richtige, das echte Verlangen. Als er kam und sich in Simones Schoß ergoss, entfuhr ihm: »Ich liebe dich ... Gwyneth!«

SUSANNE

Die Versteigerung war ein großer Erfolg für Lengley's geworden, und Susanne hatte Rampini selbst über den Verkauf seiner Bilder unterrichtet. Der alte Mann klang glücklich und erleichtert am Telefon. Es war eine stattliche Summe zusammengekommen.

»Also, Herr Rampini: Jetzt können Sie nicht nur die nötigen Renovierungs- und Reparaturarbeiten an Ihrer Villa durchführen lassen. Ich glaube, das Geld würde auch noch für den Anbau einer Schwimmhalle reichen.«

»Ja, da haben Sie recht, Dottoressa! Aber leider habe ich noch ein paar andere lästige Verpflichtungen, wissen Sie. Die Bank sitzt mir im Hals, sagt man das so?«

»Sie meinen im Nacken, die Bank sitzt Ihnen im Nacken, müsste es heißen.«

»Ja richtig, im Nacken! Ich war etwas im Rückstand mit den Zahlungen, wenn Sie wissen, was ich meine.«

Und wie ich das weiß, dachte Susanne. Vielleicht stimmt es ja doch, was der alte Witterstein erzählt hat?

»Oh, natürlich. Ich hatte das mit der Schwimmhalle ja auch nur im Spaß gesagt.« Eigentlich wollte Susanne an das Thema lieber nicht rühren. Sie hatte für Rampini nach reiflicher Überlegung getan, was sie tun konnte. Und dabei auch zum Wohle von Lengley's gehandelt, der Auktionator verdiente schließlich an jedem Verkauf.

»Hätten Sie nicht Lust, mich noch einmal zu besuchen? Ich

würde mich gerne persönlich bei Ihnen bedanken, nicht nur am Telefon. Ich kann ganz gut kochen. Das hat jedenfalls meine Frau immer behauptet – und wenn Ihnen nächste Woche am Samstagabend passen würde?« Susanne hatte ihren Terminkalender aufgeschlagen vor sich liegen und sah mit einem Blick, dass am Samstag nichts eingetragen war. Trotzdem zögerte sie: Wenn das jemand von Lengley's mitbekam, vor allem aber Moritz – könnte da nicht ein falscher Eindruck entstehen?

»Vielen Dank für die Einladung, Herr Rampini. Ich nehme sie mit dem größten Vergnügen an! Wann soll ich da sein?«

»Das freut mich aber, Sie wissen gar nicht, wie sehr! Wäre es Ihnen um halb acht recht?«

»Ja, das passt mir gut. Bis dahin, Herr Rampini!«

Sie schrieb in ihren Kalender »19.30 Uhr R.« und unterstrich den Termin zweimal, dann lehnte sie sich in ihrem Stuhl zurück. Ihr Blick fiel auf die kleine Kaminuhr aus Bronze. Schon wieder so spät, dachte Susanne, mein Kühlschrank ist so gut wie leer, und gleich macht der Rewe zu! Sie musste sich beeilen: Heute Abend würde sie sich etwas Leckeres kochen und dann vielleicht eine verpasste Folge »Desperate Housewives« ansehen, die sie aufgezeichnet hatte. Sie klappte ihr Notebook zu, steckte es in die dafür vorgesehene Tragetasche und verließ ihr Büro. Als sie die Treppe hinunterlief, hörte sie, dass ihr jemand folgte. Aber sie tat so, als würde sie nichts bemerken. Sie war fast schon zur Tür hinaus …

»Susanne! Warte doch!«

Das war Moritz' Stimme. Sie hatte einen Kollegen gebeten, sich um Moritz zu kümmern, mit der Begründung, dass es sie bei der Vorbereitung der Auktion zu viel Zeit kosten würde. Seitdem hatte sie Moritz nur ab und zu im Gang gesehen. Einfach weitergehen und bloß nicht umdrehen, dachte Susanne.

»Susanne! Ich muss dringend mit dir sprechen. Du gehst mir in letzter Zeit aus dem Weg.« Es half anscheinend alles nichts, also blieb sie stehen und drehte sich mit den Worten um: »Ich habe es leider gerade furchtbar eilig.« Sie stockte bei seinem Anblick: Er war furchtbar bleich im Gesicht. »Was ist denn mit dir los? Hast du schlecht geschlafen?«

»Ach, das ist nicht wichtig, das mit uns finde ich viel schlimmer!«

Susanne registrierte seinen Dackelblick und spürte Wut in sich aufsteigen: »Was heißt hier uns? Es gibt kein uns! Wir haben vorübergehend denselben Arbeitgeber. Du hast mich bei einem Auftrag begleitet, wir haben uns einmal geküsst, dann warst du bei einer missglückten Party meiner Freundin dabei, und schließlich hast du deine Arbeitskollegin einmal zu einem Familienessen mitgenommen. Das ist alles!«

In dem Moment, als sie das Wort »Arbeitskollegin« ausgesprochen hatte, wusste sie, dass es ein Fehler gewesen war, und bekam prompt die Quittung: »Ach so, ist es das? Hätte ich dich meinen Eltern vielleicht als meine feste Freundin oder gar als Verlobte vorstellen sollen, nachdem wir uns einmal geküsst haben, wie du es ausdrückst?«

Obwohl sie diese Antwort herausgefordert hatte, war Susanne gekränkt und ging zum Gegenangriff über: »Nein, darauf hätte ich ganz sicher keinen Wert gelegt. Ich wäre dir dankbar gewesen, wenn du mir diesen Sonntagsausflug zu deiner Familie gänzlich erspart hättest! Ich weiß nämlich nach wie vor nicht, was ich da eigentlich zu suchen hatte – und so habe ich mich dort auch gefühlt. Und außerdem«, Susanne stockte kurz mit hochrotem Kopf, sprach dann aber weiter, »fand ich es bei deinen Eltern dermaßen langweilig und spießig, dass ich wesentlich Besseres mit meiner Zeit hätte anfangen können. Und du warst auch nicht gerade besonders charmant an diesem Tag.«

Susanne bereute die Worte schon, während sie sie aussprach. Das war unter der Gürtellinie gewesen. Sie konnte sich noch gut an das Gefühl erinnern, als eine ihrer Schulfreundinnen einmal eine abfällige Bemerkung über ihre Mutter gemacht hatte, weil sie immer nur Hosen trug. Das hatte weh getan. Susanne machte einen Schritt auf Moritz zu, der sie nur schweigend ansah.

»Es tut mir leid, Moritz. Ich wollte das nicht sagen, und es stimmt auch gar nicht.«

»Doch, wahrscheinlich hast du recht. Und ich hätte dich wirklich nicht mitnehmen sollen. Natürlich wollte ich dich auch nicht nur als Arbeitskollegin dabeihaben, aber was hätte ich sagen sollen?«

Sie standen dicht voreinander, und Moritz streckte ganz langsam beide Arme aus, umfasste ihre Schultern, zog sie an sich und küsste sie. Susanne spürte jetzt wieder diese ungeheure Anziehungskraft, wollte sich nicht mehr dagegen wehren und erwiderte den Kuss – gierig! Schlang den freien Arm um ihn, vergaß, dass sie noch einkaufen wollte, dass sie kochen wollte, und merkte auch nicht, dass im ersten Stock jemand aus dem Fenster sah und sie beobachtete.

Sie liefen einfach los. Eng umschlungen. Hielten immer wieder an, um sich zu küssen. Es prickelte und hüpfte und zog in Susannes Bauch. Irgendwann standen sie vor ihrer Wohnungstür. Susanne nestelte in ihrer Tasche, fand, nach einer Ewigkeit, den Schlüssel und auch das Schloss. Endlich in der Wohnung, ließen sie alles fallen, zogen sich selbst aus, zogen sich gegenseitig aus, schoben sich in das Schlafzimmer und versanken ineinander.

NIK

Simone hatte nicht besonders überrascht ausgesehen, als Nik schon nach ihrer ersten gemeinsamen Nacht gefragt hatte, ob er vorübergehend bei ihr wohnen könne. Sie ließ sich auch nicht anmerken, ob sie es gut fand oder eher nicht. Jedenfalls zeigte sie großes Verständnis für seine familiäre Situation, die er ihr beim Frühstück offenbarte. Sie hörte ihm ruhig zu. Die einzige Bemerkung entfuhr ihr, als Nik erzählte, wie Claudia die Autotür zugeschlagen hatte. Da hielt sich Simone erschrocken die Hand vor den Mund und flüsterte: »Mein Gott, sie hat dir das angetan?« Natürlich hatte es sich in seiner Schilderung ein ganz klein wenig so angehört, als sei es Claudias Absicht gewesen, ihn zu verletzen. Und Nik unterschlug wohlweislich seine aggressive Gegenreaktion.

Nachdem er sich telefonisch versichert hatte, dass Claudia nicht da war, waren sie mit dem Taxi zu seinem Haus gefahren. Simone hatte angeboten, draußen zu warten, aber Nik überredete sie, mit hinein zu kommen. Sie fuhren mit dem Aufzug nach oben. Nik hoffte, sie mit dem gläsernen Ankleidezimmer und dem Bad beeindrucken zu können. Zwar war beides nach Entwürfen von Claudia gebaut worden, aber er hatte es schließlich bezahlt und war stolz darauf. Ihr Gesicht verriet, bildete er sich ein, dass es ihr imponierte, aber kein anerkennendes Wort kam über ihre Lippen. Vor dem kühlschrankgroßen Safe im Ankleidezimmer blieb sie einen Moment stehen. Nik begann, seine Kleidung in zwei große Koffer zu packen. Im Schlafzimmer fiel ihm auf, dass das Bett noch nicht gemacht war und Claudias Pyjama sogar davor auf dem Boden lag. So unordentlich war sie früher nicht gewesen.

Als er mit seinem Reisenecessaire ins Bad kam, stand Simone vor dem Spiegel und hatte einen Cremetiegel in der Hand, den sie genau betrachtete. »Was man sich alles ins Gesicht schmieren kann. Ich möchte gar nicht wissen, an wie vielen Tieren das Zeug getestet wurde«, murmelte sie und stellte ihn mit leicht angewidertem Gesicht wieder ab. Nik schaufelte gut die Hälfte der Kosmetikprodukte in sein Reisenecessaire, und Simone sah ihn entgeistert an: »Wie, sind das etwa deine Sachen? Wozu brauchst du die denn alle?«

»Na ja, man wird ja schließlich nicht jünger …«

Er holte seine Uhren und Manschettenknöpfe aus dem Safe, stellte die beiden Koffer in den Aufzug, dann fuhren sie nach unten. In einer Schale in der Küche bewahrten Claudia und er verschiedene Schlüssel auf. Nik suchte sich die Autoschlüssel heraus und lud die Koffer in den Rolls-Royce. Anschließend warf er Simone den Schlüssel zu mit den Worten: »Lady, du darfst fahren.« Simone startete den Wagen, verschaltete sich einmal, was Nik unwillkürlich zusammenzucken ließ, und fuhr stotternd an. Nik stand der Schweiß auf der Stirn, er sagte aber nichts, was ihm ausgesprochen schwerfiel.

Sie chauffierte ihn den kurzen Weg bis zur Tiefgarage des Messeturms. Als sie ausstiegen, drückte Nik Simone plötzlich gegen eine Wand und küsste sie leidenschaftlich. Er schob ihren Rock hoch, doch in dem Moment wurden sie von den Scheinwerfern eines vorbeifahrenden Autos gestreift. Nik sah aus dem Augenwinkel, dass es der Wagen eines Kollegen war. Der konnte ihn unmöglich erkannt haben. Nik hielt es für klüger, nun schnell zum Aufzug zu gehen. Er stieg zuerst aus und sagte, da sie nicht mehr allein waren, ein allgemeines »Schönen Tag noch« in den Fahrstuhl.

CLAUDIA

Er war hier gewesen, am Vormittag, als sie unterwegs war. Und er hatte gewollt, dass sie es bemerkte. Die Schranktüren standen offen, und an den Kleiderstangen hingen leere Bügel. Seine Wäscheschubladen waren ausgeräumt, eine schwarze Socke lag auf dem Boden. Im Badezimmer fehlten jetzt alle seine Cremetiegel. Er hatte auch ihre Crème de la Mer mitgenommen. Okay, sie hatten sie beide benutzt, aber eigentlich hatte sie sie für sich gekauft.

Es schien also endgültig zu sein. Was sollte sie den Kindern sagen? Und wie sollte sie selbst es ertragen? Es war ja nicht nur das Alleinsein. Nein, sie fühlte vor allem Demütigung. Eine Niederlage. Sie würde von nun an zu den Verlassenen, den Getrenntlebenden, den Alleinerziehenden gehören. Zu denen, die man bemitleidete! Zumindest in der ersten Zeit würde man über sie tuscheln: in der Schule, im Kindergarten, in der Kanzlei. Und das war noch nicht alles. Mit Entsetzen hatte sie festgestellt, dass sein Gehalt schon am letzten Monatsanfang nicht mehr auf ihr gemeinsames Konto überwiesen worden war. Er hatte also vorgebaut. Und sie hatte nun nur noch ihr bescheidenes Teilzeitgehalt zum Leben, und davon war per Dauerauftrag die Rate für das Hypothekendarlehen abgebucht worden. Das würde sie sich nicht gefallen lassen! Nicht umsonst war sie Anwältin, wenn auch nicht gerade Spezialistin im Familienrecht. Sie würde sich den besten suchen, und sie wusste auch schon, wen. Sie musste unbedingt alle Unterlagen zusammensuchen. Womöglich hatte Nik sie auch schon fortgeschafft. Dann würde sie es schwer haben, sein Einkommen und den Zugewinn der letzten Jahre zu beweisen. Schnell atmend lief sie in das Arbeitszimmer und öffnete den Aktenschrank: Die Ordner waren vollzählig da, auf den ersten Blick sah sie jedenfalls keine Lücke.

Die Aktenordner waren sorgfältig mit Jahreszahlen beschriftet. Sie zog das Jahr 2008 heraus und schlug den dicken graumelierten Pappdeckel auf: Ein Register war abgeheftet und dahinter alle Konto- und Depotauszüge, chronologisch geordnet, sogar die zwei Auslandskonten hatten eine eigene Registerkarte. Claudia ließ sich mit dem Ordner auf dem Schoß in ihren Arbeitsstuhl sinken: Ob sie die Unterlagen besser irgendwo verstecken sollte, falls Nik, der ja immer noch einen Schlüssel hatte, doch noch auf die Idee käme, sie zu holen? Oder sollte sie das Schloss an der Haustür austauschen lassen? Wenn Nik das merkte, hätte sie den Krieg zwischen ihnen unwiderruflich eröffnet. So würde er es jedenfalls sehen. Sie musste ihn in dem Glauben lassen, dass sie auf seine Rückkehr hoffte. So würde er keinen Verdacht schöpfen. Nik war durchaus zuzutrauen, dass er die Konten sonst ganz schnell leer räumen würde.

Am Nachmittag würde sie in der Kanzlei vorbeifahren und alle Dokumente sorgfältig kopieren, an einem gut versteckten Ort lagern und Nik schleunigst den Scheidungsantrag zustellen lassen. Denn sie wusste: Das war der entscheidende Zeitpunkt für die Berechnung des Zugewinnausgleichs.

Bis sie Arthur vom Kindergarten abholen musste, war noch etwas Zeit. Und um sich abzulenken, begann Claudia ihr Ankleidezimmer aufzuräumen. Sie hatte in der letzen Woche alles auf Stühlen gestapelt oder in Schubladen geworfen. Dabei ärgerte es sie, wenn ausgerechnet die eine Bluse oder der eine Pullover, den sie anziehen wollte, nicht da war. Nachdem sie alle Schränke durchgesehen und neu sortiert hatte, fehlten immer noch einige Stücke. Claudia sah in der Waschmaschine und im Trockner nach, wühlte in den Körben mit der Bügelwäsche, mit der schmutzigen Wäsche: nichts! Sie begann, die Kinderkleiderschränke zu durchsuchen, und fand einige nach hinten gerutschte T-Shirts, die sie schon länger nicht mehr gesehen hatte – aber nur von den Kindern.

Claudia überlegte, ob sie die Kleidungsstücke womöglich irgendwo vergessen hatte, aber sie wusste nicht, wo. Dann fiel ihr eine letzte Möglichkeit ein: Vielleicht hatte Anna noch Teile der frisch gewaschenen Wäsche in ihrem Zimmer liegen. Dort bügelte sie meistens, weil sie dabei gleichzeitig fernsehen konnte.

Sie ging zu Annas Zimmer, klopfte und wartete. Keine Antwort. Normalerweise betrat Claudia nie das Zimmer des Au-pair-Mädchens. Sie drückte die Klinke herunter, und die Tür öffnete sich. Mit schlechtem Gewissen trat sie ein. Das Zimmer sah aufgeräumt aus: Das Bett war ordentlich gemacht, es standen ein paar ukrainische Bücher im Regal, eine Flasche Wasser und ein Glas auf dem Nachttisch. Keine Spur von der Wäsche, die sie suchte. Gerade wollte Claudia wieder hinausgehen, da fiel ihr Blick auf den Kleiderschrank. Sollte sie wirklich? Sie sah auf ihre Armbanduhr: 10.20 Uhr. Anna musste in ihrem Deutschkurs sein.

Vorsichtig öffnete Claudia eine Schranktür und zuckte erschrocken zusammen, als ihr mehrere gefüllte Plastiktüten entgegenfielen. Ein erstaunlicher Anblick bot sich ihr: Der große zweitürige Kleiderschrank war von oben bis unten vollgestopft. An der Kleiderstange hingen Hosen, Röcke, Kleider, Blusen und Jacken so dicht an dicht gepresst, dass es unmöglich war, die Bügel zu verschieben. Darunter lagen noch mehr pralle Plastiktüten und Stapel von Pullovern, T-Shirts, Schals und Tüchern. Sie sah nach oben: Das Fach über der Kleiderstange war genauso voll.

Claudia wunderte sich, denn Anna hatte zwar Gepäck mitgebracht, aber das alles konnte unmöglich darin gewesen sein. Und sie war erst seit ein paar Wochen hier. Wovon hatte sie das alles in so kurzer Zeit gekauft? Claudia nahm zögernd einige Teile von den Stapeln herunter: Die Sachen waren gar nicht so übel. Jetzt hatte sie einen beigen Pulli in der Hand, der sich angenehm weich anfühlte, und sie sah nach dem Etikett: 100 Prozent Kaschmir. In einem Top war ein Schild von Jil Sander, und darunter lag eine Hose von Versace. Ach, und da war ja das gleiche hellblaue T-Shirt mit den aufgestickten kleinen Perlen, das sie selbst auch hatte – Claudia erkannte noch andere Kleidungstücke wieder, vor allem T-Shirts, die sie nur im Sommer trug und deshalb länger nicht mehr angehabt hatte.

Konnte das Zufall sein? Claudia räumte Annas Kleiderschrank komplett aus: Die Plastiktüten waren gefüllt mit zusammengeknäuelten Designer-Stücken. Die Tüten selbst stammten von C & A und Aldi. Insgesamt fand Claudia über 20 Kleidungsstücke, die sie eindeutig als ihre eigenen identifizierte. Ganz zuunterst fand sie eine Plastiktüte, die etwas Hartes, Eckiges verbarg. Claudia wickelte sie auseinander und sah hinein. Die Klarsichtboxen kamen ihr bekannt vor. Sie holte eine davon aus der Tüte, darin lag eine Swatch-Uhr mit der Frankfurt-Skyline. Sie nahm die anderen Kästen heraus. Da war ihr Swatch-Chronograph, den sie schon vermisst hatte. Als sie ihn umdrehte, sah sie, dass die Rückseite beschädigt war, jemand hatte versucht, die Batterie auszutauschen. Die Uhr hatte sie im Schlafzimmer bei ihrem anderen Schmuck aufbewahrt. Die übrigen elf Swatch-Uhren gehörten Nik. Er hatte sie in seinem Schreibtisch, in der untersten Schublade, aufbewahrt in der Hoffnung, sie würden irgendwann einmal im Wert steigen. Wahrscheinlich hatte er sie längst vergessen.

Claudia wurde erst nach und nach klar, was das hier bedeutete: Anna hatte offenbar ihr gesamtes Haus genauestens inspiziert. Jeden Winkel, jeden Schrank, jede Schublade hatte dieses Mädchen geöffnet und sich genommen, was sie brauchen konnte. Und so jemanden hatte Claudia in ihr Haus aufgenommen. Wie konnte man nur so grenzenlos blauäugig sein? Claudia wurde es auf einmal unangenehm heiß, und sie spürte, wie ihr Blut in der Halsschlagader pochte.

Sie ließ alles im Zimmer liegen, schloss die Tür und ging zum Telefon, um Heike anzurufen. Sie war sofort am Apparat, hörte ruhig zu und gab Ratschläge. Vor allem müsse man sichergehen, dass nicht noch mehr Sachen fehlten, bevor sich das Mädchen aus dem Staub machen konnte. Und sie solle sie ja nicht mehr alleine im Haus lassen! Das war natürlich leicht gesagt ... Sie einigten sich darauf, dass der Schrank wieder möglichst so eingeräumt werden musste, wie er gewesen war, nur ohne die Sachen, die eindeutig Claudia gehörten. Sie würde zunächst nichts zu Anna sagen und das Haus auf Verluste hin durchsehen. Aber wo sollte man anfangen? Da war das Silberbesteck, das war schnell gezählt. Ihr Schmuck, Fotoapparate, Taschen ... Claudia fiel ein, dass ihre Cremetuben in letzter Zeit immer so schnell leer geworden waren. Hatte sich Anna da auch bedient? Alleine die Vorstellung, wo dieses Mädchen überall seine Hände gehabt hatte, verursachte Claudia eine Art Übelkeit.

Heike riet, erst einmal nicht die Polizei einzuschalten, sondern ein klärendes Gespräch zu suchen – sie könne auch gerne dazukommen. Claudia bedankte sich, das war eine gute Idee, und spürte, wie sie wieder Kraft bekam. Sie räumte den Schrank ein, nach mehreren Versuchen blieb die Schranktür zu. Claudia versicherte sich noch einmal, dass alles so aussah wie vorher, und stellte fest, dass sie sich jetzt beeilen musste.

Sie sprintete zu ihrem Auto und fuhr zum Kindergarten. Arthur fand sie in einem der Gruppenräume, wo er an einem Lego-Zoo baute, zusammen mit ein paar Kindern, die bis zum späten Nachmittag im Kindergarten blieben. Er hatte sie jedenfalls noch nicht vermisst. Die Erzieherin, die sie neulich auf das auffällige Verhalten von Arthur angesprochen hatte, kam in den Raum, nicht ohne die obligatorische Kaffeetasse, und sah sie erstaunt an: »Was ist denn mit Ihnen passiert, Frau Neumann-Elten?« Claudia hatte gar nicht mehr daran gedacht, wie sie aussah und dass sie hier noch niemand mit dem Nasengips gesehen hatte. »Ach, nur ein dummer kleiner Unfall«, antwortete sie und griff nach Arthurs Jacke und seinem Rucksack.

Am anderen Ende des Flurs stand eine andere verspätete Mutter, die ihr den Rücken zukehrte und gerade einen Zettel an das schwarze Brett des Kindergartens heftete. Als sie sich umdrehte, erkannte Claudia, wer es war: die Mutter von Leon, dem Jungen mit der angeblichen Bisswunde. Natürlich war Claudia zu Ohren gekommen, was diese Frau über sie und ihren Sohn verbreitete, und das war wenig schmeichelhaft. Ihr verdankte Arthur den Ruf, der aggressivste Junge des ganzen Kindergartens zu sein, den er so schnell nicht mehr los sein würde.

Frau Winter rauschte an ihr vorbei, und die eiskalten Blicke der beiden Mütter begegneten sich. Als sie und Leon den Kindergarten verlassen hatten, ging Claudia zu dem schwarzen Brett und sah nach, was auf dem Zettel stand:

DRINGEND!!! ZUVERLÄSSIGER BABYSITTER ODER AU-PAIR GESUCHT! FÜR SECHS STUNDEN TÄGLICH

Darunter eine Telefonnummer. Claudia nahm den gelben Zettel an sich, unwillkürlich musste sie lächeln, da sie eine besonders empfehlenswerte und vertrauenswürdige junge Frau kannte, die sehr bald eine neue Stellung suchen würde.

SUSANNE

Sie war schon fast in Assmannshausen angelangt, und dieses Mal hatte sie sich nicht verfahren. Auf dem Beifahrersitz lag eine kleine rote Lackschachtel mit Champagnertrüffeln, die sie noch schnell in ihrem Lieblingscafé gekauft hatte. Moritz hatte zwar gemault, als sie darauf bestanden hatte, diese Verabredung »mit einer alten Studienfreundin« einzuhalten, und zwar alleine. Es wäre zu kompliziert gewesen, ihm ihr wahres Ziel an diesem Abend zu offenbaren. In der letzten Woche hatten sie jede freie Minute miteinander verbracht und sich dabei hauptsächlich im Bett aufgehalten. Susanne musste sich eingestehen, dass es ihr ein fast schon körperliches Unbehagen verursachte, ihn an diesen Abend nicht zu treffen. So groß war ihre Sehnsucht nach ihm. Oder war es Lust? Sie war verliebt, und wenn sie nur an Moritz dachte, spürte sie schon wieder dieses Ziehen im Bauch.

Dann tauchte die gelbe Villa von Rampini auf. Sie parkte ihren Alfa Romeo, stieg aus, zog ihren Mantel glatt und ging hinüber. Als sie klingelte, hörte sie wildes Hundegebell, genau wie bei ihrem letzten Besuch. Und dann die beschwichtigenden Worte von Rampini. Die Tür öffnete sich, Bartolomeo ließ eine Mischung aus Grunzen und Jaulen hören. Dabei leckte er Susannes Hand ab und versuchte sie in sein Maul zu nehmen. Rampini trug eine braune Cordhose und einen dunkelgrünen Pullover – und natürlich durfte das gepunktete

Halstuch im Hemdausschnitt nicht fehlen. Er schimpfte mit seinem Hund: »Barto! Vai piano!« Aber ohne Erfolg. »Dottoressa Sander, wie ich mich freue.« Mit ausgebreiteten Armen ging er auf Susanne zu, küsste zuerst ihre beiden Hände und dann beide Wangen. Susanne nahm den Duft eines sehr angenehmen, holzigen Eau de Toilette wahr, aber natürlich kein Davidoff …

»Bartolomeo möchte Sie auch begrüßen. Er kennt Sie ja nun schon und sieht Sie als alte Freundin an. Entschuldigen Sie bitte, es ist mir nie gelungen, ihm das abzugewöhnen.«

»Das macht doch nichts! Solange er mich nicht beißt«, sagte Susanne lächelnd.

»Keine Angst, er hat ein weiches Maul, wie die Hundeexperten sagen.« Schon ließ Bartolomeo von ihr ab. »Herr Rampini, vielen Dank für die Einladung, es ist wirklich schön, dass wir uns wiedersehen.« Sie erwiderte seine Umarmung und gab ihm die Pralinen. Sofort öffnete er die Packung.

»Ah, die duften herrlich, ganz frisch! Da haben Sie eines meiner Laster erraten.«

»Das freut mich. Sie essen auch gerne Schokolade?«

»Na ja, ich bin schon ein bisschen wählerisch. Aber dies hier«, er deutete auf die offene Packung, »ist eine besondere Köstlichkeit.«

»Wir scheinen uns in manchen Punkten sehr ähnlich zu sein, Herr Rampini.«

»Nennen Sie mich doch bitte Claudio, Dottoressa!«

»Aber nur, wenn Sie endlich mit dem albernen Dottoressa aufhören! Ich heiße Susanne!«

»Gut, also dann Susanna! Darf ich Ihnen endlich Ihren Mantel abnehmen?«

Susanne drehte sich um, knöpfte dabei ihren schwarzen Wollmantel auf und ließ ihn Rampini von ihrer Schulter nehmen. Sie trug ihr schwarzes, ärmelloses Etuikleid und wusste, dass es ihr im Moment ein wenig zu weit war. »Susanna, Susanna, Sie sehen wunderbar aus!« Er hob warnend den Zeigefinger. »Aber Sie essen zu wenig! Sie sind ja so dünn wie eine Linie in der Landschaft!«

»Strich! Es heißt: wie ein Strich in der Landschaft! Aber ich glaube, Sie übertreiben ein bisschen.«

»Nein, keineswegs. Sie werden sehen, heute Abend machen wir einen Anfang, damit Sie etwas zunehmen. Kommen Sie, kommen Sie!«

Rampini schob sie in Richtung Küche, und Susanne stieg der Duft von Gemüse und Braten in die Nase.

»Claudio, was ich vorhin noch sagen wollte: Ich glaube, Sie sind ein Nasenmensch.«

»Nasenmensch? Wie meinen Sie das?«

»Zuerst haben Sie an den Trüffeln gerochen, eben. So mache ich es auch.«

»Ach so! Ja, da haben Sie recht! Ich rieche, bevor ich schmecke – auch beim Wein.«

Sie waren in der Küche angekommen. Auf dem Herd standen mehrere Töpfe, deren Inhalt vor sich hin köchelte, und im Ofen schien ein Braten zu schmoren. Susanne fuhr fort: »Bei mir war es schon als Kind so: Wenn ich ein neues Buch bekam, dann habe ich zuerst an den Seiten gerochen. Mein Vater musste mich sogar manchmal hochheben, weil ich die fixe Idee hatte, an der Zimmerdecke zu riechen.« Rampini lachte und begann, die Deckel der Töpfe zu lupfen, umzurühren, die Gasflammen zu verstellen und zu probieren, indem er etwas auf einen Unterteller träufelte und ihn dann abschlürfte. Er ließ auch Susanne von einem kleinen Löffel kosten. »Hmm, die Ratatouille schmeckt ja köstlich«, meinte sie. »Aber es fehlt noch etwas, wissen Sie, was?« Rampini runzelte die

Stirn. Dann hob er plötzlich den Zeigefinger. »Jetzt weiß ich es: ein Schuss Balsamico di Modena!« Susanne nickte erstaunt: »Darauf wäre ich nicht gekommen. Aber ich würde mich auch nicht gerade als begabte Köchin bezeichnen. Eher als talentierte Esserin!« Sie grinste, doch Rampini antwortete ganz ernst: »Susanna, Sie werden es vielleicht nicht glauben, aber das ist mir sehr lieb. Jeder ambitionierte Koch ist dankbar für einen talentierten Esser.«

Dann holte er Rucola aus einer Salatschleuder und wendete ihn in einer Keramikschüssel in vorbereitetem Dressing. Dazu gab es Rindercarpaccio, das bereits im Kühlschrank auf Tellern angerichtet war. Rampini hobelte noch etwas Parmesan darüber, holte eine große Pfeffermühle, sah Susanna fragend an, und als sie zustimmend nickte, ließ er mit einigen Drehungen den weißen Pfeffer auf das Carpaccio rieseln. Er stellte die Teller und den Salat auf ein großes Tablett, zusammen mit einer Flasche eisgekühltem Prosecco, die er Susanne mit den Worten »So, meine Liebe: Könnten Sie diese Flasche tragen und mir in den Wintergarten folgen?« in die Hand drückte.

Dort stand ein kleiner Tisch. Auf der weißen Tischdecke, die bis auf den Boden reichte, war mit Silberbesteck und Kristallgläsern für zwei gedeckt. Sogar an ein kleines weißes Blumengesteck hatte er gedacht. Rampini stellte das Tablett auf einer Anrichte ab, servierte die Teller und begann überall im Raum Kerzen anzuzünden. Auch auf dem Boden standen mehrere große Windlichter. Dann entkorkte er den Prosecco, goss die Gläser voll und hob sein Glas: »Salute, Susanna! Noch einmal herzlich willkommen und vielen, vielen Dank für den erfolgreichen Verkauf meiner Bilder!«

»Das habe ich gerne gemacht – und der Degas ist ja auch wirklich etwas Außergewöhnliches.«

Rampini nickte, er roch an seinem Glas, trank einen Schluck, und Susanne tat es ihm gleich. Dann begannen sie zu essen. »Herr Ram ... Claudio ...« Die ungewohnte Anrede fiel Susanne noch schwer. »Mich würde interessieren, woher Sie ihn eigentlich hatten.« Susanne hatte lange mit sich gerungen, ob sie ihm die Frage wirklich stellen sollte. Aber sie wollte Gewissheit haben und den Verdacht, der durch Moritz' Vater aufgekommen war, aus der Welt schaffen.

»Was meinen Sie? Woher ich ihn hatte ...«

»Na, die Degas-Zeichnung, so etwas hat man doch nicht einfach im Schrank liegen.«

»So meinen Sie das.« Rampini kaute, trank einen Schluck und sagte – nichts. Susanne beobachtete ihn. Wie war sein langes Zögern zu deuten? Er machte nicht den Eindruck, als würde er fieberhaft nach einer passenden Ausrede suchen, er wirkte ausgesprochen gelassen. Er nahm noch einen Schluck Prosecco, lehnte sich zurück und sagte: »Das war ein Erbstück von meiner Frau, und sie hatte die Zeichnung von ihrem Vater, und der ...«

»... hatte sie von seinem Vater und so weiter«, ergänzte Susanne lächelnd. »Ein altes Familienerbstück also – und das verkaufen Sie so einfach?«

Rampinis Miene verfinsterte sich, und Susanne merkte schlagartig, dass sie zu weit gegangen war. »Entschuldigung, ich wollte Sie wirklich nicht verletzen.«

»Nein, nein, Susanna. Sie haben jedes Recht nachzufragen! Ich weiß nur, dass die Urgroßmutter meiner Frau Französin war. Aus einer Hutfabrikantenfamilie bei Paris. Daher stammt wohl die Zeichnung. Eine der wenigen Hinterlassenschaften ...« Er räusperte sich: »Und Sie haben auch recht, wenn Sie sagen: So etwas verkauft man nicht! Aber ich habe Ihnen ja schon erzählt, dass ich Probleme mit der Bank habe, und die Reparaturen am Haus konnte ich auch nicht mehr aufschieben. Das Dach ist sogar schon undicht, und es regnet hinein. Und das ist noch lange nicht alles.« Er machte wieder eine ausladende Geste mit der Hand, die die Villa und den Garten umfassen sollte.

»Ja, ich weiß. Und ich kann Sie verstehen. Außerdem ist es ein Sicherheitsrisiko, so eine wertvolle Zeichnung zu Hause aufzubewahren.«

»Das auch, das auch«, stimmte Rampini ihr zu. »Ganz abgesehen davon gibt es jemanden, der alles daransetzt, mir dieses Haus abzuknöpfen. Und er ist leider auch kurz davor ...« Susanne hörte ihren Blackberry in der Handtasche piepen und wurde unruhig.

»Entschuldigung, Claudio, darf ich kurz mal nachsehen?«

»Ja, natürlich, natürlich! Ich schaue nach unserem nächsten Gang.« Er räumte die leeren Teller auf das Tablett, goss noch einmal Prosecco nach und ging mit dem Tablett zur Küche. Die Nachricht war von Moritz:

> HI SÜSSE. VERMISSE DICH WIE WAHNSINNIG. KOMM BALD NACH HAUSE. WARTE MIT EINER ÜBERRASCHUNG AUF DICH. M

Susanne wurde sich erst jetzt bewusst, dass sie in der letzten Stunde nicht ein einziges Mal an Moritz gedacht hatte. Eigentlich hatte ihr diese Auszeit gutgetan, sie fühlte sich geradezu erholt. Aber als sie seine Worte las, keimte wieder dieses brennende körperliche Verlangen auf. Sie schrieb zurück.

> BIN ERST BEIM ZWEITEN GANG. ES WIRD SPÄT. WARTE NICHT AUF MICH. S

Susanne hörte Rampini in der Küche mit den Töpfen hantieren und bekam ein schlechtes Gewissen. Sollte sie ihm nicht helfen? Sie hielt ihren Blackberry noch in der Hand, da kam wieder ein Piepen.

ICH WARTE GARANTIERT. BIN SCHARF AUF DICH. M

Susanne spürte das Ziehen in den Innenseiten ihrer Oberschenkel, aber sie wollte sich selbst beweisen, dass sie auch einen Abend ohne Moritz ertragen, nein, sogar genießen konnte. Und außerdem gab es noch mehr, was sie in Erfahrung bringen wollte. Sie verzichtete auf eine Antwort, steckte das Handy zurück in die Handtasche und machte sich auf den Weg zur Küche.

Als sie in den Flur bog, hörte sie Rampini summen, das Klappern von Töpfen, aber dann zog ein anderes Geräusch ihre Aufmerksamkeit auf sich. Ein regelmäßiges Schaben mit anschließendem Klacken, das aus den oberen Stockwerken zu kommen schien. Hatte Rampini nicht gesagt, er lebe allein, fragte sich Susanne. Zögernd ging sie in Richtung Treppenhaus. Sie umfasste den hölzernen Knauf des Geländers, der wie eine Artischocke geformt war, und bemerkte, trotz Nervosität, das angenehme Gefühl in ihrer Hand. Oben war alles dunkel, aber das Geräusch hatte nicht aufgehört. Oder war da nicht doch ein Lichtschein? Susanne konnte nicht anders und setzte einen Fuß auf die erste hölzerne Treppenstufe. Sie erwartete ein Knarren. Aber es blieb aus, und so schlich sie sich vorsichtig, Stufe für Stufe, die gewendelte Treppe nach oben. Als sie in der zweiten Etage angekommen war, war es stockdunkel. Susanne tastete sich zum lauter werdenden Geräusch vor. Das Klacken hörte sich an, als würden zwei Holzteile aufeinandergeschlagen. Hinter einer Tür am Ende des Flurs fiel Licht durch ein Schlüsselloch. Plötzlich stieß Susanne gegen etwas Hartes, es schepperte, und ihre Füße wurden nass. Das Schaben und Klacken hörte augenblicklich auf. Susanne stockte der Atem. Was tat sie hier eigentlich? Und wie sollte sie sich jetzt verhalten? Wenn dort in dem Zimmer wirklich jemand war, was ging sie das an?

»Claudio!«, rief eine Stimme hinter der Tür. Es war eine junge weibliche Stimme. Susanne fasste sich ein Herz, klopfte an die Tür und sagte: »Nein, ich bin nicht Claudio, sondern Susanne, darf ich eintreten?« Susanne hörte Schritte und Geräusche, die von dem Verschieben von Möbelstücken herrühren konnten. »Un momento per favore!«, lautete die gepresste Antwort der Frauenstimme. Aber Susanne hatte schon die Türklinke heruntergedrückt und die Tür geöffnet, in dem Moment, als ein Vorhang am Ende des Zimmers mit einem Ruck zugezogen wurde und eine schwarz gekleidete Frau sich hastig umdrehte. »Ich hatte *Un momento* gesagt!«, zischte sie in akzentfreiem Deutsch und funkelte Susanne wütend an. »Das sollte international verständlich sein. Und wie kommen Sie überhaupt dazu, hier oben herumzuschnüffeln?« Susanne hatte darauf keine Antwort parat und war außerdem zu beeindruckt von dem, was sie sah. In der Mitte des Raums stand ein riesiger mechanischer Webstuhl, an dem die junge Frau wohl gerade gearbeitet hatte. Daher war also das Geräusch gekommen. Susanne wollte näher treten, um sich den Teil des Stoffes, der schon fertig war, genauer anzusehen. Aber die Frau ging entschieden auf sie zu und stellte sich mit verschränkten Armen vor Susanne, um ihr den Blick zu versperren.

»Es ist noch nicht fertig, und ich habe es nicht gerne, wenn jemand es vorher sieht, das soll Unglück bringen.« Ihre Stimme klang jetzt versöhnlicher. »Ich bin Claudios Tochter Chiara. Aber das haben Sie sich bestimmt schon gedacht. Und Sie müssen Frau Sander sein. Mein Vater hat mir erzählt, dass er Sie heute erwartet.« Susanne wollte gerade antworten und sich für ihr Eindringen entschuldigen, als sie die Stimme Rampinis hinter sich hörte und zusammenzuckte.

»Aber Susanna! Was tun Sie denn hier? Ich habe Sie schon überall gesucht. Die Pasta muss jetzt ins Wasser.« Er klang gar nicht verärgert, bemerkte Susanne verwundert, sondern liebenswürdig wie immer.

»Ich, ich … hatte das Geräusch gehört«, stotterte sie, »und da bin ich zugegebenermaßen neugierig geworden …« Weiter kam sie nicht, denn Chiara machte einen Schritt auf sie zu, legte ihr wie selbstverständlich den Arm um die Schulter und geleitete sie langsam, aber bestimmt zur Tür, während sie einen italienischen Wortschwall auf Rampini losließ, der nicht besonders gut gelaunt klang. Susanne warf einen Blick zurück auf den Webstuhl. Sie sah, dass ein kleines Stück des Teppichs fertiggestellt war: Der Rand bestand aus schwarz-weißen Druckbuchstaben. Dann kam ein einfarbiger Teil in kräftigem Himmelblau – das schien der Hintergrund eines Bildes zu sein. Links unten war ein farbiger Zipfel eingewebt, mehr war noch nicht zu sehen. Susanne hatte gleich eine Ahnung, was das Bildnis darstellen konnte, sie wusste nur noch nicht, wie sie diese neue Erkenntnis deuten sollte.

Auf dem inzwischen beleuchteten Flur kamen sie an einer Metallschüssel vorbei, die in einer Pfütze lag, und Rampini erklärte ungefragt, dass es genau dort manchmal hineintropfe. Das sei ja nun bald vorbei, wenn er das Dach mit dem Geld der Auktion endlich neu habe decken lassen können. Chiara hatte sich wieder in ihr Zimmer zurückgezogen, das Geräusch eines im Schloss gedrehten Schlüssels war zu hören. Diesmal geht sie offenbar auf Nummer sicher, dachte Susanne. Schweigend stiegen sie die Treppe herunter, und schon setzte das regelmäßige Schaben und Klacken des Webrahmens wieder ein.

Rampini gab die Pasta für den zweiten Gang in das siedende Wasser, er kochte in aller Seelenruhe weiter und tat, als wäre alles in schönster Ordnung. Was stellte er sich eigentlich vor, fragte sich Susanne: Sollte sie den Vorfall von eben einfach totschweigen? Hielt er es für normal, dass in einer Dachkammer seines Hauses Teppiche hergestellt wurden, die als Originale Preise in sechsstelliger Höhe erzielten? Umso befremdlicher war das Ganze, wenn man es in Zusammenhang mit den Fragen sah, die die Degas-Zeichnung bereits aufgeworfen hatte.

»Hatten Sie nicht gesagt, Sie lebten hier allein, und Ihre Tochter sei in Bozen?« Sie setzte sich auf einen Küchenstuhl und sah Rampini beim Kochen zu.

»Das ist schon richtig. Sie ist auch nur für ein paar Wochen hier, weil …« Er fischte mit einem Spaghettilöffel eine Trenette aus dem Topf, hielt sie kurz unter kaltes Wasser und steckte sie mit den Fingern in den Mund: »Troppo al dente!«

Dann drehte er sich zu Susanne um, und Susanne nahm jetzt all ihren Mut zusammen und brachte seinen Satz zu Ende: »… weil Sie dringend Geld brauchen und eine gewebte Weltkarte von Alighiero Boetti Ihnen ein paar 100 000 Euro einbringen würde. Genauso wie der Degas? Kann Ihre Tochter vielleicht nicht nur weben, sondern auch besonders gut zeichnen?« In der nun folgenden Stille war das Geräusch des kochenden Pastawassers zu hören. Rampini sah sie mit seinen dunkelbraunen Augen an, und Susanne meinte so etwas wie Enttäuschung darin lesen zu können. Aber sie hielt seinem Blick stand. Gerade weil sie ihn mochte, wollte sie endlich Klarheit haben. Und außerdem stand ihre berufliche Zukunft auf dem Spiel.

Rampini drehte sich abrupt um, stellte eine kleine Schüssel mit eingelegten Oliven auf den Tisch und steckte sich selbst eine in den Mund. Dann wurde er plötzlich hektisch, ging zurück an den Herd und goss die Nudeln mit Schwung in ein Metallsieb, das in der Spüle bereitstand. »Hoffentlich sind sie jetzt nicht doch zu weich geworden.« Rampini nahm eine mit den Fingern heraus und probierte sie. Sein zufriedenes Gesicht zeigte, dass er sie noch gerettet hatte: »Entschuldigung, aber das war in letzter Sekunde! Ich höre Ihnen jetzt wieder zu ... Wenn Sie mir noch etwas sagen möchten?« Susanne traute ihren Augen kaum: Rampini holte einen riesigen, ausgehöhlten Käselaib aus der Speisekammer und schüttete die Nudeln hinein. Dann begann er, sie darin zu wenden.

»Nein, Claudio. Ich glaube, ich habe genug gesagt. Jetzt sind Sie an der Reihe!« Er sah auf, genau in ihre Augen, und Susanne meinte zu erkennen, wie es in seinem Kopf arbeitete, aber er antwortete ihr nicht. Er verteilte die Pasta auf zwei angewärmte tiefe Teller und hobelte zur Krönung einen dicken schwarzen Trüffel darüber, den er vorher mit triumphierendem Blick hochgehalten hatte. »Jetzt müssen wir erst einmal schnell etwas essen, sonst wird es kalt, Susanna!« Sie gehorchte, trug ihre Portion in den Wintergarten und meinte: »Wäre es nicht einfacher, in der Küche zu essen?«

»Einfacher vielleicht, aber nicht stilvoll genug für so einen besonderen Abend.«

Susanne zögerte und fragte dann: »Ihre Tochter möchte nicht vielleicht mit uns essen?«

»Nein, nein, sie hat dafür gar keine Zeit. Sie möchte bald wieder abreisen und muss ihren Teppich fertigbekommen.« Rampini hatte gerade erst eine Gabel in den Mund gesteckt, da sprang er schon wieder auf: »Ich habe den Rotwein vergessen!« Er ging zur Anrichte, wo eine Karaffe bereitstand. »Ich habe ihn zwar schon dekantiert, aber was nützt das, wenn man dann vergisst, ihn auszuschenken? Ich glaube, ich werde alt!«

Susanne protestierte natürlich: »Von wegen alt: Ich wünschte, ich wäre in der Lage, so ein perfektes Menü zu zaubern. Sie haben ja wirklich an alles gedacht!«

Sie stießen mit den Rotweingläsern an. Susanne merkte schon nach zwei Schlucken, wie sich ein angenehmes Gefühl von Entspannung in ihrem Körper ausbreitete. Umso mehr musste sie sich dazu zwingen, das unangenehme Thema noch einmal anzuschneiden.

»Claudio, Sie werden mich wahrscheinlich für einen undankbaren Gast halten. Trotzdem bitte ich Sie, mir zu vergeben, wenn ich an diesem Abend unangenehme Fragen stellen muss. Es gibt jemanden, der sehr unschöne Dinge über Sie behauptet.« Rampini sah sie an und zog langsam die Augenbrauen hoch. Susanne fuhr unbeirrt fort: »Er wirft Ihnen sozusagen einen Kreditbetrug vor und behauptet, Sie hätten sich Darlehen für Reparaturen an ihrer Villa geben lassen und sie nie ausgeführt.« Rampini trank einen Schluck Chianti und kratzte sich am Kopf. Er sprach ganz langsam: »Dieser Jemand heißt nicht zufällig Graf von Witterstein?«

»Tut das etwas zur Sache? Ich möchte eigentlich nur wissen, ob es stimmt oder nicht!«

»Susanna, Sie enttäuschen mich! Glauben Sie wirklich alles, was behauptet wird? Können Sie sich nicht vorstellen, dass dieser Jemand seine eigenen Interessen verfolgt, wenn er Ihnen das erzählt?«

»Genau deshalb frage ich Sie. Weil ich mir vorstellen kann, dass es möglicherweise eine andere Version dieser Geschichte gibt.«

Rampini stand auf und goss noch einmal Rotwein nach.

Dann setzte er sich wieder und begann zu sprechen: »Ich weiß nicht, ob Sie mir glauben werden oder wollen, aber ich habe ja schon erwähnt, dass es jemanden gibt, der hinter diesem Haus her ist. Und das ist kein anderer als Graf von Witterstein. Er hat alles darangesetzt, mich zu bedrängen. Die Bank, deren Vorstandsvorsitzender er ist, besitzt die Grundschuld für dieses Haus. Ich habe immer regelmäßig die Zinsen gezahlt. Und auch den Kredit, wenn ich konnte, aber dann kamen diese Reparaturen. Wissen Sie, in Deutschland sind die Handwerkerkosten sehr hoch. Ich kenne einige Leute, die es billiger machen und, wie ich finde, auch manchmal besser. Nur haben sie keine richtige Firma, noch nicht einmal eine Arbeitsgenehmigung, und sie schreiben auch keine Rechnungen …« Susanne nickte. »Und die Bank wollte schriftliche Angebote haben. Denen konnte ich nicht sagen: Hör mal, die machen das gut und billig, oder wie sagt man besser, preiswert, aber schwarz.«

»Also haben Sie die Kostenvoranschläge von anderen Handwerksbetrieben eingereicht, und ausgeführt wurden die Arbeiten dann von Ihren Leuten«, ergänzte Susanne erleichtert und fragte sich gleichzeitig: War diese Begründung vielleicht zu simpel? War es möglich, dass der alte Mann auch sie täuschte? Und was hatte es mit dem Teppich auf sich?

Rampini stimmte ihr zu. »Natürlich war das nicht in Ordnung. Ich weiß sehr wohl, dass Schwarzarbeit verboten ist. Aber in Wirklichkeit beschäftigt jeder Zweite mindestens eine Putzfrau, die nicht angemeldet ist, oder?« Susanne stimmte ihm zu. »Wie haben die von der Bank überhaupt erfahren, dass die Arbeiten nicht von den angegebenen Handwerksbetrieben ausgeführt wurden?«

Rampini griff nach seinem Rotweinglas, und Susanne tat es ihm nach. Sie merkte, dass sie zu viel Alkohol trank, aber dieser samtige Chianti schmeckte einfach zu gut.

»Einer, der Klempner, hatte mehrmals nachgefragt, als ich ihn nicht mit der Sanierung des Badezimmers beauftragt hatte. Und ich habe ihn hingehalten.«

»Und dann?«

»Er war nicht aus Assmannshausen, darauf hatte ich geachtet, aber er kannte zufällig den Sachbearbeiter der Bank, und der hat ihn auf den Auftrag hier angesprochen. So kam alles heraus.«

»Aber Sie haben die Arbeiten doch ausführen lassen?«, fragte Susanne und dachte, dass davon jedenfalls nichts zu sehen war.

»Natürlich, von meinen Bekannten.«

»Was ist dann das Problem der Bank?«, insistierte Susanne.

Rampini zuckte mit den Schultern. »Das ist es ja, was ich Ihnen vorhin sagen wollte: Dieser Graf von Witterstein hat auf so eine Gelegenheit nur gewartet. Er will dieses Haus unbedingt haben, warum, weiß ich auch nicht. Und er hat mich zu sich bestellt und mir die Pistole auf die Brust gesetzt. Mit der Begründung, ich hätte die Bank betrogen, sollte der Kredit mit einem Mal zur Rückzahlung fällig sein – da war der Degas meine letzte Rettung!«

»Und den hat dann schnell Ihre Tochter gezeichnet!«, fügte Susanne scherzhaft hinzu, in Wahrheit hielt sie es nach wie vor für ausgeschlossen, dass die Zeichnung eine Fälschung war. Aber der Rotwein tat ein Übriges, die Angelegenheit immer gelassener zu sehen.

»Bitte, seien Sie doch nicht albern!«

Susanne versuchte, einen klaren Gedanken zu fassen, und wollte gerade nach dem Teppich fragen. Ihr war auf einmal schwindelig. Rampini kam ihr zuvor: »Das Weben ist schon lange ein Hobby meiner Tochter. Sie konnte den Webstuhl nicht nach Bozen mitnehmen. Er ist sehr alt, und wenn man ihn noch einmal auseinanderbaut, muss er wahrscheinlich erst wieder restauriert werden. Deshalb kommt sie einmal im Jahr für ein paar Wochen hierher. Ich bin darüber natürlich ganz froh.«

»Und wieso kopiert sie ausgerechnet einen Boetti?«, setzte Susanne nach, das Sprechen machte ihr etwas Mühe.

»Ach, das war eine fixe Idee. Die Werke gefallen ihr. Es gibt ja nicht viele gute moderne Künstler, die mit Stoff arbeiten, und Chiara wollte gerne einen solchen Teppich für ihre Wohnung in Bozen.«

Susanne blieb im Moment nichts anderes übrig, als ihm auch das zu glauben. Und sie hatte dieses Misstrauen gegen Rampini einfach satt, es kam ihr ein ganz anderer Verdacht: Hatte Graf Witterstein ihr absichtlich diese Betrugsgeschichte aufgetischt? Weil er wusste, dass die Versteigerung der Zeichnung der letzte Rettungsanker für Rampini war, und er gehofft hatte, deren Verkauf noch verhindern zu können? Und das konnte ja nur heißen, dass Moritz ihn darüber informiert und sie womöglich nur aus diesem Grund zu seinen Eltern eingeladen hatte. Mit Schaudern dachte Susanne daran, wie scheinbar beiläufig Moritz damals das Gespräch auf die anstehende Versteigerung gelenkt hatte. Oder war das nur Zufall gewesen? Sie fühlte, wie sich ihr Magen von neuem verkrampfte, als ihr die ganze Perfidie dieser Situation bewusst wurde. Im Grunde verdankte Rampini es nur der besonnenen Reaktion Woletzkis, dass die Zeichnung trotzdem in die Auktion gelangt war. Und dass sie dann einen so hohen Preis erzielt hatte, war natürlich auch ein gutes Quentchen Glück. Sie lehnte sich zurück und merkte, wie Rampini sie musterte. Sie entschied, dass es ganz allein ihre Sache war, herauszufinden, ob sie mit ihren Vermutungen richtig lag. Jetzt musste sie vor allem ganz schnell die Toilette aufsuchen.

Nachdem sie sich kaltes Wasser ins Gesicht gespritzt hatte, überlegte sie, ob sie wirklich noch in der Lage war, nach Hause zu fahren. Sie konnte doch unmöglich die Nacht über dableiben, oder?

CLAUDIA, HEIKE UND SUSANNE

Es war Claudia schwergefallen, Anna nicht sofort mit den Entdeckungen in ihrem Kleiderschrank zu konfrontieren und in den nächsten Bus zurück in die Ukraine zu setzen. Aber sie hatte zuerst mit Heike und dann auch mit Susanne verabredet, dass sie ihr bei dem Gespräch beistehen würden. Außerdem hatte sie inzwischen eine andere, viel bessere Lösung im Sinn. Sie musste sie nur richtig einfädeln.

Heike kam, wie versprochen, pünktlich um 20 Uhr, nachdem Tom Chloé übernommen hatte, und Susanne traf wenige Minuten später ein. In Krisensituationen konnte Claudia sich auf ihre Freundinnen verlassen. Sie hatte die Kinder dazu verdonnert, um 19.30 Uhr ins Bett zu gehen, und erstaunlicherweise hatten sie den Ernst der Lage begriffen und gehorcht. Während sie sich in der Küche mit einer Flasche Sauvignon blanc Mut antranken, weihte Claudia ihre Freundinnen in den Plan ein, Anna an ihre Feindin, Frau Winter, weiterzuvermitteln. Susanne grinste, Heike hingegen war skeptisch: »Nach allem, was ich über diese Anna zu wissen glaube, wäre ich da vorsichtig. Schließlich geht es um Kinderbetreuung, oder?«

»Bis jetzt ist es nicht erwiesen, dass sie meine Kinder schlecht behandelt hat. Weder Julia noch Lorenz oder Arthur haben sich über sie beschwert, und meine heimlichen Aufnahmen haben auch nichts Gravierendes gezeigt. Sie hat Arthur einmal auf die Finger geklopft, als er das Wasser beim Malen verschüttete. Das ist zwar nicht schön, aber kein Drama.«

Heike und Susanne sahen sie stumm an, und Claudia wusste, dass sie nicht überzeugend klang. Sie fuhren mit dem Aufzug nach unten und klopften an Annas Zimmertür. Überrascht stand diese in der Tür. Im Fernseher lief eine Soap Opera.

Claudia kam direkt zur Sache und konfrontierte Anna mit den Funden in ihrem Schrank. Die wurde purpurrot, leugnete aber alles ab. »Und was ist mit den Uhren?« Claudia sprach leise und ruhig. »Uhren? Nichts verstehn«, antwortete Anna. Claudia sah, dass es so keinen Sinn hatte. Sie holte eine Tüte mit den Sachen, die sie in Annas Zimmer gefunden hatte, und schüttete sie auf deren Bett aus. Inzwischen rang sie um Beherrschung: »Hast du diese Sachen genommen oder nicht?« Anna nahm einen der Pullover in die Hand und tat so, als hätte sie ihn noch nie gesehen. »Ich verstehe nicht!« Die Freundinnen sahen sich an, sie waren sich einig: Anna wusste genau, worum es ging.

In dem Moment fiel Susanne die Hermès-Uhr auf, die Anna mit einem langen grauen Lederarmband am Handgelenk trug. »Sag mal, diese Uhr habe ich doch schon einmal gesehen. Ist das nicht deine?«, raunte sie Claudia zu. Sie deutete darauf: »Zeig mir bitte mal diese Uhr!«

Anna sah sie unbeeindruckt an: »Was?« Zu gerne hätte Claudia sie am Arm gepackt, aber sie hatte sich noch unter Kontrolle. Als sie einen Schritt auf Anna zuging, wich diese zurück. Jetzt zeigte Claudia auf die Uhr und fragte eindringlich: »Wo hast du diese Uhr gekauft?«

»Ahh, bei Galeria Kaufhof.«

Claudia machte eine hilflose Bewegung mit den Händen

und sah zu ihren Freundinnen. Alle drei wussten natürlich, dass man eine Hermès-Uhr nicht bei Galeria Kaufhof bekam. Was für eine unwürdige Situation ist das hier, dachte Claudia, sie spielten die Inquisition persönlich, und sagte, zu Susanne und Heike gewandt: »Kommt, es hat keinen Sinn, lasst uns damit aufhören. Vergesst die blöde Uhr, ich lasse sie einfach morgen ziehen!« Anna sah sie mit geröteten Augen an. In ihrem Blick lag mehr Trotz als Angst. Und Susanne wollte nicht einfach aufgeben und fragte weiter: »Okay, Anna, kannst du mir die Rechnung zeigen?«

Anna schien zu überlegen und sagte erst einmal wieder: »Was?«

»Wann hast du die Uhr denn gekauft?«, fuhr Heike fort. Anna fing völlig unvermittelt zu schluchzen an. »Was Sie wollen?«, stieß sie hervor.

Susanne sagte, zu Claudia gewandt: »Du hast recht … Und am besten holen wir die Polizei.« Sie drehte sich wieder Anna zu, die sich inzwischen auf das Bett gesetzt hatte: »Okay! Wir wissen, dass du diese Uhr von Frau Neumann-Elten gestohlen hast. Wir rufen morgen die Polizei an.«

Das Wort Polizei verstand Anna offenbar und fing lauter an zu weinen. Hatte sie doch Angst, oder war sie verzweifelt? Claudia hatte Mitleid, vor allem aber wollte sie diese grässliche Szene beenden.

Nachdem ihre Freundinnen gegangen waren, gab Claudia Anna den Zettel mit der Telefonnummer von Frau Winter und beschwor sie, dort gleich anzurufen. Das sei wirklich ihre allerletzte Chance, in Deutschland bleiben zu dürfen. Claudia wusste, dass es für die Mädchen nichts Schlimmeres gab, als nach Hause geschickt zu werden. Frau Winter jedenfalls schien so dringend jemanden zu suchen, dass sie Anna schon für den nächsten Vormittag bestellte.

Claudia setzte Anna morgens, mit ihren Plastiktüten voll Designerkleidung, an einer Straßenecke in der Nähe der Adresse ab, die Frau Winter dem Mädchen genannt hatte. Sie wollte nicht weiter darüber nachdenken, woher die Sachen stammten. Während der Fahrt sah Anna stoisch geradeaus und redete kein Wort. Claudia hatte überlegt, ob sie dem Mädchen verbieten sollte zu erzählen, dass sie vorher bei ihr gearbeitet hatte. Dann war ihr klargeworden, dass das sowieso nichts nützen würde. Ganz sicher würde Anna von sich aus niemals den wahren Grund für ihren Rausschmiss preisgeben. Viel eher würde sie ihre letzte Gastfamilie als die schlimmste aller Zeiten anschwärzen und sich selbst als armes, ausgebeutetes Unschuldslamm darstellen. Was mit dem Mädchen wirklich los war, würde Frau Winter auf schmerzhafte Weise bald zu spüren bekommen.

SUSANNE

Es war ungewöhnlich, dass Woletzki sie durch Frau Rogalla persönlich holen ließ. Sie solle bitte sofort in den großen Besprechungsraum kommen. Susanne sah auf. Die Rogalla stand in einem knallroten Rock in der offenen Tür und machte ein wichtiges Gesicht: »Hoher Besuch: Lord Haldane ist da!«

Susanne speicherte schnell den Brief ab, den sie gerade schrieb, und folgte Woletzkis Assistentin, die ihr die Tür zu dem Besprechungszimmer öffnete: »Frau Sander wäre jetzt hier, Herr von Woletzki.«

»Soll reinkommen.«

Irrte sie sich, oder sah die Rogalla sie schadenfroh von der Seite an? Sie hatte die Augenbrauen so verdächtig hochgezogen. Susanne ging an ihr vorbei und räusperte sich. Neben

Woletzki saß Lord Cedric Haldane, der Geschäftsführer von Lengley's in England und ihr oberster Chef. Susanne hatte ihn erst ein paar Mal getroffen. Er war der Nachfahre eines englischen Kriegsministers und schien sich noch mehr auf seine Herkunft einzubilden als Woletzki. Aber immerhin hatte Susanne ihm ihre Beförderung zur stellvertretenden Geschäftsführerin zu verdanken, das jedenfalls hatte Woletzki damals behauptet. Auf der anderen Seite des Tisches hatte Arthur Goldenberg Platz genommen, ein Kunstsammler, der zu ihren Stammkunden gehörte, sich aber selten persönlich sehen ließ. Ein sympathischer und vor allem großzügiger Mann, der, soviel Susanne wusste, auch schon mehrere Bilder dem Städelschen Kunstinstitut gestiftet hatte. Die Männer erhoben sich, als Susanne den Raum betrat, und begrüßten sie förmlich. Den vierten Teilnehmer dieser Runde kannte Susanne nicht. Er wurde ihr als Thomas Koschnick vorgestellt. Die Atmosphäre wirkte angespannt, und was Susanne besonders argwöhnisch stimmte, war, dass Woletzki bei seiner Vorstellung auf jeglichen Sarkasmus verzichtete. Außerdem zuckte sein linkes Auge.

Lord Haldane bot Susanne den Platz an der Längsseite des Tisches an. Sie musste gegen die Fensterfront schauen. Als sich alle wieder gesetzt hatten, begann Lord Haldane, einen Vortrag über die Tradition und den Ruf des Auktionshauses Lengley's zu halten. Seine Sätze waren weitschweifig und enthielten für Susanne und vermutlich für keinen der übrigen Anwesenden irgendwelche Neuigkeiten. Sie blinzelte gegen das Sonnenlicht und merkte, wie ihre Gedanken abschweiften, als sie direkt angesprochen wurde: »Nicht wahr, Frau Sänder?«

»Verzeihung, ich habe Ihre Frage nicht ganz verstanden, Lord Haldane.« Er zog ärgerlich die Augenbrauen hoch:

»Ich sagte, man gerät schon in einen sehr unangenehmen Erklärungsnotstand, wenn auf einer Kunstauktion in Deutschland unser guter Name für den Verkauf einer Fälschung missbraucht wird, oder wie sehen Sie das, Frau Sänder?« Diesmal betonte er das »S« in ihrem Namen. Susanne fühlte sich an ihren verhassten Mathelehrer im Gymnasium erinnert, der ihren Namen auf ähnliche Art in die Länge gezogen hatte, wenn er sie an die Tafel rief. Sie wusste nicht, worauf Lord Haldane anspielte, hatte aber langsam eine böse Ahnung. Sie versuchte, sich die Unsicherheit nicht anmerken zu lassen, als sie sagte: »Da stimme ich mit Ihnen überein, Lord Haldane.« Er sah sie erwartungsvoll an. Aber Susanne schwieg.

»Ist das alles, was Sie dazu zu sagen haben?«

»Es tut mir leid. Bisher wurde ich nicht darüber ins Bild gesetzt, dass nach einer unserer letzten Auktionen Fälschungen aufgetaucht wären.«

»So, so, Sie sind nicht ins Bild gesetzt. Was für eine treffende Metapher. Dann will ich Sie einmal ins Bild setzen, Frau Sänder: Sie haben eine Zeichnung in die letzte Auktion gegeben und als Original von Edgar Degas begutachtet.«

Susanne fühlte, wie das Blut in ihren Schläfen pulsierte. Lord Haldane fuhr fort, sein Tonfall war scharf, und durch seinen englischen Akzent wirkte er unerbittlich: »Herr Goldenberg hat diese Zeichnung erworben. Ich gehe davon aus, dass Ihnen der Kaufpreis bekannt ist?«

Susanne nickte. Die Zeichnung war von einer Galerie ersteigert worden, aber sie hatte nicht gewusst, dass Goldenberg der Käufer war. Susanne sah ihn an, aber soweit sie es im Gegenlicht erkennen konnte, blieb seine Miene unbewegt.

»Herr Goldenberg hat die Zeichnung begutachten lassen von Herrn Koschnick, der zu einem ganz anderen Ergebnis kommt als Sie: dass es sich nämlich zu 100 Prozent nicht um ein Original von Degas handelt.«

Das war es also: Sie hätte es sich denken können. Und natürlich hatte Woletzki sie ins offene Messer laufen lassen. Susanne holte Luft und setzte zu einer Erklärung an, aber im gleichen Moment hörte sie Woletzki sprechen. Susanne wollte ihn lieber gar nicht ansehen. »Ich habe mir das Gutachten des geschätzten Herrn Koschnick zu Gemüte geführt.« Woletzki machte eine rhetorische Pause. »Die dort aufgeführten Punkte sind für mich in keinster Weise überraschend.« Susanne hatte auf ihre Hände gesehen und hob den Kopf. Woletzki blickte ernst in die Runde, und sein Augenlid zuckte wieder, als er weitersprach: »Wir haben auch die entsprechenden Bedenken gehabt« – hatte er *wir* gesagt, schoss es Susanne durch den Kopf –, »sind jedoch nach sorgfältigster Abwägung zu einem anderen Ergebnis gekommen als Herr Koschnick! Ich denke, wir sollten Frau Sander die Gelegenheit geben, das Gutachten von Herrn Koschnick zu lesen, und ich bin sicher, dass sie die entsprechende Aufklärung betreiben kann. Es ist nämlich, wenn ich hierzu einmal meine ...« Koschnick wurde jetzt unruhig, und auch Goldenberg hatte wohl andere Erwartungen an diese Zusammenkunft gehabt. Die beiden tuschelten. Woletzki räusperte sich: »Ich bin noch nicht fertig, meine Herren: Es ist meines Erachtens nicht die feine englische Art, unangekündigt mit diesem ungeheuerlichen Vorwurf aufzutauchen. Frau Sander hatte bisher noch keine Zeit, sich mit dieser Sache auseinanderzusetzen. Und ich«, er wandte sich an Koschnick, »habe Ihre seitenlangen Ergüsse auch nur überfliegen können. Besonders viel scheint ja auch nicht drinzustehen.«

Koschnick schnaufte entrüstet. Jetzt meldete sich Goldenberg zu Wort: »Herr von Woletzki, nichts für ungut, aber ich denke, es ist mein gutes Recht – nachdem ich eine beträchtliche Summe für eine Zeichnung hingelegt habe, die sich im Nachhinein als Fälschung erwiesen hat.«

»Vorsicht, Herr Goldenberg.« Woletzki hob warnend den Zeigefinger. »Sie hat sich nicht als Fälschung erwiesen, nur weil ein vermeintlicher Kunstsachverständiger es behauptet.«

Jetzt sprang Koschnick von seinem Stuhl auf und rief wütend: »Was erlauben Sie sich?« Susanne war überrascht von seiner seltsam hohen Stimme.

»Was erlauben *Sie* sich!«, konterte Woletzki.

Dann schaltete sich Lord Haldane ein: »Gentlemen, so nicht. Ich muss Sie doch bitten, sich zu mäßigen!« Dabei sah er Woletzki an. »Herr Goldenberg, bitte entschuldigen Sie. Sie sind einer unserer besten Kunden, und wenn Sie es wünschen, werden wir Ihnen selbstverständlich den Kaufpreis zurückerstatten.« Goldenberg nickte. »Dennoch würde ich es tatsächlich begrüßen, wenn Sie unserem Expertenteam die Gelegenheit geben würden, sich zu Ihren Vorwürfen im Einzelnen zu äußern. Wie Sie wissen, handeln unsere Mitarbeiter in der Regel – und sicherlich auch in diesem Fall – keineswegs leichtfertig.«

Goldenberg strich sich mit der Hand über seine wenigen, nach hinten gekämmten Haare und nickte wieder zustimmend. Koschnick protestierte mit seiner Fistelstimme: »Ich glaube nicht, dass das noch nötig ist! Herrn Goldenberg sein Geld zurückzuerstatten ist das eine. Ich aber werde nicht dabei zusehen, wie Sie diese Angelegenheit einfach in einen Mantel des Schweigens hüllen.«

Goldenberg winkte ab: »Koschnick, das können Sie getrost mir überlassen. Schließlich geht es hier um mein Geld. Und bisher bin ich mit Lengley's immer gut gefahren.«

Lord Haldane wirkte zufrieden. Aber Susanne vermutete, dass er sie gnadenlos opfern würde, wenn sie ihn mit ihren

Argumenten nicht überzeugen würde. Er sah sie aus kalten Fischaugen an: »Frau Sänder, Sie haben es gehört. Am besten machen Sie sich gleich an die Arbeit!« Er händigte ihr das weiß eingebundene Gutachten aus.

»Natürlich, Lord Haldane. Ich bin sicher, dass wir die Bedenken von Herrn Goldenberg zerstreuen werden.«

»Das werden wir dann sehen«, brummte Lord Haldane, während Susanne aufstand. Sie hätte gerne Blickkontakt mit Woletzki aufgenommen, aber der sah aus dem Fenster.

Als sie die Tür des Besprechungsraums hinter sich geschlossen hatte, merkte sie, dass sie sich vor Anspannung auf die Lippe gebissen hatte. Auf dem Gang begegnete ihr Woletzkis Sekretärin, die anscheinend nur auf sie gewartet hatte: »Alles in Ordnung, Frau Sander? Sie sehen so blass aus«, sagte sie heuchlerisch.

»Wieso, was sollte denn nicht in Ordnung sein?«, gab Susanne zurück.

»Ach, ich dachte nur so …« Entweder traute sie sich nicht, oder sie wusste gar nichts von der Degas-Angelegenheit. Susanne fiel ein, dass sie ihre Begegnung auf der Damentoilette der Alten Oper bisher mit keinem Wort erwähnt hatte. Aber jetzt: »Hat die Tätowierung eigentlich sehr weh getan? Ich bin wirklich beeindruckt und bewundere immer noch Ihren erlesenen Geschmack. Sie passen einfach zu gut in dieses Umfeld, wie die Faust aufs Auge!« Die Rogalla wurde knallrot, sah sie an und holte Luft. Aber Susanne ließ sie einfach stehen. Sie hörte noch, wie sie ihr etwas hinterherzischte, und ging zu ihrem Büro. Dort saß Moritz auf ihrem Stuhl. Seine Füße lagen lässig auf dem Schreibtisch. Als sie auf ihn zuging, sprang er auf und küsste sie, aber Susanne zuckte zurück, als sich ihre Lippen berührten.

»Was ist denn los?«, fragte Moritz.

»Ach, ich habe mir nur auf die Lippe gebissen, und das tut ein bisschen weh.«

»Lass mich mal sehen.« Er berührte ihr Kinn mit der Hand. »Du solltest dir lieber von mir in die Lippen beißen lassen.«

Sie drehte sich weg. Eigentlich hatte sie im Moment keine große Lust, ihn zu sehen. Es gab zu viel, was zwischen ihnen stand, und sie hatte bisher noch nicht den Mut gefunden, ihn damit zu konfrontieren. Lieber wollte sie das Gutachten durchlesen und sich in die Arbeit stürzen. Aber Moritz ließ nicht locker, und Susanne erzählte, was passiert war, woraufhin er leise durch die Zähne pfiff. Er ließ sich auf den Besucherstuhl fallen: »Da hast du dich ja ganz schön in die Nesseln gesetzt.«

»Wieso?«, sagte Susanne. »Ich habe in dem Fall recht!«

»Das behauptest du!«, wandte Moritz ein. »Ich verstehe immer noch nicht, wieso du diese Zeichnung unbedingt in die Auktion geben musstest – wenn Zweifel an deren Echtheit bestanden.«

Susanne konnte es nicht fassen. »Hör mal, kapierst du denn gar nichts? Ich hatte keine Zweifel, nur weil ich mich mit bestimmten Anhaltspunkten auseinandergesetzt habe. Das gehört zu meinem Beruf.«

Moritz schüttelte den Kopf. »Trotzdem! Wenn Woletzki und dieser Ko …, wenn die beiden also anderer Ansicht sind, werden sie auch absolut schlagende Argumente haben.«

Susanne ging zur Tür und griff nach der Klinke: »Weißt du was? Lass mich jetzt bitte in Ruhe! Ich habe zu arbeiten! Und am besten gehst du heute mal wieder in deine Wohnung. Ich denke, ich wäre heute Abend lieber alleine.«

»Okay, wie du meinst«, antwortete Moritz, er klang beleidigt.

Das Gutachten bot, wie Woletzki angedeutet hatte, keine Überraschungen, und Susanne arbeitete wie besessen an ihrem Gegenentwurf. Um 20 Uhr war sie fertig, schaltete ihren Computer aus und holte die Seiten aus dem Drucker. Sie legte mehrere Mappen an, packte alles zusammen und ging zu Woletzkis Büro, um zu sehen, ob er noch da war.

Die Tür war zu, das war ungewöhnlich. Normalerweise stand sie entweder weit offen oder war zumindest angelehnt. Vielleicht war er noch in einer Besprechung? Susanne lauschte, hörte aber keine Stimmen. Sie klopfte. Keine Reaktion. Sie klopfte noch einmal und öffnete vorsichtig die Tür. Als sie Woletzki sah, erstarrte sie: Er saß nach vorne gebeugt an seinem Schreibtisch, den Kopf auf der Schreibtischplatte. Sein Körper zitterte. Er schien zu weinen. Susanne blieb in der Tür stehen und war so peinlich berührt, dass sie nicht wusste, ob sie wieder hinausschleichen oder sich bemerkbar machen sollte. Und schon war es zu spät: Woletzki hob den Kopf. Sein Gesicht war fast violett, seine Augen waren rot geädert, und darunter hingen aufgequollene Tränensäcke. Susanne stammelte: »Entschuldigung, ich … Es tut mir wirklich schrecklich leid … Und es ist alles meine Schuld. Wenn es Ihnen hilft, werde ich Lord Haldane sofort meine Kündigung anbieten und ihm sagen, dass es allein meine Idee war, die Zeichnung in die Auktion zu nehmen.«

Woletzki starrte sie an, ohne eine Reaktion zu zeigen. Es war, als würde er überhaupt nicht verstehen, was sie sagte. Susanne sah jetzt das leere Whiskyglas auf seinem Schreibtisch. Daneben lag eine qualmende Zigarre im Aschenbecher. Sie versuchte es noch einmal: »Herr von Woletzki …«

»Sander, Sie verstehen überhaupt nichts!« Er nuschelte. Anscheinend hatte er wirklich etwas getrunken. Und außerdem sprach er sie nicht gerade korrekt an. »Es geht gar nicht um Sie, auch nicht um die verdammte Zeichnung. Wenn es das nur wäre!« Susanne bemerkte, dass sein nervöser Tick noch schlimmer geworden war. Sein Augenlid zuckte unaufhörlich. »Ich meine, ich wollte Ihnen nur mein Gegengutachten bringen, weil ich ...«

»Von mir aus, legen Sie es da hin. Es ist bestimmt gut! Kann ja gar nicht anders sein. Gegen diesen debilen Schwachkopf, den Goldenberg da aufgefahren hat, kommen Sie selbst im Delirium an. Wollen Sie auch einen?«

Er war aufgestanden, musste sich an der Rückenlehne seines Sessels abstützen und hielt eine geriffelte Kristallkaraffe mit bernsteinfarbener Flüssigkeit hoch.

»Na ja, ich glaube, heute kann ich einen vertragen. Aber wenn Sie wollen, gehe ich auch wieder«, sagte Susanne.

»Habe ich das gesagt, Sander? Habe ich gesagt, dass Sie gehen sollen? Oder habe ich gesagt, dass Sie trinken sollen?«

Susanne kam näher und fasste sich ein Herz: »Herr von Woletzki, ich muss mich bei Ihnen bedanken. Ich fand es wirklich anständig, wie Sie sich bei Lord Haldane vor mich gestellt haben. Ich meine, das hätte ich – gar nicht erwartet.«

Woletzki winkte ab und brachte ihr leicht schwankend ein halbvolles Whiskyglas. »Nicht der Rede wert! Prost! Auf die untreuen Weiber dieser Welt!« Er hob sein Glas und leerte es in einem Zug. Susanne zog die Augenbrauen hoch: Was sollte das denn nun wieder heißen? Sie nahm einen kleinen Schluck und erwartete das Brennen in der Kehle. Aber dies schien ein wirklich guter Whisky zu sein, der angenehm wärmend die Speiseröhre hinunterfloss. »Los, setzen Sie sich!« Woletzki deutete auf einen Stuhl an seinem Besprechungstisch. Dann nahm er die halb verglühte Zigarre aus dem Aschenbecher, Asche fiel dabei auf Schreibtisch und

Teppich. Er ließ sich auf einen alten Ledersessel fallen, zog ein paar Mal kurz hintereinander und blies den Rauch aus. Wieder fiel Asche herunter, diesmal auf Woletzkis aufgeknöpftes weißes Hemd und die lose umgehängte Krawatte. Es schien ihn nicht zu kümmern.

»Goldenberg ist ein Schlitzohr. Er weiß genau, was er tut.« Susanne wurde hellhörig, Woletzki fuhr mit schwerer Zunge fort: »Er erweckt nach außen den Eindruck des spendablen Wohltäters. Im Grunde ist er das ja auch, nur dass er auch zusieht, wo er selbst bleibt.«

»Und was soll das heißen?« Susanne trank mutig einen Schluck.

»Das soll heißen, dass die ganze Szene heute inszeniert war. Ich habe mich mal vorsichtig umgehört. Die Masche läuft so: Goldenberg kauft ein Bild, das in keinem Werkverzeichnis erwähnt wird, und behauptet hinterher – natürlich immer untermauert von irgendwelchen Hinterwäldlergutachtern –, es handele sich um eine Fälschung. Genau so lief es auch bei zwei anderen Galerien ab: einer in New York und einer in Los Angeles. Und das ist nur das, was ich in Erfahrung bringen konnte. Letztlich bangt ja jeder in der Kunstszene um seinen Ruf, und genau darauf legt es Goldenberg an.«

Woletzki goss sich noch einen Whisky ein. Er hielt die Karaffe fragend hoch, aber Susanne schüttelte den Kopf. Sie wollte lieber nicht wissen, das wievielte Glas sich Woletzki genehmigte. »Das Ganze läuft in der Regel auf einen Deal hinaus. Goldenberg bekommt sein Geld zurück, behält das vermeintlich unechte Kunstwerk und kassiert für sein Stillschweigen sogar noch eine nette kleine Summe obendrauf.« Er kippte das halbe Glas hinunter und sackte dann auf einmal in sich zusammen.

Susanne schüttelte den Kopf: »Das hätte ich Goldenberg

nicht zugetraut, er macht einen so seriösen, auch sympathischen Eindruck.«

Woletzki hatte die Augen geschlossen. War er eingeschlafen? Er gab eine Art Grunzen von sich, aber plötzlich setzte er sich wieder auf und sprach weiter: »Tja, so kann man sich eben in Menschen täuschen. Das Problem ist, dass man ihm eigentlich nicht recht beikommen kann. Bei einem ungelisteten Bild gibt es letztlich keinen …« Er verstummte plötzlich und starrte vor sich hin. Eigentlich erstaunlich, dachte Susanne, dass er überhaupt noch solche Sätze formulieren kann. Dann fuhr Woletzki wieder fort: »Was habe ich gerade gesagt?«

»Bei einem ungelisteten Bild gibt es keinen …«, wiederholte Susanne.

»Ach so, genau! Da gibt es keinen endgültigen Beweis für seine Echtheit. Aber das brauche ich Ihnen ja nicht zu erzählen. Und am Ende bleibt an der Galerie oder dem Auktionshaus immer etwas hängen, wenn die Öffentlichkeit Wind davon bekommt.«

»Weiß Lord Haldane von Goldenbergs Machenschaften?«

»Ich habe ihn ins Bild gesetzt.« Woletzki musste grinsen, und Susanne grinste zurück. »Es war nicht leicht, ihn zu überzeugen, aber ich denke, er hat es geschluckt. Nun, er wird Goldenberg vermutlich trotzdem ein Schweigegeld zahlen.« Da war sie endlich wieder, seine sarkastische Lache, nur ein bisschen heiserer als sonst, und sie ging nahtlos über in einen Hustenanfall. »Und dass er im Unrecht ist, können wir ihm ja nicht nachweisen.«

»Darf ich Sie was fragen?«

»Nur zu! Fragen Sie, ich beantworte lieber Fragen, als wieder alleine zu sein.« Sein Kopf sackte plötzlich auf die Brust. »Habe ich das eben laut gesagt?« Er sprach mit geschlossenen Augen.

»Ja, das haben Sie laut gesagt. Sagen Sie: Haben Sie Lord Haldane von Ihrer Recherche vor unserer Unterredung in Kenntnis gesetzt?«

Woletzki antwortete nicht.

Susanne beugte sich vor und streckte die Hand aus. Sie war versucht, ihn an der Schulter zu berühren, traute sich dann aber nicht.

»Hinterher«, kam die Antwort. »Vorher war gar keine Gelegenheit. Lord Haldane kam in mein Büro geschneit und verlangte sofort, dass ich Sie rufen lasse. Es war eine Art Inszenierung für Goldenberg. Und Sie sollten das Opferlamm sein.«

Susanne griff sich mit beiden Händen in die Haare, und ihr fiel auf, wie verzweifelt Woletzki immer noch aussah. Der schießt sich doch wegen dieser Angelegenheit nicht alle Lichter aus, dachte Susanne.

»Was ist eigentlich mit Ihnen los?«

Er hob ganz langsam den Kopf. Seine Augen waren glasig, er schwieg.

»Und wie kommen Sie heute noch nach Buchschlag zurück?«

»Nach Buchschlag?« Er lachte verächtlich. »Da wohne ich schon lange nicht mehr, sie hat mich rausgeschmissen. Verstehen Sie, Sander? Meinte, es wäre doch besser für die Kinder, wenn ich ausziehe und sie bleibt, wegen der Schulen und so weiter.«

»Und wo wohnen Sie jetzt?«

»Hier im Westend, gleich um die Ecke.«

»Soll ich Sie vielleicht begleiten? Es ist ja schon spät.«

»Nein, nicht nötig, gehen Sie nur! Ich komme alleine klar«, sagte er barsch.

»Wissen Sie was, Herr von Woletzki?« Er schaute zwar in ihre

Richtung, schien aber durch sie hindurchzusehen. »Ich koche Ihnen jetzt einen starken Kaffee, dann machen wir zusammen einen Spaziergang zu Ihrer Wohnung. Einverstanden?«

»Von mir aus, wenn Sie jetzt unbedingt Mutter Teresa spielen wollen.«

Susanne ging zu der kleinen Küche und kam nach zehn Minuten mit zwei dampfenden Tassen zurück: einem koffeinfreien Milchkaffee für sie, einem starken Espresso für Woletzki, der das Gesicht verzog, aber trotzdem alles austrank. Sie holte ihre Sachen, half Woletzki aus dem Sessel, was gar nicht so einfach war, und zog ihm seinen Mantel über. Susanne hatte sich bei Woletzki untergehakt, um ihn abfangen zu können, wenn er schwankte.

Plötzlich sagte Woletzki: »Es ist ein anderer Mann in mein Haus eingezogen.« Seine Worte klangen klarer als vorhin.

»Oh, das tut mir leid!«, sagte Susanne und dachte im selben Moment: Was für eine blöde Antwort, als wäre jemand gestorben!

Woletzki sah sie von der Seite an, er sprach weiter: »Und das Schlimmste daran ist, dass die Kinder ihn toll finden und mir von ihm vorschwärmen – wenn sie überhaupt mal ans Telefon kommen.«

»Sehen Sie die Kinder nicht ab und zu?«

»Kaum noch, und wenn, geht es eigentlich nur um das Thema Geld.« Susanne hatte keine Ahnung, was sie dazu sagen sollte. Woletzki blieb stehen und drehte sich zu Susanne: »Mir fällt gerade ein, dass Sie den Mann wahrscheinlich sogar kennen!«

Susanne blieb auch stehen.

»Sie spielen doch Golf – und er ist Clubmanager im Frankfurter Golfclub. Die Kinder sprechen immer nur von Thomas.«

Susanne erstarrte. »Sind Sie da ganz sicher?«

»Ja, seitdem er für sie den neuen Papi mimt, haben die Jungs Lust, Golf zu spielen. Marcel, der Mittlere, hat mir begeistert erzählt, dass sie als Einzige das Elektrocar benutzen dürfen und damit über die Fairways düsen.«

»Das gibt es doch gar nicht, erst vor ein paar Wochen hat mich Thomas' Ehefrau angerufen, mitten in der Nacht.«

»Ich wusste gar nicht, dass der auch verheiratet ist. Und wieso ruft seine Frau mitten in der Nacht bei Ihnen an?«, fragte er, das aufkommende Misstrauen war ihm anzusehen.

»Das weiß ich eigentlich auch nicht so genau. Ich kenne Thomas schon ewig, er kommt wie ich aus Düsseldorf, und wir haben beide schon als Kinder Golf gespielt.« Woletzki sah sie noch immer argwöhnisch an, deshalb beeilte sie sich zu sagen: »Aber ich hatte natürlich nie was mit ihm.«

»So, wir sind da.« Woletzki deutete auf ein Mehrfamilienhaus, das gar nicht so übel aussah. »Hier wohne ich. Möchten Sie noch mit raufkommen, wobei, den Kaffee haben wir ja schon getrunken …« Susanne schüttelte nur den Kopf, und Woletzki merkte, dass er mit der Frage zu weit gegangen war.

HEIKE

Heike stand in ihrem Badezimmer und hatte die Bluse aufgeknöpft. Sie griff eine Hautfalte, stach hinein und kniff die Augen zusammen. Langsam drückte sie die Flüssigkeit aus der Spritze in ihren Bauch. Anschließend hielt sie einen Finger auf die Einstichstelle, klebte ein kleines Pflaster darauf und knöpfte die Bluse wieder zu.

Hormontherapie!

Wie einfach sich das angehört hatte und wie euphorisch sie

anfangs gewesen war, in den Gesprächen mit Dr. Wöller, mit Tom … Die Realität des täglichen Spritzens tat ihrer Begeisterung spürbar Abbruch. Jeden Morgen tastete sie ihre Brüste ab in der Hoffnung, endlich dieses Spannungsgefühl wie bei der ersten Schwangerschaft zu spüren. Und wie oft hatte sie sich schon täuschen lassen. Genau wie mit der ersehnten Übelkeit. Während ihrer Schwangerschaft war ihr vier Monate lang so schlecht gewesen wie nie zuvor. Sie hatte sich nie übergeben, aber ständig das Gefühl gehabt, sie müsste gleich. Jetzt schmeckte sie vor dem Aufstehen noch im Bett: War da endlich wieder dieser fade Geschmack der Morgenübelkeit in ihrem Mund? Sie freute sich über jedes noch so kleine Schwindelgefühl, doch langsam hatte sie den Eindruck, dass ihr Körper ihr immer öfter etwas vorgaukelte.

»Deine Zeit läuft bald ab«, sagte sie zu ihrem Spiegelbild. »Deine biologische Uhr tickt, du bleibst dein Leben lang nur Mutter *eines* Kindes.« Heike hörte das Telefon klingeln. Sie schaute noch einmal in den Spiegel, betrachtete ihr Gesicht, ihre Brüste, den flachen Bauch. Dann ging sie ins Schlafzimmer und nahm das Gespräch an.

»Stelzer?«

»Ja, hier auch Stelzer.«

Die Stimme ihrer Schwiegermutter. Der letzte Mensch auf Erden, mit dem sie jetzt sprechen wollte. Und sie wusste genau, weshalb sie anrief: Es war drei Tage vor Weihnachten, und sie schien immer noch auf eine Einladung zu hoffen.

»Elisabeth! Wie geht es euch?«, fragte Heike steif.

»Wie es einem so geht, wenn man älter wird. Mal zwickt es hier, mal da. Aber damit will ich dich nicht langweilen. Sag mal, Heike, was macht ihr denn an Weihnachten? Habt ihr nicht Lust, diesmal zu uns nach Hamburg zu kommen?«

»Ach, Elisabeth, du weißt doch, wie ungern Chloé lange

Autofahrten mitmacht, und so kurz vor Weihnachten gibt es überall nur Staus.«

»Ja, ich weiß ja.«

Elisabeth klang enttäuscht. »Aber in die Skiferien fahrt ihr doch auch immer mit dem Auto!«

»Das ist etwas ganz anderes, Schwiegermama, darauf freut sich Chloé ja auch immer so!«

Am anderen Ende herrschte einen Moment Schweigen. »Wenn du das so siehst, dann feiert wieder jeder für sich Weihnachten. Obwohl es ja eigentlich das Fest der Familie sein sollte.«

»Bitte, sei nicht beleidigt, Elisabeth. Wenn Chloé älter ist, wird ja auch die Autofahrt mit ihr nicht mehr so anstrengend sein, dann können wir euch auch mal wieder besuchen.«

»Wenn sie uns dann überhaupt noch kennt«, gab Toms Mutter zurück, und Heike beendete das Gespräch so schnell und so freundlich wie möglich. Ihr fiel ein, dass sie Tom gegenüber noch keinen Weihnachtswunsch geäußert hatte. Die letzte Visa-Abrechnung hatte sie sorgsam abgefangen, und er ahnte mit Sicherheit nichts von ihrem kostspieligen Intermezzo bei Louis Vuitton. Sie dachte an die Edelsteintropfen von Tamara Comolli, die Danielle Reuter, Valeries Mutter, neulich im Kindergarten umhängen hatte. Ziemlich exquisit. Sie hatte sich gleich einige Prospekte davon besorgt, es wurden darin auch massive Colliers gezeigt. Tom hatte zwar deutlich gesagt, dass er nicht wisse, ob er dieses Jahr wieder einen hohen Bonus kassieren würde. Ein neuer Trick von ihm, argwöhnte Heike, sie vom Geldausgeben abzuhalten.

Sie fand die Prospekte von Comolli auf dem kleinen Sekretär in ihrem Schlafzimmer. Dort sind sie ja wirklich nutzlos, dachte sie und begann sie im Haus zu verteilen: einen auf dem Couchtisch im Wohnzimmer, einen auf der Eisenkonsole im

Flur, neben der Post. Um ganz sicherzugehen, legte sie den dritten auf Toms Nachttisch, aufgeschlagen. Heikes Laune besserte sich zusehends.

Es klingelte an der Tür, und Heike ging zur Sprechanlage: »Ja, bitte?«

»Firma Inal: Wir bringen den Baum.«

Heike drückte auf den Türöffner. Sie hörte, wie der Aufzug in ihrem Stockwerk hielt, und öffnete die Tür. Zwei Männer hielten eine riesige Nobilistanne, zusammengeschnürt in einem weißen Netz. Heike bat die beiden, die Schuhe auszuziehen. Die Männer sahen sie verständnislos an: »Sind ganz sauber!« Zweifelnd blickte Heike nach unten und sah, wie eine dicke Schlammkruste unter den Sohlen hervorquoll. Sie dachte an Tom, an das Kirschholzparkett. »Das nennen Sie sauber? Sie können den Baum gleich wieder mitnehmen, wenn Sie glauben, dass Sie mit dem Dreck in meine Wohnung kommen.« Der eine Mann stieß einen unverständlichen Fluch aus. Ohne sich zu bücken, streiften beide ihre Schuhe ab und ließen sie achtlos neben der Wohnungstür liegen. Die Lehmkruste der Schuhe war dabei natürlich abgebröckelt.

Den Christbaumständer hatte Tom schon bereitgestellt. Doch der Stamm war zu dick für den Ständer. Die Männer gingen in Strümpfen auf den Balkon und hieben mit einer Axt auf den Baumstamm ein. Dann passten sie den Ständer an, brachten den Baum wieder in das Wohnzimmer und entfernten auf Heikes Anweisung das Netz. Ehrfürchtig stand sie vor dem Prachtexemplar: Der Baum war mindestens dreieinhalb Meter hoch, ganz und gar ebenmäßig und dicht gewachsen. Unten nicht zu ausladend, oben nicht zu kahl. Genau richtig, wie in einem amerikanischen Kitschfilm. Heike freute sich darauf, den Baum morgen zusammen mit Chloé zu schmücken. Sie hatte neuen Weihnachtsschmuck bei Lorey besorgt, diesmal blassrosa Ripsbänder, altmodisch cremefarbene Glaskugeln und weiße Kanarienvögel.

Als Tom am Abend nach Hause kam, war von vorweihnachtlicher Stimmung nichts mehr zu spüren. Selbst den unübersehbaren Tannenbaum würdigte er keines Blickes. Er ging in die Küche, nahm sich ein Bier aus dem Kühlschrank und kam gleich zur Sache: »Sag mal, hat dich heute meine Mutter angerufen?«

»Ja, wieso?«, antwortete Heike unschuldig.

»Und worüber habt ihr so geredet?«

»Ach, sie wollte uns kurzfristig einladen über Weihnachten. Und ich habe ihr nur erklärt, dass wir uns mit Chloé nicht stundenlang in den Ferienstau stellen können. Das war alles.«

»So, das war also alles!« Tom hatte die Flasche Bier schon geleert.

»Ja, das war alles!«

Dann kam Chloé aus ihrem Zimmer, in ihrem rosa karierten Schlafanzug, mit einer großen Plüschmaus im Arm. Sie sieht zum Anbeißen aus, fand Heike. Chloé wollte ihren Vater umarmen, der sich wieder an Heike wandte: »Und du hast nicht zufällig gesagt, dass Chloé keine Lust hat, nach Hamburg zu kommen?«

»Ich hab Durst, Mami«, quengelte Chloé.

»Ja, mein Engel.« Heike goss ihr ein Perrier ein und überlegte, was sie Tom antworten sollte. Chloé hatte ihr Glas geleert und fragte: »Kannst du mir eine Geschichte vorlesen, Papi?«

»Wie? Ach so! Ja, geh schon mal in dein Bett, ich komme gleich.« Chloé tapste brav davon, Heike und Tom waren wieder alleine.

»Hast du das jetzt zu meiner Mutter gesagt oder nicht?«, wollte Tom wissen. Er öffnete sich die zweite Bierflasche.

»Nein, natürlich nicht! Auf ihren Einwand, wir würden ja auch mit dem Auto in Skiurlaub fahren, habe ich nur geantwortet, dass das etwas ganz anderes ist!«

»Und wieso ist das etwas ganz anderes?«, bohrte Tom. Heike holte sich jetzt selbst ein Glas und hielt es unter den Eiswürfelspender des Kühlschranks.

»Erstens: weil wir da außerhalb der Schulferien fahren und nicht im Stau stehen. Und zweitens fährt Chloé tatsächlich lieber in die Schweiz als nach Hamburg.«

Tom war anzusehen, dass er auf diese Antwort nur gewartet hatte. »Woher willst du das eigentlich wissen? Hast du sie gefragt?«

Heike schüttelte den Kopf. »Da brauche ich sie nicht zu fragen, das weiß ich auch so!« Tom schnaubte wütend. »Ich glaube vielmehr, dass *du* keine Lust hast und Chloé nur vorschiebst. Dass du meine Mutter damit tief verletzt hast, ist dir natürlich ganz egal.«

»Wenn sie das gleich in die falsche Kehle bekommt …«

Chloé rief aus ihrem Zimmer. Konnte Tom denn nicht einfach begreifen, wie schrecklich die Treffen mit seinen biederen Eltern für sie waren, dachte Heike trotzig und sagte: »Deine Tochter ruft dich! Die Geschichte wartet …«

»Ja, natürlich. Ich werde das Prinzesschen auch nicht länger warten lassen. Aber du solltest dir inzwischen mal überlegen, wie du das Ganze wieder geradebiegen kannst. Vielleicht mit einer Einladung, *bei uns* Weihnachten zu feiern?«

NIK

Nik saß am Steuer seines Ferrari Testarossa und lächelte Simone an. Er legte eine Hand auf ihr Knie, aber Simone ermahnte ihn lachend, doch lieber beide Hände am Lenkrad zu lassen. Endlich konnte er wieder selbst fahren, und er hatte gleich den Samstag genutzt, um einen seiner Sportwagen zu holen und Simone zu einem kleinen Ausflug einzuladen. Das Ziel ihrer Fahrt hatte er im Dunkeln gelassen: Es sollte eine Überraschung sein, und er war sich sicher, dass sie genau Simones Geschmack treffen würde.

Die Autobahn war frei, Nik ließ den Zwölfzylinder aufheulen. Nach einer Stunde erreichten sie Panrod, ein typisch hessisches Straßendorf mit grauen Fassaden. Vereinzelt fielen Schneeflocken, und Nik beugte sich nach vorne, um den grauen Himmel besser sehen zu können. Er parkte seinen Wagen neben der Holzbrücke hinter einem schwarzen Jeep, ebenfalls mit Frankfurter Kennzeichen. Nik ging einmal um seinen Ferrari herum und blickte sich skeptisch um. So ein Auto zog natürlich immer und überall Vandalen an. Simone sah ihn fragend an. »Was machen wir hier eigentlich? Du hast vorhin so geheimnisvoll geklungen.« Nik grinste. »Ich sage nur so viel: Es wird eine kleine Schlossbesichtigung!« Er nahm sie in den Arm und führte sie über die Brücke. Ein Gefühl erfasste ihn, dieser Augenblick würde eine besondere Bedeutung für sein weiteres Leben haben.

In das große hölzerne Tor, vor dem sie jetzt standen, war eine kleine Tür für Fußgänger eingelassen. Sie öffnete sich laut knarrend. »Dürfen wir denn hier so ohne weiteres rein?«, fragte Simone skeptisch. »Mach dir keine Sorgen, mein Schatz: Wir haben hier eine Verabredung.« Er gab ihr einen intensiven Kuss. »Weißt du eigentlich, dass du heute besonders schön bist?«, flüsterte er ihr ins Ohr und strich über ihre Haare, die am Hinterkopf von einer schlichten Holzspange gehalten wurden. »So viele Komplimente wie von dir habe ich, glaube ich, noch nie bekommen.« Simone lächelte. In dem Moment hörten sie Schritte und fuhren gleichzeitig herum. Eine dunkelhaarige Frau in einem braunen Nerzmantel kam über den Innenhof auf sie zu. Ihre Absätze machten einen ohrenbetäubenden Lärm auf dem Pflaster, der Schall wurde von den Schlossmauern zurückgeworfen.

»Herr Elten, da sind Sie ja. Wie schön, dass Sie sich von der Wettervorhersage nicht haben abschrecken lassen. Und schön auch, dass Sie endlich einmal Ihre Gemahlin mitgebracht haben.« Simone schüttelte ihr reserviert die Hand und sah Nik fragend an, doch der sagte nur: »Frau Bergmüller wird uns das Schloss zeigen, Liebling.«

»Darf ich vorgehen?« Ohne eine Antwort abzuwarten, drehte sich die Maklerin um und ging auf das Hauptgebäude zu. Simone sah an der Fassade hoch. Darunter erkannte sie an einigen Stellen das Mauerwerk. Nik hatte sich überlegt, es vielleicht ganz freilegen zu lassen. Sie gingen hinter Frau Bergmüller her, Simone zeigte auf deren Pelzmantel, verzog demonstrativ die Nase und flüsterte: »So eine Tierquälerin.« Aber Nik legte den Finger auf ihre Lippen. Nach und nach besichtigten sie alle 70 Räume des Schlosses, allesamt baufällig, manche schienen auch feucht zu sein. Die Fenster waren klein, sie ließen nicht viel Licht herein, und einige waren vernagelt, da die Scheiben fehlten. Irgendwann waren hier elektrische Leitungen verlegt worden, sie verliefen über Putz. Nik meinte lapidar: »Die müssen alle raus.« Im ersten Stock gab es einen riesigen Raum mit größeren Fenstern, der wohl als Festsaal gedient hatte. Die Fragmente einer Deckenmalerei fesselten Nik, seit er das erste Mal hier gewesen war. Auch jetzt entdeckte er wieder neue Details und zeigte sie Simone, die allerdings ein wenig desinteressiert wirkte. »Wahrscheinlich wird es aufwendig, die Fresken zu retten«, sagte Nik zu Frau Bergmüller. Die Maklerin kniff die Lippen zusammen und zuckte mit den Schultern. Nik kannte ihre Verkaufstaktik, sie ließ die offensichtlichen Mängel unkommentiert. Die offenen Feuerstellen waren im gesamten Schloss zugemauert worden. Nik stellte Vermutungen darüber an, ob wohl die Kaminschächte noch durchgängig waren. Simone dagegen lehnte am Fenster und blickte hinaus.

Danach gingen sie wieder ins Freie und sahen sich von der zweiten Holzbrücke aus den Wassergraben hinter dem Schloss und die undurchdringliche Wildnis im angrenzenden Park an. Es schneite mittlerweile heftiger, und ein Teil des Schnees blieb liegen. Frau Bergmüller spannte ihren Regenschirm auf. Über Simones Gesicht huschte ein Leuchten: »Der Garten ist ja riesig! Und diese vielen alten Bäume, sieh doch mal, Nik, dort hinten stehen sechs Trauerweiden, meine Lieblingsbäume.«

»Ich wusste, dass es dir hier gefallen würde«, sagte Nik und war fasziniert davon, wie sehr sie sich freute.

»Können wir einmal dorthin gehen?«, fragte sie.

Frau Bergmüller sah Nik an und meinte: »Das können Sie gerne tun, aber ich, mit meinen Schuhen …« Sie streckte einen Fuß unter ihrem Mantel hervor und zeigte ihre braunen Wildlederstiefel. »Ich würde es vorziehen, auf befestigtem Boden zu bleiben.«

Simone nickte. »Und was ist mit dir, Nik?«

»Geh doch schon mal vor, Liebling. Ich rede noch zwei Sätze mit Frau Bergmüller.« Er gab ihr einen Kuss auf den Mund und sah, wie sie den schmalen Pfad entlang auf die sechs Trauerweiden zulief.

»Ihre Frau scheint ja eine Naturliebhaberin zu sein, Herr Elten. Da wäre sie hier perfekt aufgehoben!«

»Womöglich. Haben Sie noch einmal mit dem Verkäufer gesprochen?« Die Maklerin lächelte, und das Lächeln wirkte so künstlich, als hätte jemand ihre Backen gegriffen und an beiden Seiten nach hinten gezogen. »Wissen Sie, Herr Elten … Geben Sie mir eine schriftliche Offerte rein, und ich gehe damit zum Verkäufer, egal wie hoch oder niedrig das Gebot ist.« Nik starrte auf ihre goldenen Ohrstecker. Sie wirkten so massiv, dass es schmerzhaft sein musste, sie zu tragen. Unwillkürlich fasste er nach seinem Ohrläppchen und nahm es zwischen Daumen und Zeigefinger.

»In Ordnung, Frau Bergmüller. Sie kriegen das Angebot! Spätestens am Montag, wenn ich wieder im Büro bin.«

Frau Bergmüller nickte zufrieden: »Allerdings gebe ich Ihnen den guten Rat, nicht viel länger damit zu warten. Es gibt einen Interessenten aus der Schweiz, der, wie es aussieht, echte Kaufabsichten hat.«

Nik glaubte ihr kein Wort. Er hatte bisher noch keinen Immobilienmakler erlebt, der nicht von irgendeinem ominösen anderen Interessenten gesprochen hätte.

»Und übrigens«, fuhr Frau Bergmüller fort, »wenn wir das hier vor dem 31. Dezember abschließen, können Sie die steuerlichen Vorteile für das abgelaufene Jahr in Anspruch nehmen. Sie wissen ja, dass das Objekt unter Denkmalschutz steht und dementsprechend gefördert wird.«

»Natürlich.« Nik wurde ungeduldig, er dachte an Simone. »Können wir uns noch in Ruhe im Garten umsehen?«

»Nur zu, das Hoftor bleibt sowieso immer offen. Ich hoffe, Sie haben nichts dagegen, wenn ich schon losfahre. Es wartet ein anderer Termin in Limburg, und das Wetter sieht nicht sehr vertrauenerweckend aus.«

»Wissen Sie eigentlich, ob es hier in der Nähe ein Hotel gibt?«

»Hier im Ort ganz sicher nicht. Wahrscheinlich müssten Sie auch bis Limburg fahren«, sagte Frau Bergmüller und stöckelte davon. Nik hielt Ausschau nach Simone, aber es war nichts von ihr zu sehen. Er krempelte seine Jeans hoch. Zum Glück hatte er Boots angezogen. Als er den Pfad entlangging, auf dem er vorhin Simone gesehen hatte, merkte er, dass Gummistiefel wohl die bessere Wahl gewesen wären. Er versank knöcheltief in Schnee und Schlamm. »Simone!«, rief er. Keine Antwort. Er rief noch einmal und lief vorsichtig weiter. Anscheinend war das Areal noch größer, als er angenommen hatte, aber 20 000 Quadratmeter mussten sich ja irgendwie verteilen. Sein iPhone klingelte. Er griff in seine Jackentasche und sah auf das Display: Nummer unbekannt.

Nik überlegte, ob er drangehen sollte. Wahrscheinlich war es kein geschäftlicher Anruf, sondern wieder einmal nur Claudia, die die Anruferkennung ausgeschaltet hatte. Sie war klug genug zu wissen, dass sie ansonsten überhaupt keine Chance mehr hatte, zu ihm durchzudringen. Er ging das Risiko ein, einen wichtigen Anruf zu verpassen, und steckte das Handy zurück in die Tasche. Plötzlich tauchte Simone hinter einigen Büschen auf und winkte ihm zu. Sie hatte die Kapuze ihrer Daunenjacke über den Kopf gezogen und lachte. »Nik, da bist du ja! Sieh dich hier um! Wirklich ein Paradies, ein sumpfiges Paradies, vielleicht müsste man einen Teil des Gartens trockenlegen. Was man hier alles für Tiere halten könnte!«

Tiere? Was denn für Tiere, dachte Nik.

Sie kam auf ihn zu, und Nik sah, dass ihre Hose bis über die Knie nass war. Sie umarmten einander, wischten sich gegenseitig die Schneeflocken aus dem Gesicht und küssten sich. »Kannst du dir vorstellen, hier mit mir zu leben?«, fragte Nik. Ihm schoss durch den Kopf, dass er diese Frage schon einmal gestellt hatte, vor sechs Wochen, in einer E-Mail an Claudia.

»Und ob ich mir das vorstellen kann«, antwortete Simone.

Er hob sie hoch, glücklich, verlor aber das Gleichgewicht. Sie fielen in den Schnee. Kichernd wie zwei Teenager begannen sie wieder, sich zu küssen. Als sie zurück zum Schloss wateten, machten sie sich darüber lustig, wer wohl am schmutzigsten war. Wieder piepte Niks iPhone. Diesmal war es das Zeichen für eine E-Mail. Er wischte seine Hände an einer trockenen Stelle der Jacke ab, dann rief er die Nachricht ab:

WENN DU NICHT MEHR ANS TELEFON GEHST, KOMME ICH IN DEIN BÜRO! CLAUDIA

Nik entfuhr ein Seufzer, und Simone fragte gleich: »Schlechte Nachrichten?«

»Nicht besonders wichtige«, erwiderte Nik. Im Innenhof deutete er auf eine Ecke. »Und dort kommt der Swimmingpool hin!«

Simone protestierte sofort. »Doch kein Swimmingpool, wir legen lieber einen Schwimmteich im Garten an. Der Wassergraben ist ja schon vorhanden, das ist viel natürlicher.«

Doch im Moment hatten sie ein anderes Problem, die Rückfahrt. Sie befreiten die Scheiben vom Schnee. Notdürftig rieb Nik seine und Simones Hose mit Taschentüchern ab. Dann zogen sie ihre Jacken aus und legten sie mit dem Futter nach außen auf den Notsitz. Nik gab sich alle Mühe, den Wagen langsam anzufahren, aber er war kaum auf der Fahrbahn zu halten. Die Reifen drehten immer wieder durch, und er schlingerte nach links und rechts. »Wir müssen es bis zur Autobahn schaffen«, meinte er zu Simone, »die wird ja hoffentlich geräumt sein.« Im Schritttempo fuhr er durch den Ort, auf der Suche nach einem Autobahnschild. Plötzlich schoss ein Schneeräumfahrzeug aus einer Seitenstraße. Nik trat voll auf die Bremse, sofort spürte er, wie die Reifen blockierten. Der Wagen brach aus und drehte sich um 180 Grad. Als sie zum Stehen kamen, atmete Nik tief durch und sah zu Simone hinüber. Sie strich ihm mit der Hand über den Oberschenkel. »Ganz schön knapp«, sagte sie leise. Nik fuhr wieder an: »Jedenfalls ist die Straße jetzt geräumt. Wir folgen dem Schneepflug. Vielleicht kommen wir so bis zur Autobahn.«

Drei Stunden später lagen sie in der heißen Badewanne. Simone saß zwischen seinen Beinen und lehnte sich mit dem Rücken an Niks Brust. Neben der Wanne standen zwei Tonschalen mit dampfendem Nepal Himalaya View Green Tea, zu dem Simone ihn überredet hatte. Nik schloss genießerisch die Augen, und ihm fiel ein, dass er sich selten in eine normale Badewanne gelegt hatte, und wenn, dann eigentlich nur nach dem Skifahren. Oft war er in den letzten Jahren nicht mehr gefahren, denn Claudia konnte es nicht und hatte auch vehement abgelehnt, es zu lernen.

»Sag mal, fährst du eigentlich Ski?«, fragte er Simone.

»Hmm, klar!«

»Und was würdest du davon halten, wenn wir zusammen in Skiurlaub fahren? Zwischen den Jahren ist im Büro sowieso nichts los.«

»Keine schlechte Idee, Andrew ist in der Zeit auch nicht da. Meinst du, wir kriegen noch eine Unterkunft?«

Nik nahm einen Schluck aus seiner Teeschale und verzog das Gesicht, was Simone nicht sehen konnte. »Zu zweit sollte das eigentlich kein Problem sein!« Simone sagte eine Weile nichts.

»Und was würdest du davon halten, wenn wir deine Kinder mitnehmen?«

Nik setzte sich so ruckartig auf, dass das Wasser zu schwappen begann und Simone nach unten rutschte. Sie ruderte mit den Armen und griff nach dem Badewannenrand.

»Du willst die Kinder mitnehmen?«, sagte Nik. Das klang beunruhigend.

»Na, das wäre doch eine gute Gelegenheit! Du kannst mich ja nicht für immer vor ihnen verstecken.«

»Dass ich dich verstecken würde, kannst du mir nun wirklich nicht vorwerfen. Schließlich bin ich schon nach unserer ersten Nacht bei meiner Frau aus- und bei dir eingezogen!«

Simone griff nach einer Flasche Shampoo. Nik nahm sie ihr aus der Hand und begann, ihren Kopf sanft einzushampoonieren. »Sag mal, hast du mit deiner Frau und den Kindern eigentlich schon über uns gesprochen?«

»Das wäre wohl nicht besonders klug, es würde Claudias Ärger nur noch verstärken.«

Simone legte den Kopf in den Nacken und schaute in Niks Gesicht: »Ehrlich gesagt, ist es mir ziemlich egal, ob deine Frau sich ärgert oder nicht. Tatsache ist, dass du dich für mich entschieden hast! Und diese Entscheidung solltest du auch ihr und deinen Kindern mitteilen, schon allein aus Fairness. Sei lieber froh, dass ich bereit bin, sie aufzunehmen.«

Sie aufzunehmen, dachte Nik, was sollte das denn heißen? Er hörte auf, sie zu shampoonieren, woraufhin sie sich die Nase zuhielt und ganz ins Wasser abtauchte.

CLAUDIA

Claudia war gerade dabei, ein Peter-Pan-Kostüm für Julia fertig zu nähen, die, neben ihr kauernd, ihre Rolle für die Theateraufführung in der Schule übte. Da klingelte das Telefon. Dass Nik sich am Sonntag meldete, war nicht sonderlich verwunderlich – Claudias Androhung, ihn im Büro aufzusuchen, hatte die gewünschte Wirkung erzielt. Nik hasste öffentliche Szenen. Und er wusste genau, dass Claudia in dieser Hinsicht keine Skrupel kannte. Was sie verwunderte: Niks ausgesprochen freundlicher Ton. Sie traute ihren Ohren kaum, als er fragte, wie sie denn klarkomme, ob sie vielleicht Geld bräuchten …

»Soll das ein Witz sein? Was glaubst du eigentlich, wovon deine drei Kinder leben, nachdem du uns das Konto leergeräumt hast?«

»Leergeräumt? Ich dachte, da wäre noch genug vom Vormonat drauf gewesen«, entgegnete er.

Claudia schnappte nach Luft: »Das kann schon sein, aber wie du dich vielleicht dunkel erinnerst, haben wir der Bank eine Einzugsermächtigung zum Abbuchen der Hypothekenraten gegeben. Muss ich dir den Betrag erst ins Gedächtnis rufen?«

»Nein, nein, nicht nötig! Das hatte ich wirklich ganz vergessen!«

»Du hast auch schon besser gelogen.«

Julia fragte: »Ist das Papa am Telefon? Kann ich ihn mal sprechen?«

Claudia wehrte ab: »Nein, Julia, jetzt nicht. Sieh doch mal nach deinen Brüdern!«

»Ich würde jetzt gerne mal mit Julia reden«, intervenierte

Nik, und Claudia runzelte die Stirn: »Aber immer doch! Dieses Lucidum intervallum, in dem du dich daran erinnerst, dass du eine Familie hast, muss man ja ausnutzen.« Sie gab Julia den Hörer und lauschte ungeniert.

»Wo bist du, Papa?«, fragte Julia als Erstes.

»Und wann kommst du wieder?«, lautete die nächste Frage.

»Ach so!« Julias Stimme klang enttäuscht.

Claudia machte sich sowieso Sorgen darum, wie sie die Trennung verkraftete. Sie schien momentan zu versuchen, besonders vernünftig und erwachsen zu wirken. Auf einmal hellte sich Julias Gesicht auf. »Wirklich? Da muss ich aber erst Mama fragen ... Wie? Nein, ich frage sie lieber jetzt gleich!« Sie hielt den Hörer nach unten. »Papa fragt, ob wir mit ihm in Skiurlaub fahren wollen? Dürfen wir? Ach bitte, Mama ...«

»Gib mir mal den Hörer«, sagte sie zu Julia, die sofort losrannte und schrie: »Aaarthur, Looorenz, Papa will mit uns in Skiurlaub fahren!«

»Was soll das auf einmal mit dem Skiurlaub? Kannst du solche Dinge bitte mit mir abstimmen, bevor du den Kindern einen Floh ins Ohr setzt?«, flüsterte sie ins Telefon.

»Sei doch froh, wenn ich dir die Kinder für eine Woche abnehme – entspann dich einfach in der Zeit!«

»Gute Idee, eine Diät kann ich dann auch gleich machen, da ich ja kein Geld mehr habe, mir etwas zu essen zu kaufen.«

Tatsächlich hatte Claudia gerade ihren variablen Anteil für das abgelaufene Jahr in der Anwaltskanzlei überwiesen bekommen und stand finanziell gar nicht so schlecht da. Das Jahr war, trotz der um sich greifenden Konjunkturschwäche, in ihrer Kanzlei erstaunlich gut gelaufen.

»Mach dir deshalb keine Sorgen, ich überweise dir heute

noch etwas, online. Wie viel brauchst du denn?« Nik war selbst am Telefon anzumerken, was für eine Überwindung ihn diese Frage kostete. Claudia überlegte, darauf war sie nicht vorbereitet. »15 000«, sagte sie und legte ihr ganzes Selbstbewusstsein in ihre Stimme. Sie hörte, wie sich Nik räusperte. Dann kam seine Antwort: »In Ordnung. Aber ein paar Monate solltest du damit schon auskommen.«

Gerade habe ich meine Kinder verhökert, schoss es Claudia durch den Kopf – aber etwas quality time mit ihrem Vater wird ihnen guttun, versuchte sie ihr Gewissen zu beruhigen. »Für wann hast du die Reise geplant? Du hattest doch wohl nicht daran gedacht, über Weihnachten zu fahren?«

Nik wiegelte ab: »Ach, ich habe noch nicht einmal gebucht! Musste ja erst dein Einverständnis einholen.«

Ja sicher, du scheinheiliger Schleimer, dachte Claudia und war erleichtert, dass es über den Termin anscheinend keine Auseinandersetzung geben würde. »Sag mir gleich Bescheid, wenn du das Datum weißt! Und vergiss nicht, das Geld zu überweisen, möglichst vor eurer Abfahrt!« Sonst kannst du nämlich alleine fahren, fügte sie im Stillen hinzu.

Als Nik aufgelegt hatte, überlegte sie, die Zeit ohne Kinder vielleicht wirklich zu nutzen. Zum Beispiel für eine kurze Stippvisite in New York, ein paar Freunde besuchen. Nur wäre es für ihre zukünftige Verhandlungsposition bei Unterhaltsforderungen gegenüber Nik nicht unbedingt förderlich, wenn er davon erführe.

SUSANNE

Ihre Mutter hatte sie gebeten, einen Abstecher nach Luxemburg zu machen. Dort hatte Susanne auch noch ein paar Weihnachtsgeschenke zusammengekauft. Sie liebte Luxemburg, und vor allem liebte sie den Luxemburger Golfclub. Aber einen Tag vor Heiligabend dort vorbeizufahren war natürlich sinnlos. Als sie durch die Stadt schlenderte, wurde die Erinnerung an einige der amüsantesten Stunden in ihrem Leben wach, während der Offenen Internationalen Meisterschaften. Tagsüber hatten sie hochklassiges Golf gespielt, die Nächte mit den Schweden, Engländern und Luxemburgern durchgetanzt und unzählige Gin Tonics getrunken.

Inzwischen war sie schon fast zu Hause angekommen. Zu Hause hieß an Weihnachten natürlich: bei ihren Eltern in Düsseldorf. Zwar lebten ihr Vater und ihre Mutter in derselben Stadt, aber sie waren schon lange geschieden. Sie würde Heiligabend bei ihrer Mutter verbringen und hatte sich für den ersten Feiertag bei ihrem Vater angekündigt.

Auf der langen Fahrt hatte Susanne endlich Zeit gefunden, über die vergangenen Wochen und über das abrupte Ende ihrer Beziehung mit Moritz nachzudenken: Es war nicht gerade angenehm, sie musste sich ihren Kummer eingestehen. Aber richtig tief ging der Schmerz nicht. War es vielleicht nur gekränkte Eitelkeit? Wenn sie ehrlich mit sich war, hatte sie bei ihm nie dieses bestimmte Gefühl gehabt, dieses Das-ist-er-Gefühl. Sie hatte es einfach genossen, begehrt und auch ein bisschen bewundert zu werden. Und natürlich hatten sie viel Spaß im Bett gehabt. Trotzdem: Dass er sie so schnell hatte fallenlassen, tat weh. Ihr stand der lächerliche Streit im Büro vor Augen. Als sie an jenem Abend nach Hause gekommen war, gab es von Moritz keine Spur mehr. Er hatte alle seine Sachen mitgenommen und war verschwunden, und sie hatte sich verboten, das trauernde Ziehen in ihrem Bauch weiter zu beachten. Was blieb, war ein unangenehmer Beigeschmack. Die Ungewissheit, ob er sie vielleicht doch nur für seine und vor allem die Belange seines Vaters benutzt hatte ... Er war auch bei Lengley's nicht mehr aufgetaucht. Offenbar hatte er sein Praktikum vorzeitig abgebrochen, aber sie wollte niemanden danach fragen und war dankbar dafür, dass auch Woletzki kein Wort darüber verlor.

Sie bog in eine sehr vertraute Straße ein und sah ihr Elternhaus. Sie fand es immer noch schön mit seiner Klinkerfassade. Kaffeemühle, hatte ihre Mutter immer dazu gesagt, weil es ein symmetrischer Quader war. Susanne parkte ihren Wagen vor dem Haus und klingelte. Nach kurzer Zeit öffnete ihre Mutter die Tür. Sie umarmten sich.

»Mein Gott, Mädchen, du bist aber dünn geworden – bist du etwa magersüchtig?«

»Mama! Ich hatte nur viel Arbeit in letzter Zeit. Außerdem hast du mir früher immer vorgeworfen, ich sei zu dick.«

»Wenn dein Gesicht so schmal ist, sieht dein Mund noch größer aus, als er schon ist.« Sie griff nach Susannes Oberlippe und schob sie ein wenig hoch.

Susanne wehrte ihre Hand ab: »Lass das, Mama, ich bin doch kein Pferd!«

»Ich wollte nur sehen, ob du immer noch deine Zahnlücke hast. Kannst du nicht endlich mal zum Kieferorthopäden gehen?«, kritisierte ihre Mutter unbeirrt weiter.

»So schlimm finde ich die Lücke gar nicht.«

Das war gelogen. Tatsächlich stand Susanne oft vor dem Spiegel und ärgerte sich darüber, dass sich ihre oberen Schneidezähne nach und nach auseinanderbewegten. Mittlerweile klaffte dort schon eine millimetergroße Lücke. Aber sie hatte Angst davor, eine Zahnspange verpasst zu bekommen. Mit 37, das musste man sich mal vorstellen, dachte Susanne, da würde einen doch jeder auslachen!

Susanne ging zum Gegenangriff über. »Was hast du eigentlich mit deinen Haaren gemacht?«, fragte sie grinsend. »Das letzte Mal waren sie noch weiß, aber jetzt sehen sie irgendwie lila aus.«

»Die letzte Tönung ist leider nicht ganz so geworden, wie ich es mir vorgestellt habe. Aber weißt du, wenn ich die Haare nicht töne, haben sie immer so einen Gelbstich, und da hat mich mein Friseur dazu überredet ...«

»Na ja, solange uns niemand zusammen sieht, kannst du von mir aus auch mit lila gefärbten Haaren rumlaufen«, neckte Susanne.

»Na warte, frag du mich noch mal, ob du mein Ferienhaus benutzen darfst. Da fällt mir ein: Hast du mir eigentlich das Geld mitgebracht?«

»Darf ich vielleicht erst mal reinkommen, bevor du mich mit deiner pekuniären Gier überfällst?« Susanne zog ihren Mantel aus und hängte ihn an den Garderobenhaken.

»Sei nicht so frech!«, sagte ihre Mutter. »Du weißt doch selbst, wie dringend mein Haus auf Norderney renoviert werden muss. Und ich wollte das unbedingt noch vor dem Sommer erledigt haben.«

Sie streckte fordernd die Hand aus. Susanne zog ein Bündel Geldscheine aus ihrer Hosentasche. Ein 500-Euro-Schein fiel dabei auf den Boden. Susanne bückte sich und hielt ihn ihrer Mutter hin. »Wie nachlässig du das ganze Geld aufbewahrst«, sagte diese, ging in die Küche und zählte es am Küchentisch nach.

»Scheint zu stimmen: genau 20 000 Euro. Danke fürs Abholen.« Sie gab ihrer Tochter einen Kuss auf die Wange und hielt ihr einen 500-Euro-Schein hin. »Sozusagen als Trinkgeld.« Den Rest steckte sie in ein Lederkuvert. »Danke, Mama, für dich fahre ich doch immer wieder gerne nach Luxemburg. Aber du solltest nicht gleich wieder rummeckern. Die Grenzbeamten filzen nämlich eher eine Handtasche oder eine Geldbörse als Hosentaschen.«

»Kann schon sein. Ich habe es das letzte Mal in der Sonnenblende des Autos versteckt. Irgendwie ein angenehmer kleiner Kick, mit Schwarzgeld über die Grenze zu fahren. Findest du nicht?«

»Auf diese Art Kick kann ich ganz gut verzichten. Vielleicht solltest du das nächste Mal wieder selbst fahren, wenn du so viel Vergnügen daran hast.«

»Jetzt setz dich erst mal hin. Möchtest du einen Kaffee?«

»Nein danke. Du hast immer noch keinen Milchaufschäumer, oder?« Ihre Mutter trat mit einem gesungenen »Voilà« einen Schritt zur Seite und zeigte auf ein nagelneues, blinkendes italienisches Kaffeecenter. Susanne pfiff durch die Zähne: »Wow, wo hast du das denn her?«

»Ein vorgezogenes Weihnachtsgeschenk deines Vaters. Ich hatte ihm neulich erzählt, dass ich mir nur noch Pulverkaffee mache, weil es sich für eine Tasse nicht lohnt, die Kaffeemaschine anzustellen. Und letzte Woche kam er mit diesem Monstrum. Angeblich kann man auch geschäumte Milch damit machen, dann kriegst du endlich deinen geliebten Latte macchiato.«

Susanne stand auf, um sich die Maschine näher anzusehen. »Deine Haare glänzen viel mehr als früher«, sagte ihre Mutter. »Und im Gesicht siehst du auch anders aus, mal abgesehen davon, dass es zu schmal ist. Hast du was machen lassen?«

»Mama! In dem Alter bin ich wirklich noch nicht! Ich habe mir lediglich die Augenbrauen gezupft, einen Lidstrich gezogen und die Wimpern getuscht. Und so eine getönte Tagescreme benutzt«, fügte sie hinzu. »Und du? Auf wie viele Botox-Spritzchen bist du dieses Jahr so gekommen? Oder war auch mal ein kleines Lifting dabei?«

Jetzt war sie es, die ihre Mutter forschend ansah.

»Ach, so viele Spritzchen, wie du sagst, waren es gar nicht. Und das Lifting spare ich mir auf. Oder findest du, ich hätte es nötig?«

Ihre Mutter hob das Kinn und drehte den Kopf hin und her. »Nein, Mama, du gefällst mir so, wie du bist. Ganz ohne Falten, in deinem Alter, das wäre doch unnatürlich.«

Ihre Mutter zuckte mit den Schultern: »Tja, wenn man einmal wegen einer Jüngeren verlassen worden ist, sieht man das nicht mehr so entspannt. Ich wünsche dir, dass du davon verschont bleibst!«

Susanne fand eigentlich auch, dass sie unter dieser Erfahrung ihrer Mutter damals schon genug hatte leiden müssen.

»Wie sieht es denn bei dir aus? Aus der Tatsache, dass du dich auf einmal schminkst, könnte man schließen, dass du verliebt bist. Ist es endlich mal was Ernstes?«

Susanne schüttelte nur den Kopf: »Darüber möchte ich jetzt lieber nicht reden, Mama! Sag mir lieber, ob Johanna auch nach Hause kommt.«

»Allerdings, zusammen mit dem kleinen Felix. Und denk bitte daran, sie Natalie zu nennen.«

Susanne verdrehte die Augen. Ihre Schwester hatte vor zwei Jahren beschlossen, dass sie Natalie statt Johanna heißen wollte, und sich kurzerhand umbenannt. Sie war der Auffassung, Natalie passe auch besser zu ihrem neuen Nachnamen, der aufgrund ihrer Heirat nicht mehr profan Sander lautete, sondern Waldburg. Natalie Waldburg. Allerdings lebte sie von ihrem Ehemann und dem Vater ihres Sohnes auch schon wieder getrennt.

Am späten Nachmittag traf Natalie ein. Ihre Mutter servierte stolz einen perfekten Latte macchiato. Felix fing gleich an, in den Kisten mit dem alten Christbaumschmuck zu wühlen, die Susannes Mutter bereitgestellt hatte.

»Würdet ihr bitte zusammen den Baum hereinholen. Peter, mein neuer Gärtner und Mädchen für alles, hat ihn schon in den Ständer gestellt, er ist auf der hinteren Terrasse.«

Danach schmückten sie, wie in alten Zeiten, zusammen den Weihnachtsbaum. Felix durfte die unteren Zweige behängen und fädelte das silberne Lametta sorgfältig zwischen den Tannennadeln ein. »Wie gut, dass wir gar keine Leiter brauchen, wenn du dabei bist«, frotzelte Susanne, und Natalie warf zum Spaß eine Ladung Lametta nach ihr. Der Witz war nicht neu: Früher hatte er regelmäßig zu einem Tobsuchtsanfall bei ihrer Schwester geführt. Sie war 1,84 Meter groß. Als Teenager hatte sie unter ihrer Körpergröße gelitten, die Jungen waren trotzdem hinter ihr her gewesen. Dann war sie von einem Fotografen entdeckt worden und hatte einige Jahre als Model gearbeitet, bevor sie die Seiten wechselte. Die ganze Modelszene sei ihr zu oberflächlich, hatte sie erklärt. Inzwischen bereitete Natalie Produktpräsentationen für eine Kosmetikfirma vor. Sie war auch in diesem Jahr wieder reich bepackt: mit Kisten und Tüten, den teuersten Cremes und Schminkutensilien. Ihre Mutter stürzte sich jedes Mal begeistert darauf. Und diesmal zeigte auch Susanne Interesse.

»Hör mal, Pummelchen«, sagte Natalie beim Abendessen.

Susanne schnitt eine Grimasse und warnte ihre Schwester: »Wenn du mich noch einmal Pummelchen nennst, heißt du ab sofort für mich wieder Johanna.«

Susanne war als Kind dick gewesen. Erst als Teenager hatte sie ihren Babyspeck verloren. In ihrer dicken Zeit, wie Susanne sie insgeheim nannte, war sie oft von Jungen angesprochen worden, die über diesen Umweg an ihre große, schlanke, blonde Schwester herankommen wollten. Und je länger die Jungen sie in dem Glauben gelassen hatten, dass sie selbst das Ziel ihres Interesses sei, desto schmerzlicher war die Erkenntnis hinterher gewesen, dass sie sich eigentlich nur mit Johanna verabreden wollten.

»Okay, Waffenstillstand«, lenkte ihre Schwester ein, »aber nur über Weihnachten!« Sie hatte die warnend hochgezogenen Augenbrauen ihrer Mutter gesehen. Ihre guten Manieren außer Acht lassend, sprach Natalie mit vollem Mund weiter: »Ich habe vor, übermorgen mit Papi ein ernstes Wort zu reden.« Susanne und die Mutter sahen sie erstaunt an. Aber Natalie ließ sich nicht beirren: »Irgendwie sehe ich es nicht mehr ein, dass ich mich von Mietwohnung zu Mietwohnung hangeln muss, während meine Aktien im Wert von mehreren 100 000 Euro im Depot liegen. Nicht eine einzige darf ich verkaufen! Langsam ist es schon krankhaft, was dieser alte Mann sich da zurechtdenkt.«

»Wie redest du denn über deinen Vater!«, protestierte ihre Mutter.

Susanne hatte sich zwar auch schon oft darüber geärgert, wäre aber nie auf die Idee gekommen, die Anordnungen ihres Vaters in Frage zu stellen. Er war immer noch der Aufsichtsratsvorsitzende des Familienunternehmens und übte in dieser Position ein streng patriarchalisches Regiment aus. Sein Bestreben war darauf gerichtet, die Aktienmehrheit in der Familie zu halten, um keinen Einfluss auf die Unternehmensführung einzubüßen.

»Wieso sollte Papa auf einmal bereit sein, von seinen Prinzipien abzuweichen? Da wird er wohl auch für seine Lieblingstochter keine Ausnahme machen.«

»Von wegen Lieblingstochter! Seit ich nicht den Beruf ergriffen habe, den er für mich auserkoren hatte, bin ich doch schon längst in Ungnade gefallen.«

Natalie gestikulierte mit der Gabel, während sie redete. Und du weißt genau, dass du für immer sein Liebling bleibst, egal, was du dir erlaubst, dachte Susanne. Ihr Bewusstsein, bei ihrem Vater immer erst an zweiter Stelle zu kommen, war nicht gerade dadurch abgemildert worden, dass er mit seiner zweiten Frau noch drei Söhne bekommen hatte – auch wenn sie sich mit allen dreien ausnehmend gut verstand. Papis Favoritin stand fest, und Söhne waren sowieso das, was alle Väter wollten – Susanne wünschte sich plötzlich, mit ihrer Mutter allein Weihnachten feiern zu können.

»Natalie.« Sie gab dem Namen ihrer Schwester die ironische Betonung, die sie ihm immer schon gegeben hatte. »Tu, was du nicht lassen kannst. Ich werde mich da jedenfalls nicht einmischen. Offen gesagt, habe ich in den letzten Wochen so wenig Schlaf gehabt, dass ich mich wahnsinnig nach meinem alten Bett sehne! Bitte, seid mir nicht böse, wenn ich euch jetzt schon allein lasse!« Sie stand auf und nahm ihren leeren Teller. Ihre Mutter sah auf ihre Armbanduhr: »Aber es ist doch erst halb zehn. Und du hast auch fast nichts gegessen! Sag mal, Kind, du bist doch nicht etwa krank? Lass mich mal deine Stirn fühlen.« Susanne zögerte. Schon immer hatte ihre Mutter ihr vorgeschrieben, was und wie viel sie wann essen sollte. Als sie klein war, sollte sie den Teller leer essen, als sie größer und zu dick war, wurden ihr all die leckeren Sachen verboten, während Natalie, die ja schlank und genau richtig war, essen durfte, was sie wollte. Susanne schwieg wie früher und schluckte den Ärger hinunter. Sie kam näher und beugte sich gehorsam nach vorne. Und auf einmal genoss sie es, die kühle Hand ihrer Mutter auf der Haut zu spüren. Wie früher. Sie erinnerte sich daran, dass allein diese besorgte Geste ein Trost gewesen war.

»Also, Fieber hast du nicht, aber ich bringe dir trotzdem gleich eine warme Milch mit Honig nach oben, mein Schatz. Dein Bett habe ich schon bezogen, natürlich mit deinem Lieblingsbettzeug.«

Susanne musste auf einmal an Heike denken, die ihre Eltern täglich sah. Es ist schon ein seltsames Gefühl, wieder wie ein Kind behandelt zu werden – auf Dauer, dachte Susanne, nicht auszuhalten. Sie gab ihrer Mutter einen Kuss auf die Wange, nickte Natalie zu und holte die Reisetasche aus dem Flur. Im Vorbeigehen nahm sie die lokale Tageszeitung, die auf der Dielenkommode lag, mit nach oben. Ihr fiel auf, dass auf der Treppe und im Flur des oberen Stockwerks ein neuer Bodenbelag aus Sisal verlegt worden war. Mal abgesehen von ihrem Fehlgriff mit den lila Haaren, hatte ihre Mutter einfach Geschmack.

Sie kam an Natalies oder eher Johannas altem Zimmer vorbei, die Tür stand halb offen, und das Licht der Nachttischlampe war eingeschaltet. Susanne schlich hinein. Felix lag in seinem Reisebettchen und schlief. Ab und zu nuckelte er an seinem Schnuller. Sie sah sich um: Es war wie früher. Immer noch hingen Bravo-Poster an den Wänden: Pink Floyd, Genesis, Supertramp. Sie ging weiter in ihr Kinderzimmer, nichts hatte sich verändert. Über dem Kopfende ihres Bettes hing die Vitrine mit den Silberpreisen und Pokalen. Das war einmal ihr ganzer Stolz gewesen – Erfolge beim Golf und in der

Schule, später auch in Studium und Beruf. Sie hatte sich von ihrer Schwester abgegrenzt, hatte glänzen können, und ihre Eltern hatten das gewürdigt. Trotzdem saß der Stachel tief. Natalie hatte sich alles erlauben können: sitzenbleiben in der Schule, mit Golf aufhören, Marihuana rauchen, das Betriebswirtschaftsstudium schmeißen – und blieb trotzdem die Lieblingstocher.

Sie schlug die Patchworkdecke ihres Bettes zurück. Es war tatsächlich mit der gelbgeblümten Bettwäsche bezogen, die sie so geliebt hatte. An manchen Stellen war das Muster mittlerweile ausgeblichen. Dann holte sie ihren Pyjama aus der Tasche und putzte sich die Zähne.

Susanne betrachtete sich im Spiegel, und ihr fiel ein, dass sie sich noch abschminken musste. Zum Teufel mit diesem Make-up, murmelte sie und schlüpfte mit einem genießerischen Stöhnen unter die Decke. Sie sog den vertrauten Duft der frisch gewaschenen Bettwäsche ein und erinnerte sich, dass sie ihre Bettwäsche, nachdem sie von zu Hause ausgezogen war, eine Zeitlang nur alle paar Monate gewechselt hatte. Und manchmal hatte sie den ganzen Tag dasselbe T-Shirt angelassen, in dem sie geschlafen hatte. Wenn Mama das wüsste, dachte Susanne.

Sie griff nach der Zeitung, die sie mit nach oben genommen hatte, und begann zu blättern. Als Erstes fiel ihr Blick auf ein Foto ihres alten Gymnasiums, das offenbar abgerissen werden sollte. Asbest, las sie, nicht mehr sanierungsfähig, und dachte: Schön zu wissen, neun Jahre lang Asbestdämpfe eingeatmet zu haben! Sie blätterte weiter, fand aber nichts Interessantes mehr und wollte die Zeitung gerade weglegen, um sich ein Buch zu nehmen. Da blieb ihr Blick an einer Todesanzeige hängen:

PLÖTZLICH UND UNERWARTET
WURDE ER AUS DEM LEBEN GERISSEN
IN FASSUNGSLOSER TRAUER NEHMEN WIR ABSCHIED VON UNSEREM ÜBER ALLES GELIEBTEN SOHN, BRUDER UND FÜRSORGLICHEN EHEMANN

THOMAS KÖNIG

Günther und Beta König, geb. Siebel
Alexander König mit Tanja Völkel
Dagmar König, geb. Heilfurth

Düsseldorf, Götzenhainweg 1

Die Beisetzung findet am 25. Dezember um 12.30 Uhr in der Friedhofskapelle Meerbusch statt.

Sie sah nach dem Namen, einmal, noch einmal. Susanne schluckte. Fühlte sich leer, dann kam ihr ein furchtbarer Gedanke: Konnte Woletzki etwas damit zu tun haben? Er war verzweifelt gewesen, ja geradezu außer sich darüber, dass Thomas bei seiner Frau und den Kindern eingezogen war und seinen Platz eingenommen hatte. Sie verdrängte den Gedanken gleich wieder, so etwas gab es nur in Krimis. Sie las die Anzeige erneut durch, entdeckte das Datum der Beerdigung: Das war ja übermorgen, hier, in Düsseldorf.

Es klopfte an der Zimmertür, und ihre Mutter steckte den Kopf herein: »Die versprochene Milch mit Honig, mein Schatz!«

»Ach, Mama, ich habe eigentlich schon die Zähne geputz.« Ihre Mutter kam in das Zimmer und stellte die Tasse auf dem

Nachttisch ab. Sie setzte sich auf den Bettrand. Susanne hielt ihr die Zeitung hin: »Hast du schon gesehen?« Ihre Mutter hielt die Zeitung mit gestreckten Armen von sich weg und kniff die Augen zusammen: »Ist das eine Todesanzeige?«

»Thomas König ist gestorben.«

»Ach ja, habe ich ganz vergessen, dir zu sagen. Frau Bethge hat es mir erzählt, gestern im Rewe. Schrecklich, oder? Hat er zuletzt nicht auch in Frankfurt gewohnt?« Susanne nickte. »Und was, ich meine – wie ist es denn passiert?«, fragte sie.

»Ein Autounfall, soviel ich weiß, sein Auto hat sich mehrfach überschlagen, und alle Insassen waren sofort tot.«

Alle Insassen? Woletzkis Frau? Die Kinder? Susanne war erstaunt, wie nah ihr die ganze Sache ging, sie konnte ihre Gedanken nicht mehr auseinanderhalten.

»Was denn für Insassen?«

»Mein Kind, das weiß ich wirklich nicht«, antwortete ihre Mutter energisch. »Jedenfalls war seine Frau zum Glück nicht im Auto. Was für ein Schlag für die Arme!«

»Ja, was für ein Schlag«, wiederholte Susanne. »Meinst du, ich sollte zur Beerdigung gehen?«

Ihre Mutter dachte einen Moment nach. »Wo du nun schon hier in Düsseldorf bist ... Aber ausgerechnet am ersten Weihnachtsfeiertag! So nah standest du ihm ja nun doch nicht, oder?«

Susanne antwortete nicht. Ob Thomas Woletzkis Familie mit in den Tod genommen hatte? Wie er das aufnehmen und verkraften würde? Ob er es überhaupt verkraften könnte?

»Mama, ich muss noch mal telefonieren«, sagte sie auf einmal bestimmt. Ihre Mutter sah sie erstaunt an: »Jetzt noch?« Aber Susanne hatte den Gesichtsausdruck von früher noch ganz gut drauf, der ihrer Mutter zeigte, dass sie das nichts anging. Und sie verstand sofort und ging aus dem Zimmer. Susanne überlegte: Sie hatte keine Privatnummer von Woletzki, nur die Handynummer in ihrem Mobiltelefon abgespeichert – mit einem Knopfdruck ließ sich die Verbindung aufbauen. Schon klingelte es, Susanne wartete, noch nicht einmal die Mobilbox schaltete sich ein. Was hätte sie auch darauf sprechen sollen? Susanne legte auf und rief die Auskunft an, notierte eine Nummer und tippte sie mit zittrigen Fingern ein. Sie wollte gerade wieder auflegen, da meldete sich eine Stimme: »Von Woletzki?« War das einer seiner Söhne? Sie gab sich einen Ruck. »Hier spricht Susanne Sander. Kann ich bitte …« – »Sander!« Das klang überrascht. Aber jetzt wusste sie wenigstens, dass Woletzki selbst am Apparat war. Susanne brachte kein Wort mehr heraus.

»Ist schön, Ihre Stimme zu hören«, sagte Woletzki.

»Ich … ich habe die Anzeige gelesen. Das heißt, ich bin in Düsseldorf, und im Blättchen war …«

»Ja, ich weiß. Sie waren beide sofort tot. Ich bin jetzt hier bei meinen Söhnen, heute war die Beerdigung.«

Susanne atmete auf: Zumindest waren seine Kinder am Leben. »Ich versuche, sie irgendwie aufzurichten … Oder zu trösten … Ich weiß auch nicht.« Er schluckte und sprach stockend weiter: »Sie blocken einfach ab. Der Kleine hat sich in seinem Zimmer eingeschlossen, Fabian ist seit gestern nicht nach Hause gekommen. Ich weiß nicht, wo er steckt. Morgen ist Heiligabend, und ich habe keine Ahnung, wie wir das hier überstehen sollen …« Er konnte nicht weitersprechen, seine Stimme brach.

Susanne fasste einen spontanen Entschluss: »Ich komme! Morgen Mittag werde ich da sein.«

»Wollen Sie sich das wirklich antun? Sie sind doch jetzt bei Ihren Eltern … in Düsseldorf, oder?«

»Ja, bei meiner Mutter. Aber das macht nichts. Meine Schwester ist mit ihrem Sohn hier, meine Mutter wird an Heiligabend nicht allein sein. Ich komme wirklich gerne. Es sei denn, Sie möchten es nicht.«

»Doch, doch, ich glaube, ich wäre froh, Sie hier zu haben. Nur machen Sie sich keine Illusionen, Sie müssen hier auf einiges gefasst sein!«

Susanne ließ sich die Adresse geben und stellte ihren alten Wecker. Sie schlich zur Tür und öffnete sie mit einem Ruck: Im Flur war weit und breit niemand zu sehen. Susanne war erleichtert und auch ein bisschen beschämt, dass sie ihre Mutter verdächtigt hatte, an der Tür zu lauschen. Barfuß lief sie nach unten ins Wohnzimmer. Natalie und ihre Mutter saßen gemütlich auf dem Sofa, jede hatte ein Glas Rotwein vor sich stehen. Sie sahen einen alten Film: Grace Kelly und Cary Grant kurvten gerade in einem offenen Sportwagen die Haarnadelkurven zwischen Nizza und Monte Carlo entlang.

Susanne räusperte sich. »Ich muss morgen wieder fahren.«

»Das hat doch irgendetwas mit dieser Todesanzeige zu tun, oder?«, fragte ihre Mutter.

Susanne druckste herum: »Ja und nein. Ich kann es euch jetzt wirklich nicht erklären. Bitte seid mir nicht böse, aber ich hole das ganz sicher nach.« Sie umarmte und küsste beide. »Ihr müsst morgen nicht wegen mir aufstehen. Ich mache mir nur einen Latte macchiato mit deiner tollen Maschine und fahre um kurz nach acht Uhr los. Schlaft ruhig aus!«

Susanne schätzte den Jungen, der ihr die Tür öffnete, ungefähr auf 14. »Hallo«, sagte sie, »ich bin Susanne, dein Vater erwartet mich. Bist du Fabian?« Der Junge antwortete nicht, sondern drehte sich abrupt um, schrie: »Paaapaaaa! Besuch für dich!« Und rannte die Treppe hoch.

Susanne war überrascht: Woletzki war rasiert, trug die grau melierten Haare vielleicht ein wenig länger als sonst, was ihm aber nicht schlecht stand, und hatte ein hellblau kariertes Hemd und eine braune Cordhose an. Beides sah ordentlich und sauber aus. Keine Anzeichen dafür, dass er wenig oder schlecht geschlafen hätte, außer seinem nervösen Zucken, das er aber inzwischen fast immer hatte. Auf einmal kam sich Susanne völlig fehl am Platz vor, doch Woletzki begrüßte sie mit einer Wärme in der Stimme, die sie früher entweder nie wahrgenommen hatte oder die wirklich erst seit neuestem da war: »Sander! Ich freue mich, dass Sie gekommen sind. Glauben Sie mir, ich weiß das wirklich zu schätzen.« Er nahm ihre Hand in beide Hände und hielt sie eine Weile fest, griff dann nach ihrem Mantel und führte sie in das Wohnzimmer.

Die Einrichtung des lichtdurchfluteten Raums über zwei Ebenen zeugte von Geschmack. In der Mitte standen zwei weiße Minotti-Sofas, an der schmalen Wand befand sich eine chinesische Konsole und darüber ein Scherbenbild von Julian Schnabel. Es zeigte einen Polospieler mit grünem Hemd und zerknautschtem Gesicht. Susanne kannte das Bild aus einer Auktion, aber sie hatte damals nicht erfahren, dass Woletzki es gekauft hatte. Auf der anderen Seite befand sich der Essbereich mit einem etwa drei Meter langen Glastisch und Rokokostühlen, die mit einem schwarz-weißen Toile de Jouy bezogen waren. Eine Mischung aus Antiquitäten und modernen Möbeln, dazu zeitgenössische Kunst. Wirklich gut gelungen, dachte Susanne, ohne dass der Raum zu perfekt wirkte. Aufgeräumt war er allerdings nicht. Es lagen Bücher, Zeitschriften und Decken herum, hier und da stand ein benutztes Glas oder ein Teller auf dem Boden. Woletzki bot ihr etwas zu trinken an, aber Susanne lehnte ab.

»So schnell kann sich das Leben ändern«, sagte Woletzki unvermittelt. »Wenn man das alles hätte voraussehen können ...« Er stockte. Sie waren in seinem Arbeitszimmer angekommen und standen vor einem Empire-Schreibtisch, auf dem Unmengen von Papieren und Fotos lagen. Mit den Worten »Darf ich?« – und auf das gleichgültige Nicken von Woletzki hin – hob Susanne ein großes schwarz-weißes Foto auf, das seine Frau mit den Kindern am Strand zeigte. Fabienne von Woletzki posierte darauf mit professioneller Natürlichkeit: Sie kniete im Sand, beugte sich lachend nach vorne und umfing die Schultern der Kinder mit einem großen Strandlaken.

»Das war in Südfrankreich, 98, glaube ich«, sagte Woletzki, »von einem dieser Strandfotografen, die einfach auf alles draufhalten, was sich bewegt.«

»Ihre Frau sieht toll aus auf dem Bild«, rutschte es Susanne heraus. Woletzki nahm ihr das Foto aus der Hand und sah es sich näher an: »Ja, das kann man nicht anders sagen. Fabienne sah eigentlich immer gut aus. Als ich sie kennenlernte, träumte sie davon, Fotomodell zu werden, ein bisschen naiv, vielleicht hätte sie Talent gehabt ... Dann kamen die Kinder, und sie wurde bald zu einer sehr talentierten Einkäuferin. Fabienne hat die Kinder von Anfang an überschüttet: mit Spielzeug, Kleidung und, als sie größer wurden, mit Unterhaltungselektronik.«

Endlich wieder sein sarkastisches Lachen. »Mit diesem Vorwurf habe ich sie immer auf die Palme gebracht, im Geldausgeben war sie wirklich großartig! Sie sollten sich einmal ihre Kleiderschränke ansehen.« Woletzki schüttelte nachdenklich den Kopf. »Ich weiß gar nicht, was ich mit dem ganzen Krempel anfangen soll.« Er musterte Susanne: »Vielleicht können Sie ja einiges davon gebrauchen, Sie müssten so ungefähr die gleiche Größe haben.«

Susanne lehnte energisch ab. Bei der Vorstellung, die Sachen einer Toten zu tragen, bekam sie eine Gänsehaut. Sie schaute Woletzki an. Er wirkte so abgeklärt.

»Wie geht es den Kindern?«, fragte Susanne. Woletzki hatte sich, wie aus alter Gewohnheit, an seinen Schreibtisch gesetzt und verschränkte die Arme hinter dem Kopf. »Marcel scheint mit der Situation klarzukommen. Fabian, der Älteste, ist immer noch weg. Und Robert leidet ganz schrecklich! Er ist ja auch erst zwölf. Was mich besonders erschreckt und zugegebenermaßen noch mehr kränkt, ist, dass er anscheinend mehr um den Tod seines neuen Ersatzvaters trauert als um seine Mutter.«

»Helfen Ihnen Ihre Eltern?«

Woletzki starrte ins Leere. Susanne begann sich wieder unwohl zu fühlen. Sie stand an die Wand gelehnt, auf den beiden Sesseln neben ihr lagen Fotoalben und Aktenordner. »Das ist eine unangenehme Geschichte«, fing Woletzki an. »Wir haben keinen Kontakt mehr, seit ich Fabienne geheiratet habe.«

Susanne musste an Claudia denken und daran, wie sehr sie sich jetzt in ihrer klischeehaften Meinung über die aristokratischen Familien in Deutschland bestätigt fühlen würde. Und ausgerechnet Woletzki lehnte sich dagegen auf?

Sie dachte einen Moment nach. »Heißt das, Ihre Eltern haben die Jungen, also ihre Enkelkinder, nie kennengelernt?« Woletzki nickte: »Aber wenn mein durch preußische Erziehung geprägter Vater zu sehen bekäme, was aus ihnen geworden ist, würde er es auch sicher nicht bereuen«, fügte er verbittert hinzu.

Susanne hatte genug. Wo sie auch hinsah: missglückte Beziehungen! Die Menschen liefen sehenden Auges in ihr Unglück – und was hatte sie dabei zu suchen? Wie hatte sie nur so naiv sein können, zu glauben, sie könnte und müsste hier helfen? Woletzki hatte angefangen, in den Papieren auf seinem Schreibtisch herumzuwühlen. Susanne sah ihn an und fasste wieder einmal einen Entschluss: Jetzt bin ich extra hierhergekommen, dachte sie, jetzt werde ich auch versuchen, irgendwie von Nutzen zu sein. Und sei es nur, um mein Gesicht zu wahren. »Also«, sagte sie, und Woletzki sah zu ihr hoch, »wie lösen wir das Heiligabendproblem?«

HEIKE, CLAUDIA UND SUSANNE

Heike und Claudia waren die Ersten im Garibaldi, und als der italienische Oberkellner sie fragte, ob sie reserviert hätten, sahen sie sich einen Moment ratlos an. »Ich dachte, du wolltest das machen«, sagte Claudia. »Ich glaube, Tom hat das übernommen, weil er so häufig zu Geschäftsessen herkommt«, antwortete Heike mit gesenkter Stimme. »Wenn die jemanden nicht kennen, wird man am Telefon abgewimmelt, auch wenn genügend Tische frei sind, was ja momentan immer häufiger der Fall ist.« Sie wendete sich an den Kellner: »Es müsste ein Tisch für drei Personen auf den Namen Tom Stelzer reserviert sein.« Die beflissen galante Fassade des Kellners hatte schon zu bröckeln angefangen, als die beiden miteinander tuschelten. Aber Heikes Antwort zauberte ein breites Grinsen in sein Gesicht. »Ah, für Herrn Stelzer! Natürlich – dann folgen Sie mir bitte! Darf ich Ihre Mäntel nehmen?«

Heike drehte ihm routiniert den Rücken zu, und der Kellner half ihr aus ihrem neuen, bodenlangen Lammfellmantel. Als sie zu ihrem Tisch geführt wurden, raunte Claudia ihr zu: »Merkst du, dass die uns alle anglotzen? Habe ich vielleicht einen Schminkrand? Oder ist meine Hose offen?« Sie sah nervös nach unten auf den Reißverschluss ihrer mit Veloursleder besetzten Seven-Jeans, einer Kopie, die sie neulich in New York erstanden hatte. Sie fand, dass sie wirklich nicht von der echten für 1100 Dollar zu unterscheiden war, oder vielleicht doch? »Die starren uns nur an, weil wir so gut aussehen«, meinte Heike, der es an nach außen getragener Selbstsicherheit nicht mangelte. Sie hatte den Ratschlag ihrer Mutter längst verinnerlicht: »Trage immer die beste Markenkleidung, die du kriegen kannst. Dann wirst du hocherhobenen Kopfes jede Blamage überstehen.«

Die beiden Freundinnen bekamen einen Tisch mit Rundumsicht zugewiesen. Claudia holte einen Spiegel aus ihrer Tod's-Handtasche. Die ist ganz sicher nicht aus der neuesten Kollektion oder sogar ein Plagiat, ging es Heike automatisch durch den Kopf, aber sie behielt es natürlich für sich. Verstohlen sah Claudia in den Taschenspiegel, um ihr Make-up zu überprüfen.

»Es ist alles bestens. Du hast keinen Schminkrand«, versuchte Heike sie zu beruhigen. »Warum bist du denn heute so nervös?«

»Ach, keine Ahnung … Ich hatte so wenig Zeit, mich fertig zu machen. Sag mal, hatten die hier schon immer einen offenen Kamin?« Sie deutete auf die Wand am Ende des Raums, wo ein Feuer hinter einer Glasscheibe prasselte.

»Ja, das ist so ein Gasbrenner mit Fernbedienung. Den haben die hier seit der letzten Renovierung, die übrigens schon länger her ist. Du gehst wohl momentan nicht oft aus?«

»Kann sein. Ich muss immer einen Babysitter bezahlen, wenn ich ausgehen will, und das geht ganz schön ins Geld.«

»Zahlt Nik euch denn immer noch keinen Unterhalt?«, fragte Heike mitleidig.

»Nur sporadisch, jedenfalls kann man damit nicht planen.«
»Wusstest du eigentlich, dass er eine neue Freundin hat?«, fuhr sie fort.

»Ach, wirklich?«, sagte Heike in einem Tonfall, der Claudia aufhorchen ließ. Etwas in Heikes Stimme klang unecht: »Und woher weißt du das? Hat er es dir selbst erzählt?«

Claudia trank einen Schluck San Pellegrino und wartete einen Augenblick, bis sie antwortete. »Nein, natürlich nicht. Er ist mit den Kindern und seiner Simone in Skiurlaub gefahren.«

»Das kann ja wohl nicht wahr sein. Und das hast du erlaubt?«

»Er hat mir natürlich verschwiegen, dass sie mitfährt. Die Kinder wussten auch nichts davon, bis sie zusammen ins Auto gestiegen sind. Und ich Dummkopf habe ihnen auch noch den Voyager für die Urlaubsfahrt überlassen.«

Sie fuhr sich mit der Hand durch die Haare, und Heike fiel auf, dass sie ein wenig strähnig waren. In diesem Moment sah sie Susanne zur Tür hereinkommen und winkte ihr zu.

»Na, Mädels?« Susanne lächelte. »Ganz schön lange her, seit wir das letzte Mal alle zusammen waren.«

Schon wieder nestelte Claudia an ihrer Frisur herum und antwortete: »Ich war gerade dabei, Heike von Niks neuer Freundin zu berichten. Wusste eine von euch eigentlich *vor* mir davon?«

Die Frage war rhetorisch gemeint, aber sie bemerkte eine Veränderung in Heikes Gesicht. Susanne fragte entsetzt:

»Was? Nik hat eine neue Freundin? Ehebruch, wo man nur hinschaut …«

Claudia sah sie mit hochgezogenen Augenbrauen an: »Gibt es da etwas, das *du* uns erzählen möchtest?«

Susanne schüttelte energisch den Kopf: »Ach, später vielleicht … Und: Hast du sie schon gesehen?«

»Ja, flüchtig, durch das Autofenster, als sie feist in seinem Rolls-Royce saß. Bevor sie in mein Auto stieg, um mit Nik und den Kindern in Skiurlaub zu fahren.«

»Bei Nik wundert mich sowieso gar nichts mehr. Und wie fanden deine Kinder seine Neue, du hast sie doch sicher ins Verhör genommen.«

»Allerdings!«, sagte Claudia. »Natürlich hat es den dreien überhaupt nicht gepasst, dass Nik ihnen, ohne zu fragen, eine neue Stiefmami vor die Nase gesetzt hat. Und dann hat sie wohl auch noch einige Fehler gemacht – wollte streng sein.« Claudia grinste. »So von wegen: Ihr esst euren Teller leer! Und stellt euch nicht so an, wenn ihr mal beim Skifahren friert oder aufs Klo müsst. Da hat sie natürlich auf Granit gebissen.«

»Leute, sollten wir nicht endlich bestellen?«, fragte Susanne mit einem Seitenblick auf den Kellner, der mit gezücktem Block an ihren Tisch kam. In diesem Moment tönte es aus den Lautsprechern: »Happy birthday to you, happy birthday …« Und das ganze Restaurant sang und klatschte im Takt des Stevie-Wonder-Songs. Drei Kellner kamen aus der Küche mit einem kleinen Kuchen, der mit brennenden Wunderkerzen bestückt war, und brachten ihn an den Nachbartisch. Er wurde vor einem überrascht aussehenden jungen blonden Mann abgestellt. Dann bekam das Geburtstagskind von einem der Ober eine überdimensionale Serviette umgebunden, auf der stand: »This is my birthday!«

Susanne verzog höhnisch grinsend das Gesicht: »Bitte gebt mir alle euer Wort darauf, dass wir so nie einen unserer Geburtstage feiern! Wie tief muss man eigentlich sinken, damit man sich bei diesem Traumschiffgetue toll vorkommt?«

»Tief«, meinte Claudia trocken, »mein Wort hast du.« Heike, die immer noch brav mitklatschte und dem Blonden am Nebentisch noch »Herzlichen Glückwunsch!« zurief, maulte: »Och, so schlimm finde ich das eigentlich gar nicht.«

Dann gaben sie endlich ihre Bestellung auf und lauschten gespannt den weiteren Schilderungen von Claudia: »Aber abends war es dann vorbei mit strenger Erziehung. Nik und seine Neue haben die Kinder im Hotelzimmer vor den Fernseher gesetzt, ausgestattet mit mehreren Tüten Chips, und sind entweder in die Sauna oder in die Hotelbar abgeschwirrt. Die Verbindungstür zwischen den Hotelzimmern haben sie wohlweislich abgeschlossen. Darüber hat sich Arthur am meisten beschwert.«

»Na, sei froh«, war Susannes Kommentar. »Oder hättest du es gerne gehabt, wenn deine Kinder die beiden beim Kopulieren überrascht hätten?«

»Nicht wirklich«, musste Claudia zugeben.

»Und stell dir mal vor, sie wäre besonders nett zu deinen Kindern gewesen. Dann hättest du noch ein viel größeres Problem«, fügte Heike hinzu. »Konnte sie wenigstens gescheit Ski fahren?«, fragte Heike weiter.

»Leider nicht nur das. Sie ist sogar eine richtig gute Snowboarderin und hat versucht, bei den Jungen damit zu punkten.«

»Einfach widerlich das Ganze!«, entfuhr es Heike. »Claudia, ich muss dir noch was erzählen!« Sie konnte jetzt nicht mehr länger schweigen. »Nik hat wohl mit dieser neuen Tussi zusammen ein Haus gekauft, das heißt, es muss wohl was Größeres sein! Ich weiß das, weil er Tom wegen der Finanzierung um Rat gefragt hat.« Sie merkte, wie ihr das Blut ins Gesicht stieg, denn ein bisschen unfair kam sie sich schon vor: Sie hätte Claudia einfach anrufen sollen! Aber Tom hatte sie beschworen, nichts davon weiterzusagen, es sei vertraulich.

»Damit erzählst du mir nichts Neues«, antwortete Claudia cool.

»Und da bleibst du so ruhig?«, fragte Heike. »Die Frau hat es jedenfalls eilig, sich deinen Nik voll und ganz unter den Nagel zu reißen.«

Das Essen wurde serviert, Claudia aß einige Gabeln von ihrem Salat und sprach dann weiter: »Er hat doch tatsächlich dieses Scheiß-Wasserschloss in Pan ... Dingsda, irgendwo in der verspießerten hessischen Pampa gekauft, in das er im November noch mit mir und den Kindern einziehen wollte!«

»Sag mal, tickt der noch ganz richtig?«, sagte Susanne. »Es ist doch erst ein Jahr her, dass ihr in euer Haus im Westend eingezogen seid. Und selbst das ist noch nicht fertig!« Sie steckte eine Gabel Vitello tonnato in den Mund und spülte mit einem Schluck Soave nach.

»Eines würde mich mal interessieren: Verdient Nik eigentlich so viel, dass er sich diese ganzen Immobilien und den Fuhrpark so locker leisten kann?«, erkundigte sich Heike.

»Dazu kann ich nur sagen: genug, um ein Darlehen nach dem anderen aufzunehmen. Und wie du weißt, hat Simonchen ja anscheinend auch etwas beigesteuert.«

»Ja, vermutlich ihren Sexappeal«, sagte Heike, und alle lachten.

Claudia fuhr kauend fort: »Außerdem war dieses Wasserschloss verhältnismäßig preiswert. Es scheint eine Art Ruine zu sein. Und das Schönste ist, dass er mir natürlich gleich alle Handwerker abgezogen und dorthin beordert hat.«

»Was macht denn eigentlich dein süßer gräflicher Praktikant? Wie hieß er noch – Moritz? Ist es bei einer beruflichen Beziehung geblieben?«, wechselte Heike das Thema.

Susanne entschied sich spontan für die Flucht nach vorn und schlug sich theatralisch die Hände vor das Gesicht.

»Mädels! Beruhigt euch! Ich brauche euch vielleicht noch in nächster Zeit«, kam Claudia Susanne zu Hilfe. »Eines muss ich euch unbedingt noch erzählen: Nik war ja noch mal allein da, nach dem Urlaub. Er wollte wohl nur die Papiere für seine Autos aus dem Safe holen und hatte nicht damit gerechnet, dass ich zu Hause sein würde. Jedenfalls haben wir uns einiges an den Kopf geworfen, bildlich gesprochen, und sind dann …«

»… miteinander ins Bett gegangen!«, beendete Heike den Satz.

»Quatsch, bist du verrückt? In die Küche gegangen, wollte ich sagen, und haben noch einen Macchiato zusammen getrunken.«

»Dass du das noch kannst. Mit ihm Kaffee trinken, nach allem, was er dir angetan hat!« Susanne war ehrlich beeindruckt, und Claudia gefiel sich ganz gut in der Rolle der großzügigen Betrogenen. »Aber wisst ihr, was das Beste war?« Sie versicherte sich mit einem Blick in die Runde, dass ihr die beiden auch gespannt zuhörten: »Wir kamen darauf zu sprechen, wie es überhaupt so weit kommen konnte. Und da wirft Nik mir doch glatt vor, ich hätte seine Hilferufe nicht verstanden, nicht ernst genommen.«

Sie nippte an ihrem Wasserglas.

»Bitte? Was denn für Hilferufe?«, fragte Susanne und stützte das Kinn lässig auf ihre Hand.

»Tja, und jetzt kommt der Hammer: Seine Sportwagen-Käufe waren die Hilferufe!«

»Nein, ich glaub es nicht«, stöhnte Susanne, und Heike schüttelte ungläubig den Kopf.

»Ja, genauso ging es mir auch. Aber Nik meinte, das hätte doch jeder Laie als reine Ersatzbefriedigung identifizieren können. Und ich als seine Ehefrau hätte natürlich früher darauf eingehen müssen.«

»Und wie hättest du seiner Meinung nach darauf reagieren sollen?«, fragte Heike. »Ihm nach jedem Autokauf zum Trost einen blasen?!« Susanne kicherte.

»Wahrscheinlich!«, stimmte Claudia grinsend zu. »Vor allem hätte ich viel mehr Zeit für seine Wehwehchen und seine inneren Zweifel und seine Midlife-Seelenqualen haben müssen. Schließlich habe ich ja auch nichts anderes zu tun – außer meinem Beruf, drei Kindern, einem Haushalt und einem Umbau. Und dabei sollte ich möglichst auch immer darauf achten, sexy auszusehen und bereit zu sein für eine Nummer zwischendurch.« Sie nickte Heike zu.

»Männer!«, sagte Susanne resigniert. Sie hob ihr Weißweinglas und prostete den anderen zu: »Auf uns, Mädels! Und darauf, dass wir unsere Freundschaft und unseren Verstand zusammenhalten!« Die anderen hoben ebenfalls ihr Glas, und sie stießen miteinander an: »Ja, auf uns! Cin cin!«

HEIKE

Sie waren seit drei Tagen aus ihrem Urlaub zurück, als der Anruf einer Immobilienmaklerin kam. Heike hörte nur mit halbem Ohr hin und überlegte, wie sie die penetrante schwäbische Stimme in der Leitung abwimmeln könnte. Aber dann wurde sie aufmerksam. Was die Maklerin beschrieb, kam ihr bekannt vor: großes altes Fachwerkhaus in Königstein mit eingewachsenem Garten. Die Quadratmeterzahl der Wohnfläche stimmte überein, nur der geforderte Preis war ein anderer. Fast die Hälfte weniger. Sie spürte einen Adrenalinstoß: Ihr Traumhaus schien in greifbarer Nähe. Heike versuchte, ganz ruhig zu bleiben, und wollte auflegen. Aber so einfach machte es die Maklerin ihr nicht: »Frau Stelzer, Sie sollten wissen, dass ich mit einer anderen Maklerfirma kooperiere, der der Verkäufer einen Alleinauftrag gegeben hat.«

»Gut, ich werde das mit meinem Mann besprechen und melde mich gegebenenfalls wieder bei Ihnen.«

Endlich hatte sie aufgelegt. Heike rief bei Tom an, der direkt in der Leitung war. »Du wirst es nicht glauben: Das Haus in Königstein ist mir gerade für die Hälfte angeboten worden, allerdings von einer anderen Maklerin, die wiederum mit einer dritten Firma zusammenhängt. Und die hat angeblich den Alleinauftrag vom Verkäufer!«

Ob sie sicher sei, dass es dasselbe Haus sei. Tom hörte sich ziemlich cool an, seine Gleichgültigkeit konnte sich Heike nur mit dem üblichen Zeitmangel erklären. Man müsse aufpassen, wandte er ein, dass man nicht am Ende noch an drei Maklerhaie eine Courtage zahlen müsste.

Tom kam gegen 21 Uhr nach Hause und fand Heike vor dem Fernseher, sie schaute eine Folge »Grey's Anatomy«. Triumphierend hielt sie ihm ein Papier mit dem Maklerangebot entgegen. Zu ihrer Enttäuschung reagierte er nicht darauf, sondern legte seinen Kopf in den Nacken und drehte ihn mit einem leidenden Gesichtsausdruck und geschlossenen Augen hin und her. Wahrscheinlich hat er das Haus in Königstein wieder vergessen, dachte Heike. Dabei hatte sie sofort Claudia angerufen und sie beschworen, alles stehen und liegen zu lassen und ihr juristisches Problem der doppelten oder gar dreifachen Maklercourtage zu lösen. Später am Tag, während die beiden wieder einmal im Keller der Ballettschule warteten, die Purserin war zum Glück nicht da, hatte Claudia ihr erklärt, dass es höchstrichterliche Rechtsprechung gebe, die genau auf ihren Fall passe. Der BGH habe einen ganz ähnlichen Fall entschieden und die Klage des Maklers abgewiesen. Von dieser Tatsache, ihren ermüdenden Erlebnissen des Nachmittags und ihrer heldenhaften Hartnäckigkeit wollte sie Tom nun endlich erzählen. Aber der machte all ihre Hoffnungen unmissverständlich zunichte: »Vergiss das Ganze! Ich habe heute die Zahlen für das letzte Quartal gesehen. Wir sind ins Minus gelaufen. Verstehst du?« Heike sah ihn erstaunt an. Sie fuhr sich mit den Fingern durch die Haare und fragte leise: »Aber wenn wir unsere Wohnung verkaufen würden, dann wären wir doch flüssig, oder?«

Tom schüttelte langsam den Kopf. »Dafür werden wir im Moment vermutlich nicht viel bekommen. Aber du kannst es ja versuchen. Schließlich kennst du inzwischen genügend Makler. Wenn wir da plus minus null rauskommen, habe ich nichts gegen den Deal. Aber ich lege nichts aus unserem Vermögen drauf. Bei der aktuellen Entwicklung kann ich nicht absehen, ob mir mein nächster Bonus noch ausbezahlt wird. Und dann müssen wir erst einmal schauen, wie wir weiter über die Runden kommen.«

So ernst hatte sich Heike die Situation nicht vorgestellt. Zwar sprachen alle über die Krise, doch sie hatte bisher nicht in Erwägung gezogen, dass es auch sie persönlich treffen könnte. Der Ausdruck »sehen, wie wir weiter über die Runden kommen« passte nicht in ihre Welt. Und sie spürte zum ersten Mal in ihrem Leben einen Anflug von Existenzangst.

SUSANNE

Susanne ging an diesem Morgen beschwingt ins Büro. Die Luft war noch ein wenig kühl, aber es sah nach einem vielversprechenden Sommertag aus. Sie hatte viel mehr Spaß an ihrer Arbeit, seit sie nicht mehr die Sticheleien ihres Vorgesetzten fürchten musste. Im Gegenteil: Sie konnte es kaum abwarten, Woletzki zu sehen. Er war zwei Tage nicht im Büro gewesen, weil er sich um seine Kinder hatte kümmern müssen. Das war in den letzten Monaten häufiger vorgekommen. Und sie hatten so eng zusammengearbeitet, dass sie über all seine Projekte genauestens informiert war. Es gab Momente, in denen sie gar nicht aussprechen mussten, was sie über ein Gemälde, eine Skulptur oder den Anbieter des Kunstwerks dachten, weil sie sowieso übereinstimmten. Hin und wieder kam es auch zu Auseinandersetzungen, nur wurden sie jetzt fair und sachlich ausgetragen. Susanne überlegte sogar manchmal, wie es wohl wäre, mit Woletzki zusammen zu sein, mit ihm zu leben. Sie genoss seine Nähe, aber ihr fehlte, was sie bei Moritz gespürt hatte: dieses herrliche gierige Ziehen in ihrem Bauch. Als sie im Büro ankam, fand sie einen Zettel auf ihrem Schreibtisch: »Anruf von Lord Haldane, Zeit: 8.25 Uhr, Bitte um Rückruf.«

Susanne atmete tief durch und drückte die Kurzwahltaste des Londoner Büros. Lord Haldanes Sekretärin stellte sie gleich durch: »Ah, Mrs Sänder! Ich habe eine gute Nachricht für Sie: Der Geschäftsführer unseres Hauses in Zürich wird uns verlassen. Wir müssen seine Stelle neu besetzen, und da sind wir auf Sie gekommen. Was sagen Sie?«

»Lord Haldane, das ist wirklich eine große Ehre …«

»Aber Sie müssen erst darüber nachdenken«, beendete er

den Satz. »Das ist selbstverständlich. Doch zögern Sie nicht zu lange, es gibt viele, die Sie um dieses Angebot beneiden. Übrigens hat Herr von Woletzki es sehr befürwortet, dass Sie den Posten übernehmen.«

»Ich brauche keine Bedenkzeit, Lord Haldane«, hörte sie sich sagen. »Ich nehme das Angebot gerne an. Wann geht es in Zürich los?«

»Das lobe ich mir. So eine Entschlossenheit. Sie können schon am ersten Oktober anfangen, den Vertrag lasse ich Ihnen zuschicken.«

Susanne sank in ihren Stuhl zurück. Sie hatte gerade das Angebot ihres Lebens bekommen und war maßlos enttäuscht. Woletzki hatte sie wegloben lassen. Sie sah auf die Uhr: Es war eigentlich Zeit für ihre morgendliche Besprechung, und schon stand Woletzki gut gelaunt in ihrer Tür: »Was ist los, Sander? Heute keine Lagebesprechung? Oder haben Sie zu viel zu tun? Ich muss Ihnen unbedingt etwas erzählen, wird Sie interessieren! Kommen Sie gleich zu mir? Ich lasse uns Kaffee und Tee bringen.«

Susanne nahm ihre Lesebrille ab und suchte nach Ausflüchten: »Ach, ich muss noch die Aufstellung durchgehen, bin mir da bei ein paar Losen noch nicht sicher, ob wir den Erstgebotspreis nicht runtersetzen sollten ...«

Woletzki machte einen Schritt in ihr Büro. »Damit sollten wir uns doch auch zusammen befassen. Oder gibt es noch etwas anderes?« Er schloss die Tür hinter sich und kam noch einen Schritt näher. Mit beiden Händen stützte er sich auf ihre Schreibtischplatte und fragte unverblümt: »Was ist los, Sander? Ich merke doch, dass Sie etwas auf dem Herzen haben.«

»Auf dem Herzen habe ich gar nichts! Ich gehe im Oktober

nach Zürich. So wie Sie es hinter meinem Rücken mit Lord Haldane beschlossen haben. Und der Laden hier kann mir von jetzt an gestohlen bleiben«, blaffte Susanne ihn an. Dann setzte sie ihre Brille wieder auf und blätterte demonstrativ in einer Kunstzeitschrift.

Woletzki nahm ihr die Zeitschrift aus der Hand und knallte sie auf den Tisch, so dass Susanne zusammenzuckte. Seine Stimme war lauter als nötig: »Jetzt mal langsam! Ich habe überhaupt nichts mit Lord Haldane beschlossen. Er hat mich lediglich gefragt, ob ich Sie für fähig halte, das Züricher Haus zu führen. Und das habe ich natürlich bejaht! Hätte ich sagen sollen: Das ist eine Nummer zu groß für die Sander? Wäre Ihnen das lieber gewesen?!« Susanne starrte vor sich hin. »Sander! Glauben Sie mir …« Woletzki sprach wieder leiser, dafür umso eindringlicher: »Ich würde Sie tausend Mal lieber hier behalten – Sie sind für mich nahezu unersetzlich, gerade in meiner jetzigen privaten Situation. Ich weiß gar nicht, wie ich das hätte schaffen können, wenn Sie mir hier nicht den Rücken freigehalten hätten.«

»Trotzdem hätten Sie mir vielleicht zuerst von diesem Angebot erzählen können«, sagte Susanne.

Woletzki steckte die Hände in die Hosentaschen, bevor er antwortete: »Das wollte ich ja, heute Vormittag. Die letzten beiden Tage haben wir uns schließlich nicht gesehen, und ich fand, das wäre nichts für ein Gespräch am Telefon. Ich hatte keine Ahnung, dass Haldane es so eilig hat.«

Das klang immerhin glaubwürdig, dachte Susanne und nickte tapfer. »Außerdem«, setzte Woletzki an, und Susanne sah ihn erwartungsvoll an. Sag, dass ich hierbleiben soll, wünschte sie sich plötzlich. »Außerdem stand es Ihnen doch frei, den Job anzunehmen, oder? Nur ist es meines Erachtens eine einmalige Chance … Und es gäbe mir wirklich Anlass, an

Ihrem Verstand zu zweifeln, wenn Sie sie leichtfertig vergeben würden.«

»Ja, es ist eine Chance, deshalb habe ich zugestimmt! Und ich würde gerne meinen Resturlaub nehmen, bevor ich die neue Stelle antrete. Ab wann können Sie mich freistellen?«, fragte Susanne in geschäftsmäßigem Ton.

Woletzki schien überrascht. »Das ist natürlich nicht so einfach. Aber ich muss mich wohl an den Gedanken gewöhnen, ohne Sie zurechtzukommen. Mal sehen …«

Susanne hörte ihm gar nicht mehr zu. In ihrem Kopf breitete sich die bedrohliche Erkenntnis aus, dass es kein Zurück mehr gab. Die Sache war beschlossen, und sie musste sich jetzt mit den administrativen Aspekten ihrer überstürzten Entscheidung befassen: Sie musste einen Nachmieter für ihre Wohnung suchen und eine neue Wohnung in Zürich. Kannte sie dort eigentlich jemanden?

NIK

Es war ein dumpfes, regelmäßiges Geräusch. Ein Klopfen oder Hämmern? Nik hörte es ganz deutlich, und ihm wurde klar, dass es schon eine ganze Weile andauerte. Er tastete das Bett ab. Im Halbdunkel erkannte er, dass der Platz neben ihm leer war. Nik sah auf seinen Wecker, auf phosphoreszierende Ziffern: Es war 8 Uhr, Samstag. Stöhnend drehte er sich um und legte sein Kissen auf den Kopf, aber das Geräusch blieb. Er schlüpfte in seine Hose und öffnete das Fenster, doch den Park, aus dem das Geräusch zu kommen schien, konnte er vom Schlafzimmer aus nicht sehen. Im Vorbeigehen griff er nach einer Jacke, schlüpfte in seine Gummistiefel, die in der Eingangshalle bereitstanden, und lief nach draußen. Die frische Morgenluft war überraschend angenehm. Am Himmel hingen wenige Schleierwolken, es würde ein fantastischer Tag werden. Das Tor knarrte, als er es öffnete, und erinnerte ihn daran, dass er es schon längst hatte ölen wollen. Von der Holzbrücke aus hatte man einen guten Ausblick: Im hinteren Teil des Parks, bei den sechs Trauerweiden, nagelten zwei Männer einige massive Balken zusammen. Simone stand gestikulierend daneben.

Nik watete durch die Wiese auf sie zu. Es war auch deshalb immer noch sumpfig, weil das Gras so hoch stand. Aber Simone war strikt dagegen, es schneiden zu lassen, wegen der Kleinstlebewesen. Nik wäre gerne ein paar von ihnen losgeworden – Stechmücken und Bremsen vor allem, die sich als Plage erwiesen hatten. Seltsamerweise wurde Simone fast gar nicht von ihnen gestochen. Er hingegen konnte sich ab Sonnenuntergang überhaupt nicht mehr draußen aufhalten. Dann schlägt die Stunde der Blutsauger, pflegte er zu sagen.

Simone kam ihm mit geröteten Wangen entgegen, und Nik fand, dass sie während ihrer Schwangerschaft immer schöner wurde. Sie trug einen spanischen Vintage-Poncho, der ihre Knie frei ließ, und hohe Gummistiefel. Nik lächelte, Simone breitete die Arme aus und sah ihn strahlend an: »Hallo, mein Liebling! Ist das nicht ein wundervoller Morgen?« Sie gab ihm einen Zungenkuss, den sie lachend beendeten, weil sie sich umständlich weit nach vorne beugen mussten.

»Du hast dir ja noch gar nicht die Zähne geputzt!«, sagte sie gespielt vorwurfsvoll.

»Es ist ja auch noch reichlich früh für Samstag«, entschuldigte sich Nik. »Sag mal, was wird das hier? Ich weiß gar nichts von deiner Baumaßnahme.«

Er ging um einige ausgelegte Balken herum und sah erst jetzt, dass sie in einem Betonfundament verankert waren. Das musste letzte Woche geschehen sein, als er unterwegs gewesen war.

»Nik, schon letzten Monat habe ich dir erzählt, dass der hiesige Tierschutzverein dringend Plätze für ein paar Tiere braucht. Und da ich davon ausging, dass du nicht begeistert sein würdest, sie direkt bei uns im Wohnhaus zu halten, bin ich auf die Idee mit dem Stall gekommen.«

Nik erinnerte sich dunkel, dass sie irgendetwas von Tieren erzählt hatte, aber sie erzählte ja ständig von Tieren! Seit sie wegen vorzeitiger Wehentätigkeit krankgeschrieben war, verbrachte sie die meiste Zeit im Tierheim.

»Wir bekommen vier Walliser Bergziegen und zwei Esel, alle aus einem Freizeitpark, der Pleite gemacht hat. Und dann noch ein paar Kaninchen. Weißt du, diese üblichen Weihnachtsgeschenke, die wieder abgegeben werden, wenn die Muttis merken, dass die Viecher auch ein bisschen Arbeit machen.« Sie schüttelte den Kopf. Nik war nicht gerade begeistert von der Vorstellung, in seinem Park einen halben Zoo unterzubringen. Aber er hatte mittlerweile die Erfahrung gemacht, dass Simone ihre Ideen zielstrebig in die Tat umsetzte. In dieser Hinsicht hatte sie sogar eine Gemeinsamkeit mit Claudia. Seinen Einwand, wenigstens die Anzahl der Tiere einzuschränken, verwarf Simone gleich: »Was macht es für einen Unterschied, ob wir hier zwei Ziegen halten oder vier?« Nik zuckte hilflos mit den Schultern. »Der Gestank ist auf jeden Fall der gleiche, das kann ich dir versichern«, fügte sie lachend an.

»Aber überanstrenge dich bitte nicht.« Er strich ihr liebevoll über den Bauch.

»Keine Sorge, Liebling. Ich fühle immer rechtzeitig, wenn ich mich ausruhen muss. Da bin ich mit meinem Körper ganz eins!«

»Übrigens kommen die Kinder dieses Wochenende. Ich hole sie um 12 Uhr am Bahnhof ab«, erinnerte er sie.

»Das hatte ich ganz vergessen. Du, ich habe gar nicht viel im Haus. Vielleicht müsstest du noch etwas einkaufen, für mich bitte nur Bio! Du weißt ja, um unser Baby nicht zu vergiften.«

Ohne seine Reaktion abzuwarten, wendete sie sich wieder den Arbeitern zu. Nik schlenderte zurück in den Schlosshof und setzte sich in einen alten Landrover. Er hatte im letzten halben Jahr seine beiden Ferraris und den Porsche verkauft. Bei der Sanierung des Schlosses waren einige unvorhergesehene Probleme aufgetreten, und Claudia saß ihm mit Unterhaltsforderungen im Nacken. Simone hatte er in dem Glauben gelassen, er habe die Autos hauptsächlich wegen ihres immensen Benzinverbrauchs und Schadstoffausstoßes verkauft. Und sie hatte mit großer Befriedigung registriert, dass er sich langsam zu einem umweltbewussten, ja, zu einem besseren Menschen entwickelte.

Als er mit den Kindern und den Einkäufen zurückkam, lag Simone im Innenhof auf einem Liegestuhl und schien zu schlafen. Julia hatte die Fahrt über geschwiegen, jetzt sagte sie zu Nik: »Papa, guck mal: Arthur sieht irgendwie komisch aus.« Nik bückte sich zu Arthur herunter und fühlte seine Stirn: »Oh Gott, er ist ganz heiß! Und diese roten Flecken. Ist er denn krank?«, fragte er Julia, die mit den Schultern zuckte: »Woher soll ich das wissen? Er war jedenfalls gestern noch im Kindergarten.« Simone wachte auf, und Nik hob Arthur hoch. Im Schloss angekommen, legte er ihn auf sein Bett. »Haben wir eigentlich ein Fieberthermometer?«, fragte er in der Annahme, Simone stünde hinter ihm. Aber sie war nicht da. Julia erklärte, dass Simone wohl in den Park gegangen sei.

»In den Park?«, wiederholte Nik ungläubig. »Sie hat nur gesagt, dass sie sich in ihrem Zustand nicht mit Masern oder Röteln oder so was anstecken will.« Daran hatte Nik nicht gedacht. Wenn Arthur eine ansteckende Kinderkrankheit hatte, war er natürlich eine Gefahr für Simone und das Baby. Es gab also nur eine Lösung: Arthur musste auf schnellstem Weg wieder zurück nach Frankfurt. Er rief Claudia an.

Nachdem er Arthurs Zustand vage geschildert hatte, gab Claudia ihm Anweisungen: »Wenn du nicht zum Notarzt fahren willst, solltest du Paracetamol-Saft oder -Zäpfchen in der Apotheke besorgen. Gibt es bei euch auf dem Land nicht einen Arzt, der Hausbesuche macht?«

»Wir haben noch keinen Arzt gebraucht, bis auf den Gynäkologen, und der wird wohl kaum eine Hilfe sein.«

»Vielleicht besser als nichts«, meinte Claudia.

»Sag mal, kannst du nicht kommen und Arthur abholen?«, fragte Nik.

»Bin ich in die Pampa gezogen oder du? Und du wolltest, dass die Kinder dieses Wochenende bei dir im Schlösschen verbringen – kaum sind sie da, soll ich mich drei Stunden ins Auto setzen und sie abholen?«

»Jetzt übertreibst du aber, das sind doch keine drei Stunden.«

»Eineinhalb Stunden hin und eineinhalb zurück – macht drei! Aber selbst wenn es nicht das wäre: Ich finde es dreist, dass du so über meine Zeit verfügst. Ich habe mir einen Haufen Arbeit mit nach Hause genommen, bis Montag müssen zwei Schriftsätze und ein Gutachten fertig werden. Ich brauche die Zeit ohne Kinder, verstehst du?«

Nik zögerte, er sah keinen anderen Weg. »Ich weiß nicht, ob die Kinder dir erzählt haben, dass Simone schwanger ist.« Er wartete einen Moment, aber es kam keine Reaktion. »Jedenfalls hat Simone Angst, sich und das Baby anzustecken.

Man weiß ja nicht, ob Arthur vielleicht Masern oder Röteln oder so was hat.«

»Ja, die Kinder haben mir erzählt, dass deine Freundin ein Kind erwartet. Aber dass dir deshalb Arthurs Zustand völlig gleichgültig ist und du ihm tatsächlich zumuten willst, mit Fieber stundenlang im Auto herumzufahren, nachdem er gerade erst die Zugfahrt hinter sich gebracht hat, finde ich ungeheuerlich!«

»Aber bei dir«, setzte Nik an, doch sie ließ ihn nicht zu Wort kommen. »Und nur am Rande: Arthur ist gegen Mumps, Masern und Röteln geimpft!«

»Aber bei dir wäre er einfach besser aufgehoben«, sagte Nik jetzt.

»Das ist keine Neuigkeit für mich. Und dein Verhalten bestätigt es einmal mehr«, fuhr Claudia ihn an. In ihr reifte die Überzeugung, dass er recht hatte und sie Arthur keine Minute länger bei ihm und seiner egozentrischen Simone lassen sollte. Was würde passieren, wenn er wirklich etwas Schlimmeres hatte und sich keiner richtig um ihn kümmerte?

Zehn Minuten später saß Claudia in ihrem Voyager auf dem Weg nach Panrod. Sie schwor sich, es Nik heimzuzahlen. Als sie ankam und das erste Mal über die Holzbrücke ging, die sie bisher nur von den Fotos in Niks ominöser E-Mail kannte, überkam sie eine seltsame Wehmut. Hier hätte sie mit Nik und den Kindern einziehen können, wenn sie damals nur ja gesagt hätte. Sie stieß das alte Tor auf und stand vor dem Innenhof. Simone mit ihren langen rotblonden Haaren, einem Poncho und Gummistiefeln ging quer über den Hof. Ohne stehen zu bleiben, rief sie: »Nik, sie ist da!« Und drehte sich einfach wieder um. Claudia kam ihr spanischer Vintage-Poncho seltsam bekannt vor.

Schon kam Nik mit Arthur auf den Armen aus dem Wohnhaus. Von weitem konnte Claudia erkennen, dass es Arthur wirklich schlecht ging. Sie fragte, ob er zu trinken bekommen habe. Nik schüttelte den Kopf, und Claudia verkniff sich jeden Vorwurf. Nachdem er Arthur in ihren Wagen gehievt hatte, war es Nik, der sich nicht mehr zurückhalten konnte. »Eins noch: Deine Forderungen im Scheidungsantrag sind hoffentlich nicht ernst gemeint! Wir wissen ja beide: Klappern gehört zum Handwerk, aber ich brauche auch noch etwas zum Leben. Schließlich werde ich Vater!«

Claudia packte Arthur in eine Decke und legte ihm die Hand auf die Stirn. Ganz langsam richtete sie sich auf, sah einen Moment zu Boden, fixierte dann Nik und erwiderte: »Du – wirst – Vater! Ich glaube, diesen Satz muss ich nicht mehr kommentieren, oder?« Sie schloss die Augen und massierte sich mit zwei Fingern die Schläfen. »Weißt du was, Nik: Sieh dich hier noch einmal genau um. Und merke dir diesen Tag gut, denn es wird dir in deinem Leben nie wieder so gut gehen wie heute. Dafür werde ich gemeinsam mit meinem Anwalt sorgen!«

Sie öffnete die Türen für Julia und Lorenz, die mit ihren kleinen Reisetaschen zum Auto kamen, stieg in den Wagen und fuhr los. Auf der Fahrt erinnerte sich Claudia, wo sie diese langen rotblonden Haare und diesen spanischen Poncho schon einmal gesehen hatte. Es war etwa ein dreiviertel Jahr her, als diese Frau nachts vor ihrem Haus gestanden und zu ihrem Schlafzimmerfenster hochgestarrt hatte.

HEIKE

Dr. Wöller sah ihr freudig ins Gesicht und gratulierte. Das Ergebnis war keine Überraschung. Sie wusste es schon seit Tagen, und nur im ersten Moment, als sie den deutlichen zweiten Streifen in dem Fenster des Plastikstäbchens gesehen hatte, war sie glücklich gewesen. Glücklich? Oder erleichtert? Hier war der Beweis. Der Beweis dafür, dass sie doch noch fruchtbar war, in der Lage, eine richtige Familie zu gründen. Als Heike das Untersuchungszimmer von Dr. Wöller verließ, spürte sie eine Art Leere. Und da war noch ein anderes Gefühl in ihrer Magengrube. Natürlich, beruhigte sie sich, sie hatte ja heute Morgen nichts essen können, obwohl sie wusste, dass nur ein gefüllter Magen gegen die Übelkeit half. Die Sprechstundenhilfe strahlte sie an, als sie einen Termin für die nächste Untersuchung vereinbarte. »Ach, Frau Stelzer, ich freue mich ja so für Sie – endlich hat es geklappt!« Heike sah sich verstohlen um; diese Indiskretion!

Als sie zum Parkplatz ging, nahm sie sich vor, Tom endlich davon zu überzeugen, ein neues Auto anzuschaffen. Natürlich war der BMW auch für eine vierköpfige Familie groß genug. Heike würde vorsichtshalber einen neuen, viel sperrigeren Kinderwagen kaufen, dann ginge das auf gar keinen Fall mehr. Sie wollte einen Cayenne. Oder doch lieber einen GL?

Das Gefühl im Magen wurde immer schlimmer, während sie die Isenburger Schneise durch den Stadtwald fuhr. Konnte sie sicher sein, sich – wie bei ihrer ersten Schwangerschaft – niemals übergeben zu müssen? Im Moment hatte sie einen anderen Eindruck. Sie setzte den Blinker und bog in einen Waldweg. Hastig stieg sie aus und beugte sich nach vorne. In letzter Sekunde. Doch ein Teil des Erbrochenen war auf ihre

Jimmy-Choo-Sandaletten gespritzt. Sie griff nach der Flasche Evian auf dem Beifahrersitz und spülte sich den Mund aus. Dann zog sie ihre Sandaletten aus und schüttete sich das Wasser über ihre Füße. Die Schuhe legte sie in den Kofferraum, damit nicht der ganze Wagen danach roch. Dann ging sie zur Fahrertür, es war Zeit, Chloé vom Kindergarten abzuholen. Aber etwas hielt sie zurück: Warum konnte sie sich nicht richtig freuen? Sie hatte doch so lange darauf hingearbeitet, ein zweites Kind zu kriegen. Erst jetzt, als sie endlich schwanger war, erinnerte sie sich an die Strapazen, die Schwangerschaft, Geburt und die erste Zeit mit einem Baby mit sich brachten. Und da war noch etwas anderes: Sie hatte Dr. Wöllers ernstes Gesicht vor Augen, der darauf hingewiesen hatte, in ihrem Alter unbedingt eine Fruchtwasseruntersuchung machen zu lassen. Das Risiko für ein Kind mit genetischem Defekt sei jetzt viel größer. Heike realisierte, dass sie keine Vorfreude empfand, sondern außer dieser Leere – einfach nur Angst. Angst vor dem, was auf sie zukam. Sie beschloss, gleich noch kurz bei Vanilla vorbeizufahren und sich ein paar neue Sandaletten zu kaufen, dann würde es ihr bestimmt wieder bessergehen.

Das Klingeln ihres Handys ließ sie zusammenzucken. Das Display zeigte Tom an. Es war ungewöhnlich, dass er sich tagsüber meldete. Sie räusperte sich, spürte ein unangenehmes Brennen in ihrem Hals. Kurz entschlossen nahm sie das Gespräch entgegen: »Hallo Tom.«

»Hi Schatz, alles klar?«

»Na ja, es geht so …« Auf einmal wünschte sie sich, er würde nachfragen, sie trösten. Früher hatte er jeden Unterton in ihrer Stimme erkannt. Aber Tom ging gar nicht auf ihre Antwort ein, er war, wie immer, in Eile: »Ich wollte dich nur daran erinnern, dass meine Mutter heute um 15.20 Uhr am Bahnhof ankommt. Kannst du sie vielleicht mit Chloé zusammen abholen? Da würde sie sich bestimmt sehr freuen.«

»Leider hat Chloé Ballettunterricht.«

»Vielleicht könnt ihr den ausnahmsweise ausfallen lassen. Meine Mutter kommt ja nicht oft zu Besuch, und Weihnachten hat es, wie du dich erinnerst, auch nicht geklappt!«

Heike wusste, dass sie vorsichtig sein musste. In Bezug auf seine Mutter verstand Tom keinen Spaß mehr. Deshalb hatte sie ihre Gegenwehr aufgegeben – und den Besuch zu Chloés Geburtstag hingenommen. »Die Ballettlehrerin hat ausdrücklich gesagt, dass die Mädchen im Moment keine Stunde verpassen dürfen, sonst können sie nicht an der Aufführung teilnehmen. Und das willst du Chloé doch wohl nicht antun, oder?« Tom konterte: »Könnte dann nicht vielleicht deine Mutter Chloé heute zum Ballett bringen?«

»Gute Idee, nur hat Maman heute einen Zahnarzttermin«, log Heike. »Aber es gibt ja Taxis.«

»Und das Gepäck?«, warf Tom ein.

»In meinem Zustand kann ich ihr sowieso nicht tragen helfen.«

»Ich sehe schon, dass bei dir nichts zu machen ist!« Tom klang gefährlich beleidigt. »Dann werde ich versuchen, meinen Termin abzusagen. Sonst steht sie nachher noch vor verschlossener Tür!« Das kann passieren, dachte sich Heike und sagte: »Ach Tom, ich kann doch nichts dazu. Wir haben eben auch unsere Termine, und ich finde es nicht fair, wenn du das immer so herunterspielst. Es geht hier auch um deine Tochter!«

Als Heike gegen 18 Uhr die Wohnungstür aufschloss – sie hatten noch einen Latte macchiato mit der Purserin getrunken –, kam Elisabeth ihnen aus dem Wohnzimmer entgegen. Sie hatte offenbar schon einige Zeit gewartet.

»Chloé, dich habe ich aber lange nicht gesehen. Du bist ja schon wieder gewachsen!«, rief sie mit ihrem Hamburger Dialekt. Sie breitete die Arme aus, um ihr Enkelkind an sich zu drücken, aber Chloé blieb stehen und sah zu Boden. Eigentlich mochte sie ihre Großmutter. Aber Heike hatte ihr in den letzten Tagen aufgezählt, was sie alles nicht dürfe, wenn Oma Elisabeth da sei. Und Chloé hatte angefangen, sich vor dem Besuch ihrer Oma ein wenig zu fürchten, was Heike mit Genugtuung zur Kenntnis nahm.

»Na, ich bin dir wohl schon ganz fremd geworden«, sagte Elisabeth mit einem Seitenblick auf Heike. Sie ließ enttäuscht die Arme sinken. Heike gab Chloé einen kleinen Schubs: »Nun geh schon und sag deiner Oma guten Tag!« Schüchtern streckte Chloé die Hand aus, während Heike Elisabeths Kleidung musterte: Sie trug eine weite gemusterte Bluse und eine graue Hose mit eingenähter Bügelfalte. Wie konnte man nur so etwas anziehen, fragte sich Heike. Und erst diese Frisur: Wer trug denn heute noch so eine ausgebleichte Dauerwelle?

Jetzt war sie an der Reihe – und sie begrüßte ihre Schwiegermutter mit in die Luft gehauchten Wangenküssen, wobei sie vermied, dass sich ihre Wangen tatsächlich berührten. Dabei wanderte ihr Blick durch das Wohnzimmer, und sie bemerkte die Unordnung: Auf dem Couchtisch und dem cremefarbenen Sofa lagen aufgeschlagene Zeitschriften herum. Ohne sich weiter um Elisabeth zu kümmern, begann Heike, sie wieder ordentlich auf dem Tisch zu stapeln. Sie verwendete einige Mühe, bis alle wieder Kante an Kante aufeinanderlagen. Dann verrückte sie das kleine bronzene Pferd um genau zwei Zentimeter. Es war die Kopie einer chinesischen Antiquität, die sie erst vor kurzem aus einem Katalog für Interiordesign bestellt hatte. Heike hasste es, wenn ihre Dekorationsobjekte angefasst wurden.

Als sie zur Tür blickte, waren Elisabeth und Chloé nicht

mehr zu sehen. Sie hörte ihre Stimmen aus dem Kinderzimmer. Soll sie sich doch an ihr die Zähne ausbeißen, dache Heike. Wenn sie merkt, dass Chloé nichts von ihr wissen will, wird sie vielleicht auch früher abreisen. Schon kam Chloé aus dem Zimmer gelaufen. Sie trug einen halb geöffneten Picknickkoffer mit Puppengeschirr. »Guck mal, Mami, den hat mir Oma Elisabeth geschenkt. Ist der nicht schön?«, fragte sie. Heike hielt ihren Zeigefinger an die Lippen und machte: »Schschsch! Nicht so laut, Chloé.« Sie nahm ihr das Köfferchen aus den Händen: Es war ja ausnahmsweise geschmackvoll und sicher auch nicht billig. Heike hielt eine handbemalte Porzellankaffeekanne hoch. Elisabeth hatte sich richtig ins Zeug gelegt, um ihrem Tipp mit dem Puppenkoffer nachzukommen. Noch am selben Tag hatte Heike diesen Wunsch Chloés allerdings auch an ihren Bruder weitergegeben und es so arrangiert, dass er sein Geburtstagsgeschenk schon am letzten Wochenende bei ihnen ablieferte. Sie bückte sich zu Chloé herunter und sagte übertrieben laut: »Ja, was machen wir denn da? Der Picknickkoffer ist ja wirklich schön, aber fast genauso einen hast du doch schon von Onkel Leonard bekommen – so ein dummer Zufall!«

Elisabeth war inzwischen ins Zimmer gekommen: »Was ist denn los, hat Chloé wirklich schon so einen Koffer?«

»Aber Mama, du hast mir doch erklärt: Man darf nicht sagen, wenn man ein Geschenk schon hat, damit der Schenkende dann nicht traurig ist«, erinnerte sie Chloé treuherzig. »Ja, mein Herz, du hast natürlich recht. Ich dachte, Oma Elisabeth würde uns gerade nicht hören«, log sie. Über Chloé hinweg trafen sich ihre Blicke, und Heike bemerkte den wissenden Ausdruck im Gesicht ihrer Schwiegermutter. Ich weiß, dass du mich durchschaust, dachte Heike, aber es wird dir nichts nützen!

»Habe ich Ihnen nicht versprochen, dass Ihre Nase eine schöne Nase bleibt?«

Die Stimme kam Claudia bekannt vor, und diesen Akzent hatte sie auch schon einmal gehört. Sie drehte sich um: »Oh, hi!« Vor ihr stand der indische Arzt aus dem Krankenhaus und fixierte sie mit seinen dunklen Augen. Er sah ganz anders aus, ohne weißen Kittel, in einem orangefarbenen Pullover. Unwillkürlich fasste sie sich an ihre Nase und nickte: »Ja, die haben Sie wirklich wieder gut hingekriegt!« Eigentlich hätte sie sich wohl bei ihm bedanken müssen, aber sie erinnerte sich noch zu genau an seine ruppige Behandlungsmethode.

»Kommen Sie öfter ins Cocoon?«, fragte er.

»Nein«, antwortete Claudia. »Um ehrlich zu sein, war ich erst einmal da. Ich komme nicht so oft dazu auszugehen.« Sie sah in sein schmal geschnittenes Gesicht und musste zugeben, dass er ziemlich gut aussah. Und die Reihe strahlend weißer Zähne erinnerte sie schmerzhaft daran, dass sie sich selbst endlich zu einem professionellen Bleeching durchringen sollte.

»Und – was ist mit Ihrem Mann?«, fragte er ohne Umschweife. Claudia schüttelte den Kopf. »Wir leben getrennt.« Er sah sie mit einem Anflug von Spott an, fragte aber nicht weiter nach. »Ich heiße Sanjai. Darf ich Claudia zu Ihnen sagen?«

»Sie wissen noch meinen Namen?«

»Bei so schönen Nasen merke ich mir die dazugehörigen Namen! Die sind nämlich äußerst selten. Die schönen Nasen, meine ich.«

Drei Drinks später, zu denen Sanjai sie eingeladen hatte, wusste sie bereits, dass er eine deutsche Mutter und in England – selbstverständlich in Oxford – studiert hatte. Seine Eltern lebten im indischen Jaipur, dort war Sanjai auch aufgewachsen. Sein Vater war der Leiter eines Krankenhauses und wollte, dass sein Sohn ihm eines Tages nachfolgte. Claudia fühlte sich stark an einen Bollywood-Film erinnert und dachte: Fehlt nur noch, dass er gleich zu tanzen und zu singen anfängt! Namaste!

»Und?«, sagte Claudia. »Wirst du zurückgehen?«

»Ich weiß es noch nicht. Natürlich, es würde meinen Vater glücklich machen. Aber diese Arbeit möchte ich nicht haben. Alle würden nur sagen: Mal sehen, ob er wirklich was kann. Verstehst du? Außerdem betrachte ich Deutschland als meine Heimat.«

Claudia nickte. Sie musste sich eingestehen, dass sie froh war, das zu hören. Obwohl sie ihn gerade erst kennengelernt hatte, wollte sie nicht, dass er fortging.

Später am Abend tauschten sie Telefonnummern aus. Na, mal sehen, ob du dich meldest, dachte Claudia abgeklärt. Aber sie hatte gar kein so schlechtes Gefühl. Und es trog sie nicht. Als sie die Haustür aufschloss, spürte sie ihr Handy vibrieren. Und wirklich: Er war es und erkundigte sich, ob man sich morgen zum Lunch treffen könne. »Ich war nicht ganz sicher, ob du mir wirklich die richtige Nummer gegeben hast – und das musste ich noch heute Abend ausprobieren, sonst hätte ich eine schlaflose Nacht gehabt, weißt du?«

SUSANNE, CLAUDIA UND HEIKE

Susanne hatte mit Hilfe ihrer Freundinnen die 45. Umzugskiste fertig gepackt. »Mädels, ich glaube, jetzt reicht es wirklich – ich kann nicht mehr!« Heike sah zur Zimmertür herein und hielt einen gerahmten Kunstdruck von Marc Chagall in die Höhe: »Sag mal, ausgerechnet du hängst dir so einen billigen Druck an die Wand?«

»Das war früher eines meiner Lieblingsbilder!«

»Also, weißt du was: Ich übernehme die Entsorgung für dich.«

»Bist du verrückt? Da hängen Erinnerungen dran, und der Rahmen ist noch gut«, rief Susanne.

Heike betrachtete den Rahmen und rollte mit den Augen. Es war wirklich schwierig, Susanne bei der Packerei zu helfen. Und wenn Heike etwas hasste, dann war es diese messiehafte Unfähigkeit, sich von alten Dingen zu trennen. Sie lehnte das Bild an einen Schrank. Mit spitzen Fingern warf sie ein paar alte Turnschuhe in die Tüte für das Rote Kreuz.

»Jetzt muss ich mich auch erst mal ausruhen!«

Stöhnend setzte sich Heike auf das Bett mit der nackten Matratze, nicht ohne die Stelle, auf der sie sich niederließ, vorher genau zu inspizieren. Eigentlich hatte sie es als Zumutung empfunden, dass Claudia sie in ihrem Zustand gefragt hatte, ob sie Susanne beim Umzug helfen würde. Aber dem Argument, Susanne sei so chaotisch, dass sie es alleine niemals schaffte, konnte sie nichts entgegensetzen. Sie betrachtete den Rahmen noch einmal: »Was ist jetzt mit dem alten Ding, willst du das wirklich behalten? Sonst nehme ich es mit.«

Susanne und Claudia drehten sich abrupt zu ihr um. »Also, es hat damit angefangen, dass ich – als Tom wieder einmal einen seiner Anfälle wegen meiner Kreditkarten-Abrechnung hatte – beweisen wollte, dass die ganzen teuren Markensachen ja auch einen Wert haben und behalten. Er hat es mir partout nicht geglaubt! Ich habe dann ein paar Taschen bei Ebay angeboten – und es hat funktioniert. Die Leute sind immer noch verrückt nach exklusiven Marken. Hätte ich, ehrlich gesagt, auch nicht gedacht, in diesen Zeiten. Und dann habe ich nach und nach meine und auch Toms Schränke ausgeräumt und mir bei jedem Stück überlegt, ob wir das wirklich noch brauchen. Irgendwie hat es angefangen, Spaß zu machen, und ich bin gerade letzte Woche zum Powerseller aufgestiegen, wenn ihr wisst, was das heißt ... Früher war ich ja eher Powershopper.«

Claudia war die Erste, die ihre Sprache wiederfand: »Wow, das hätte ich dir wirklich nicht zugetraut. Hut ab!«

Heike grinste verlegen und fügte hinzu: »Tja, Tom hat mir leider trotzdem alle meine Kreditkarten abgenommen. Als wir das Haus in Königstein gekauft haben, dachten wir ja, die Gelegenheit sei günstig, weil der Eigentümer mit seiner Bank in die Krise geschlittert ist – da haben wir beide die Augen davor verschlossen, dass es Tom auch so schlimm erwischen könnte.« Sie zuckte mit den Schultern und fand wieder zu ihrem gewohnten Upper-Class-Tonfall zurück: »Trotzdem verstehe ich gar nicht, warum du die Umzugsfirma nicht auch mit dem Packen beauftragt hast, Susanne.«

»Aber darum geht es doch gar nicht«, sagte Claudia, die inzwischen mit dem Kleiderschrank beschäftigt war. »Wenn die Umzugsleute das hier übernommen hätten, wäre Susannes ganzer alter Plunder wieder mit eingepackt worden. Und du musst zugeben, dass das absolut keinen Sinn gemacht hätte, oder?«

Sie warf ein paar alte Gürtel in die Tüte. Susanne setzte sich auf einen Alukoffer, um ihn zu schließen. In ihn hatte sie Sachen für die ersten Tage in Zürich gelegt. Eigentlich wollte sie ganz alleine packen, aber Claudia hatte sich als Umzugshelferin geradezu aufgedrängt: »Meinst du vielleicht, ich möchte in einer Rumpelkammer schlafen, wenn ich dich in Zürich besuche? Nimmst du dein ganzes Zeug wieder mit, kann ich dir jetzt schon garantieren, dass du die Hälfte der Kartons gar nicht erst auspackst. Du weißt doch, wie es bei mir aussieht.« Das hatte Susanne überzeugt. In Claudias Villa gab es immer noch Räume mit Kartonstapeln bis zur Decke.

»Sagt mal, Mädels, soll ich uns einen Kaffee machen?«

Heike hob hoffnungsvoll den Kopf: »Ja, aber nur, wenn du den Milchaufschäumer noch nicht eingepackt hast!«

Susanne schlug sich an die Stirn: »Ach, das habe ich ganz vergessen – und die Kaffeemaschine ist auch schon in einer Kiste! Tut mir echt leid.« Sie sah sich ratlos um. »Ich könnte schnell zu Starbucks rüberlaufen …«

Claudia räusperte sich laut, und Susanne gab daraufhin ihre Versuche auf, Heike zufrieden zu stellen.

»Also Mädels, es sind noch ein paar Sachen im Keller, die gepackt werden müssten. Ich weiß, dass ich euch viel zumute, aber …« Heike strich über ihren gewölbten Bauch, als sie Susanne unterbrach: »Mit mir kannst du dabei nicht rechnen. Ich brauche erst einmal ein bisschen Schonung. Mir ist zwar nicht übel, aber ich kann einfach nicht mehr lange stehen.« »Dann leg dich lieber eine Weile hin. Wenn du erst Wasser in den Beinen hast, wird es richtig lustig. Das kann ich dir aus eigener Erfahrung versichern.« Claudia griff unter Heikes Kniekehlen und hob ihre Beine mit Schwung auf das Bett.

Als sie die spärlich beleuchtete Kellertreppe hinunterstiegen, fiel die Tür zum Treppenhaus zu, und Claudia zuckte zusammen. »Ganz schön dunkel hier unten«, flüsterte sie. »Vielleicht hätten wir Taschenlampen mitnehmen sollen. Ich denke jedenfalls gerade an Anna und Frau Winter.« Sie standen inzwischen vor einem Holzverschlag mit Vorhängeschloss. »Ach, hast du die niedliche Kleptomanin wirklich an sie weitergereicht?«, fragte Susanne.

»Ich konnte es einfach nicht lassen. Rache tut ja so gut!« Susanne grinste, während sie aufschloss.

»Aber es hat sich herausgestellt, dass Anna noch viel schlimmer ist, als wir vermutet haben. Eine Erzieherin hat mir erzählt, dass Anna Frau Winters Sohn einmal in den Keller gesperrt hat. Aber Leon hat sich gewehrt: Er muss herausgefunden haben, dass sie panische Angst vor Spinnen hat.«

»Na, wer nicht«, sagte Susanne und schüttelte sich: »Musst du mir das ausgerechnet hier unten erzählen?!«

»Leon hat ein ganzes Glas voll Spinnen in ihrem Zimmer frei gelassen.«

»Igitt!« Susanne betrachtete argwöhnisch die Kellerwände. »Ich glaube, wir lassen hier doch lieber die Umzugsleute packen, so viel ist es ja nicht.«

Claudia lachte: »Von mir aus. Nach der Spinnenbegegnung hat es Anna wohl auch recht eilig gehabt, ihre Sachen zu packen und abzureisen.«

»Kann ich verstehen!«, sagte Susanne und packte Claudia am Arm, während sie die Treppe wieder nach oben stiegen.

Zurück in ihrer Wohnung, setzte sich Susanne neben Heike auf das Bett: »Claudia hat mir gerade eine gruselige Geschichte über unsere gemeinsame Freundin Anna erzählt. Aber ich warne dich, es geht dabei um Spinnen.«

Heike verzog das Gesicht: »Um Gottes willen, dann will

ich sie bestimmt nicht hören.« Sie streckte ihren Arm aus: »Seht mal! Ich kriege sofort eine Gänsehaut.«

Susanne warf einen Blick auf Heikes Unterarm: »Du bist ja noch schlimmer als ich.« Sie stand auf, packte Kleidungsstücke in den Koffer für ihre ersten Zürich-Tage und fragte: »Sag mal, Claudia, wie steht es eigentlich um deine Scheidungsverhandlung? Ich hoffe doch, du hast Nik endlich richtig abgezockt.«

»Von wegen abgezockt – ich hole nur, was mir zusteht! Das Schönste, was der Richter gesagt hat, war: Herr Elten, vergessen sie das neue Unterhaltsrecht. Bei mir muss eine Mutter dreier Kinder gar nicht berufstätig sein! Da ist meinem Nik die Kinnlade heruntergeklappt. Zum Glück hatte ich die Auszüge der Auslandskonten alle kopiert.«

»War da noch was drauf?«, unterbrach Heike.

Claudia kicherte boshaft: »Als ihm der Scheidungsantrag zugestellt wurde, waren sie noch gut gefüllt, ja. Dass Nik an sein Erspartes gehen muss, um diese Schlossrenovierung zu finanzieren, spielt also für den Zugewinnausgleich keine Rolle.«

»Jedenfalls bist du jetzt auch Expertin im Scheidungsrecht, wie mir scheint.« Susanne setzte sich auf den Koffer und versuchte, ihn zu schließen.

»Zwangsläufig«, antwortete Claudia. »Aber auf Dauer wäre das nichts für mich. Zu emotional! Die Scheidung hat mich nicht reich gemacht, aber ich kann euch versichern: Nik wird es auch nicht mehr. Da kenne ich keine Gnade: Wenn es sein muss, treibe ich ihn bis zum Offenbarungseid. Mal sehen, ob ihn seine Simone dann auch noch so attraktiv findet!«

»Das sieht mir jedenfalls nicht nach einer dieser gekünstelten ›Wir bleiben Freunde‹-Scheidungen aus. Gut gemacht! Gi’ me five!«

Heike hielt Claudia ihre Hand hin, und sie klatschte ab. »Ich habe zum Glück nicht das geringste Mitleid mit ihm«, fuhr sie fort, als es an der Tür klingelte.

»Claudia, kannst du mal gehen?«, fragte Susanne ächzend. »Ich hab den Koffer jetzt fast zu! Hoffentlich ist das noch nicht der Möbelwagen, der sollte doch erst in einer Stunde kommen.« Claudia ging zur Sprechanlage: »Hallo?« Es kam keine Antwort, dafür klopfte es an der Wohnungstür. Sie schaute durch den Spion: Davor stand ein Mann mit einer Tweedkappe. Er hielt ein flaches Paket in den Händen. Claudia schlich auf Zehenspitzen zurück zum Schlafzimmer und flüsterte: »Susanne, komm schnell!«

»Was ist denn?«

»Da ist jemand an der Tür. Und er sieht weder wie ein Möbelpacker aus noch wie der Postbote.«

Was Susanne durch den Spion sah, war eine Überraschung: Dort stand Woletzki. Sie hatte ihn seit Wochen nicht mehr getroffen, da sie ihre Drohung wahrgemacht und ungerührt ihren gesamten Resturlaub genommen hatte. Entsetzt sah sie an sich herunter. Natürlich hatte sie ihre ältesten Sachen an und roch womöglich etwas nach Schweiß. Ihre Haare hatte sie zu Zöpfen gebunden, die sich langsam auflösten. Aber was blieb ihr übrig: Woletzki hatte Claudia gehört und wusste, dass jemand zu Hause war. Oder sollte sie sich verleugnen lassen, überlegte Susanne einen Augenblick. Dann öffnete sie die Tür.

»Ach, Sie sind es, was gibt's denn? Ich habe alle Hände voll zu tun, in einer Stunde kommt der Umzugswagen.«

Susanne strich sich mit den Händen über ihre Jeans. »Sander! Wie schön, dass ich Sie noch erwische. Ich wollte Sie gerne noch einmal sprechen, bevor Sie abreisen.« Er nahm das Paket in die andere Hand und machte einen Schritt auf sie zu. »Darf ich einen Moment reinkommen?«

»Also, es sieht hier ziemlich chaotisch aus, wie Sie sich vielleicht vorstellen können. Aber wenn Sie unbedingt wollen, bitte!«

Sie trat zur Seite. Im Flur nahm Woletzki seine Tweedkappe ab. Susanne sah verstohlen zur Schlafzimmertür, die angelehnt war. Sie wusste, dass ihre Freundinnen dahinter gespannt lauschten. Woletzki räusperte sich. »Ich muss Ihnen noch etwas geben.« Er legte sein Paket auf den Boden und öffnete es umständlich. Zum Vorschein kam die Rückseite eines gerahmten Bildes, das in Luftpolsterfolie verpackt war. Als auch diese entfernt war, hob Woletzki das Bild hoch und drehte es um. Susanne erkannte es sofort und stieß einen kleinen Schrei aus – es war eine gewebte Weltkarte von Alighiero Boetti. Woletzki sah sie mit unergründlichem Gesicht an. Susanne überspielte ihre Unsicherheit, indem sie sich das Bild genauer ansah: Die schwarz-weiße Umrandung enthielt tatsächlich den Namen des Künstlers in Druckbuchstaben. Die Farben erschienen ihr authentisch. Und es war ohne Frage eine handwerklich perfekte Arbeit. Sollte, konnte das ein Original sein? Sie wandte sich Woletzki zu: »Wo haben Sie den her?«

Woletzkis Gesicht blieb unverändert: »Das Werk hat mir gestern ein alter Bekannter vorbeigebracht. Er wollte meine Einschätzung hören und erkundigte sich, ob man es in die nächste Auktion aufnehmen könne.«

Susanne hörte sich sagen: »Oh nein, das glaube ich nicht, heißt dieser alte Bekannte vielleicht Claudio Rampini?« Woletzki gab sich erstaunt: »Aber ja, genau. Ist immer für eine Überraschung gut, nicht wahr? Was der noch so alles aus der letzten Dachkammer hervorzaubert …«

Susanne ging in ihr Wohnzimmer und riss das Fenster auf. Sie brauchte frische Luft. War ihre Menschen- und Kunstkenntnis wirklich so miserabel? Und wie sollte sie das Woletzki erklären?

»Herr von Woletzki, ich muss Ihnen etwas sagen: Ich war kurz nach der Degas-Auktion noch einmal bei Rampini zum Essen eingeladen. Davon hatte ich Ihnen nichts erzählt, weil … Na ja, ist ja auch egal … Und da habe ich in einem Zimmer der oberen Stockwerke …«

Woletzki nahm ihren rechten Zeigefinger und führte ihn auf dem Bild nach links unten, zu einer Abbildung von Brasilien, die in der entsprechenden Flaggenfarbe dunkelgrün gewebt war.

»Sehen Sie sich das mal genauer an!«

Susanne beugte sich dicht über das Bild, konnte aber nichts Außergewöhnliches erkennen und schüttelte den Kopf. Daraufhin holte Woletzki seine Lesebrille aus der Jackettasche und hielt sie ihr hin. Als Susanne sie aufgesetzt hatte, merkte sie, dass ihre Dioptrienzahl ungefähr übereinstimmte. Jetzt konnte sie den winzigen Schriftzug in noch dunklerem Grün erkennen, der dort eingewebt war: »by Chiara«. Sie stöhnte auf. »Was bin ich für ein Schaf! Und ich habe tatsächlich einen Moment geglaubt, er hätte doch eine Fälscherwerkstatt in seinem Haus!« Woletzki musste grinsen: »Das ist ein Abschiedsgeschenk von ihm und seiner Tochter. Er wollte wohl Ihre Zweifel an seiner Integrität endgültig ausräumen. Außerdem ist der Teppich doch ganz gut gelungen. Macht sich sicher gut in Ihrer neuen Wohnung in Zürich, oder?«

Susanne hatte auf einmal einen dicken Kloß im Hals und drehte sich weg. Sie musste wieder daran denken, wie leichtherzig er sie hatte gehen lassen. Sie lief zurück zur Wohnungstür, öffnete sie und stellte sich in den Türrahmen. »Ja, das glaube ich auch. Vielen Dank für das Überbringen!«

Woletzki zögerte erst und ging dann auch zur Wohnungstür. Aus dem Schlafzimmer drang ein leises Stöhnen, und er sah sie erstaunt an: »Ich dachte, Sie wären alleine …«

»Das sind nur die Umzugshelfer. Anscheinend sind die Kisten ziemlich schwer geworden.«

»Ach so, also dann …« Woletzki setzte einen Fuß auf die Treppenstufe, als Susanne sich einen Ruck gab: »Ich hoffe, es geht Ihren Kindern wieder besser!« Er zog seine Tweedkappe auf, und sein Augenlid begann zu zucken. »Sie sind nicht gerade glücklich, dass sie jetzt die Schule wechseln müssen. Aber ich glaube, es ist besser für sie, wenn sie nicht mehr ständig an ihre Mutter erinnert werden.«

»Ach ja«, sagte Susanne. »Ziehen Sie auch um?«

»Ich dachte, man hätte Ihnen erzählt, dass ich meine Stellung bei Lengley's gekündigt habe?«

»Sie haben gekündigt?«, sagte Susanne viel zu laut: »Aber wieso das denn?«

Woletzki griff mit einer Hand nach dem Treppengeländer, bevor er antwortete: »Ich übernehme die Galerie eines Freundes, der sich zur Ruhe setzt. Hat anscheinend genug verdient … Und eigentlich war das immer schon mein Traum, hatte ich das nie erwähnt?«

Susanne schüttelte nur den Kopf.

»Sie werden die Galerie wahrscheinlich sogar kennen: Paul Weber.«

»Ja, die kenne ich natürlich, wer kennt die nicht.« Dann durchfuhr es Susanne: »Aber – die …«, stotterte sie: »Die ist doch in … Zürich!« Sie wagte es nicht, Woletzki in die Augen zu sehen. Er ging die Treppenstufe wieder nach oben, stand jetzt ganz dicht vor ihr und fasste sie an den Schultern: »Ja, Susanne. Ich ziehe mit den Kindern nach Zürich. Eine sehr schöne Stadt. Und zufällig findet mein Umzug etwa zeitgleich mit dem der designierten Geschäftsführerin eines renommierten Züricher Kunstauktionshauses statt. Soll eine sehr intelligente und attraktive Person sein. Vielleicht geht man ja mal zusammen ins Theater oder in ein Restaurant, die Schweizer Küche ist nicht zu verachten ...«

Er beugte sich nach vorne. Susanne roch die Pfefferminzpastillen und sog den Geruch tief ein, bevor sie sich küssten. Und auf einmal spürte sie das wohlbekannte Ziehen in den Innenseiten ihrer Oberschenkel. Da war es wirklich, dieses unbeschreibliche Kribbeln, dachte sie und hörte undefinierbare Geräusche aus ihrem Schlafzimmer: das Seufzen und Kichern zweier weiblicher Stimmen.